꿈
의

In the Dream House

집
에
서

카먼 마리아 마차도
엄일녀 옮김

꿈의 　　In the Dream House　　 집에서

문학동네

일러두기

1. 역주라고 명시되지 않은 주석은 모두 원주다.
2. 본문의 고딕체는 원서에서 대문자, 이탤릭체로 강조한 부분이다.

차례

이 책이 필요하다면,

가져요

우리는 벽돌을 쌓듯 연상되는 것을 쌓아간다.
기억은 그 자체로 건축의 한 형태다.

—루이즈 부르주아

네가 고통스럽다는 말을 안 하면,
놈들은 널 죽이고 네가 그걸 즐겼다고 할걸.

―조라 닐 허스턴

당신은 완전히 지쳤어.
너무 지쳐서 더이상 머리가 돌아가질 않는 거야.
당신은 생각을 하는 게 아냐. 꿈을 꾸지.
하루 온종일 꿈을 꿔. 전부 다 꿈이야.
일부러 집요하게 꿈을 꾸는 거지.
지금쯤 알 때도 되지 않았어?

—패트릭 해밀턴, 「가스등」

꿈의 집에서

꿈의 집 ─서곡

나는 절대 프롤로그를 읽지 않는다. 지루하거든. 작가가 하고자 하는 말이 그렇게 중요하다면 왜 곁텍스트로 떨구지? 뭘 꽁꽁 숨기려고?

꿈의 집 ―프롤로그

에세이 「총 2막의 비너스Venus in Two Acts」에서 사이디야 하트먼은 노예제에 대한 동시대 아프리카인들의 이야기를 좀처럼 찾아보기 어렵다면서, '아카이브의 폭력'을 언급한다. '아카이브의 침묵'이라 불리기도 하는 이 개념은 고통스러운 진실을 명확히 보여준다. 즉 어떤 이야기는 파괴되기도 하고, 처음부터 아예 언급되지 않기도 한다. 어느 쪽이든 우리 공동체 역사에서 아주 많은 부분이 돌이킬 수 없이 사라지는 것이다.

자크 데리다는 '아카이브'라는 단어가 고대 그리스어 아르케이온ἀρχεῖον, 즉 '지배자의 집'에서 유래했다고 말한다. 처음 그 어원을 알게 됐을 때 나는 '집'이란 단어의 쓰임에 매료됐는데(귀신 들린 집 이야기를 몹시 좋아해서 건축 관련 은유라면 사족을 못 쓴다) 어쨌든 그것이 가장 잘 보여준 핵심은 아카이빙이 권력이자 권한이라는 사실이다. 아카이브에 넣느냐 빼느냐는 정치적 행위이며, 기록 보관자와 그 사람이 처한 정치적 맥락에 의해 결정된다. 부모가 자식의 어릴 적 모습 중 어떤 것을 기록으로 남길지 결정하는 경우나, 한 대륙이 과거사에 대해 공식적으로 평가를 내리는 경우나―가령 유럽과 슈톨퍼슈타인[1], 즉 '걸림돌'처럼―모두 마찬가지다. 여기서 제바스티안이 포동포동한 발로 첫걸음마를 뗐다. 이곳이 우리가 유디트를 죽음으로 몰아넣었을 때 그가 살고 있던 집이다.

어떤 증거는 결코 아카이브에 저장되지 않는다―기록할 만큼 중요하진 않다고 여기거나, 기록은 하더라도 보존할 만큼 중요하지 않다고 여겨서다. 의도적인 파기 행위도 있다. 엘리너 루스벨트와 로리나 히콕 사이에 오고간 꽤 노골적인 편지를 생각해보라. 그들에겐 선택의 자유가 없었기에 히콕이 다 불태워버렸다. 아주 에로틱하고 동성애 향기를 물씬 풍겼을 편지, 특히나 불타지 않은 것들로 유추해보자면. ("보고 싶어. 너무 굶주린 기분이야.")[2]

퀴어 이론가 고故 호세 에스테반 무뇨스는 "퀴어는 유독 입

---

1 홀로코스트 희생자가 살던 집이나 일터 앞에 그에 대한 기록을 새겨 길바닥에 설치한 작은 추모 동판을 말한다. (역주)

2 1933년 11월 17일 엘리너 루스벨트가 로리나 히콕에게.

증하기 곤란한 관계다…… 퀴어 경험을 연구하는 역사가가 과거의 퀴어를 기록하고자 해도 현재의 이성애자를 대리하는 검열관이 종종 끼어든다"고 지적했다. 무엇이 남겨지게 될까? 스스로를 볼 수도 없고 스스로에 대한 정보를 찾을 수도 없는 틈새. 맥락 파악을 불가능하게 만드는 구멍. 추락하는 사람들을 삼키는 크레바스. 깨고 들어갈 수 없는 침묵.

완벽한 아카이브는 오직 이론으로만 가능한 신화다. 아마도 호르헤 루이스 보르헤스의 무한한 도서관 어딘가, 세세한 미래사와 1934년 8월 14일 동틀 무렵 보르헤스의 꿈과 졸음에 겨운 비몽사몽에 파묻힌 상태로. 하지만 시도는 해볼 수 있다. "믿기지 않는 이야기는 어떻게 말하는가?" 이런 질문을 던진 사이디야 하트먼은 갖가지 길을 열어 보인다. "추측에 기반한 사변 논의를 심화 발전시켜서" "가정법(의심과 소망과 가능성을 표현하는 문법 범주)의 잠재력을 최대한 뽑아내서" "아카이브에 준하고 반하는" 역사를 써서, "입증될 수 없는 것을 상상해서".

학대받는 여성은 인류가 심리 조작과 대인 폭력을 행사할 능력을 갖게 된 이래로 분명 우리 주위에 있어왔으나, 일반적으로 동의된 개념으로서의 그것은—그 여성들은—약 50년 전까진 존재조차 없었다. 퀴어 커뮤니티 내 가정 폭력에 관한 얘기는 더욱 최근에 등장했고 더욱 어둠에 가려져 있다. 오늘

날 친밀한 관계 내 폭력이 띠는 양상을 생각해보면, 새로이 등장한 개념 하나하나―남성 피해자, 여성 가해자, 퀴어 학대자, 퀴어 피학대자―가 전부 원래부터 지배자의 집에 붙어 있던 또다른 유령임이 드러난다. 현대의 교수와 작가와 사상가는 아카이브 내부로 파고들 수 있는 새로운 도구를 보유하고 있다. 역사가와 학자가 현대 퀴어 섹슈얼리티에 대한 이해를 통해 과거를 통째로 뒤흔들었던 것처럼 말이다. 살펴보자. 그 구멍들의 지형은 어떠한가? 누락과 빈틈은 어디에 서식하는가? 어떻게 완전함으로 나아갈 것인가? 고통을 겪었다는 물리적 증거가 없는 과거의 학대받은 사람들을 어떻게 공정하게 대할 것인가? 어떻게 우리의 기록이 끊임없이 정의를 향해 나아가도록 할 것인가?

회상록은 그 본질이 부활시키는 행위다. 회상록의 필자들은 과거를 재창조하고 대화를 재구성한다. 오래전에 잠든 사건에서 의미를 끄집어낸다. 기억과 논평과 사실과 인식의 점토를 하나로 뭉쳐 둥글게 빚은 다음 납작하게 민다. 시간을 조종하고, 죽은 자들을 소생시킨다. 자기 자신과 다른 사람들을 필요한 맥락 속에 밀어넣는다.

나는 성 정체성이 동일한 파트너 사이에 가정 폭력은 가능하고 또 드물지 않으며, 그것이 이런 모양새일 수도 있음을 아카이빙하는 일에 착수한다. 나는 침묵에 대고 말한다. 나는 거대한 크레바스에 내 이야기라는 돌을 던지고, 그 작은 울림으로 빈 공간을 측정한다.

I

에로스, 사지가 노글노글 녹아내리게 만드는 자가 다시 나를 깨운다—

저 상냥하고 가증스러운, 말도 안 되는 피조물.

—사포

꿈의 집 —은유가 아니라

　꿈의 집에 대해 들어본 적 있겠지? 꿈의 집은 알다시피 실재하는 장소다. 대지 위에 어엿이 자리하고 있다. 숲과 바로 이웃한 풀밭 끄트머리에. 토대도 잘 닦였고, 그 밑에 시체가 묻혔다는 소문은 십중팔구 지어낸 얘기다. 예전엔 나뭇가지에 그네도 매달려 있었는데 지금은 한쪽 줄과 매듭만 남아 바람 따라 이리저리 흔들린다. 그 집의 주인에 대한 얘기는 많이 들었겠지만 순 엉터리다. 어차피 그 집 주인은 사람이 아니라 대학이니까. 소도시 하나가 집주인이라니! 상상이 되는가?

　당신의 추측은 거의 다 맞다. 집에는 바닥과 벽과 창문과 지붕이 있다. 침실이 두 개라고 짐작한다면, 맞기도 하고 틀리기도 하다. 침실이 두 개라고 누가 딱 잘라 말할 수 있을까? 모든 방은 침실이 될 수 있다. 침대만 있으면. 아니 침대가 없어도 상관없다. 들어가 자면 다 침실이지. 그 집에 사는 사람이 방에 용도를 부여하는 것이다. 사람이 어떻게 쓰느냐가 건축가의 의도를 이기는 법이다.

내가 이런 얘기를 하는 이유는, 꿈의 집이 실재한다는 걸 명심하는 게 중요하기 때문이다. 그 집은 지금 당신이 손에 들고 있는 이 책처럼 실재한다. 현실의 그 집은 섬뜩함이 훨씬 덜하지만. 마음이 내키면 주소를 알려줄 수도 있다. 당신이 직접 차를 몰고 가서 그 꿈의 집 앞에 앉아 안에서 벌어졌던 일들을 상상해봐도 좋다. 추천하진 않지만. 하지만 해봐도 된다. 말릴 사람은 없다.

꿈의 집 ─ 피카레스크

　꿈의 집의 그 여자를 만나기 전까지 나는 아이오와시티의 방 두 개짜리 좁은 집에 살았다. 폐가도 그런 폐가가 없었다. 악덕 집주인에, 서서히 허물어지는데다 구석구석 다방면으로 악몽 같은 집이었다. 지하에 있는 방은 바닥과 벽, 천장이 온통 핏빛이었고─룸메이트들과 나는 그곳을 살인귀의 방이라고 불렀다─숨겨진 작은 출입구와 작동하지 않는 유선전화 덕분에 더욱 그럴싸했다. 지하실 한 귀퉁이에서는 러브크래프트스러운 난방장치가 집안 곳곳으로 기다란 촉수를 뻗고 있었다. 날이 습해지면 현관문이 문틀에 물린 채로 부풀어올라 마치 언어맞은 눈두덩처럼 열리지가 않았다. 드넓은 마당은 불 피우는 구덩이가 패었고 옻 넝쿨과 나무와 썩은 울타리로 둘러싸였다.

나는 존과 로라와 그들의 고양이 도쿄와 함께 살았다. 두 사람은 연인 사이였다. 긴 다리에 희멀끔한 왕년의 플로리다인들은 둘이 함께 히피풍 대학에 다녔고 각자 대학원 공부를 하러 아이오와에 왔다. 플로리다 캠핑과 독특한 기행의 살아 있는 화신들이었고, 결국 내가 꿈의 집 이후에도 플로리다주에 좋은 인상을 유지한 건 전적으로 그들 덕이었다.

로라는 지난 시절의 영화배우처럼 생겼다. 커다란 눈과 천상계 외모. 기본적으로 시니컬하고 세상을 깔보고 사악하게 웃었다. 시를 쓰며 문헌정보학 석사과정을 밟는 중이었다. 로라는 정말로 사서 **같았다**. 있어야 할 곳으로 데려가주는 공공 지식의 지혜로운 전달자랄까. 반면 존은 그런지 로커이자 신을 발견한 괴짜 교수처럼 보였다. 김치와 사우어크라우트를 담가서 커다란 메이슨 유리병에 넣은 다음 부엌 카운터 위에 올려놓고 미친 식물학자처럼 추적관찰했다. 한번은 위스망스의 소설 『자연에 맞서』의 줄거리를 한 시간 동안 아주 열정적으로 자세히 들려줬는데, 비열하고 괴팍한 안티히어로가 거북이 등껍질을 이국적인 보석으로 잔뜩 뒤덮는 바람에 그 가엾은 생물이 '자신에게 떠맡겨진 호화찬란한 사치품을 지고 다닐 수 없어서' 그 무게에 깔려 죽는 장면을 제일 좋아한다고 했다. 처음 만났을 때 존은 내게 "나 타투 했는데 볼래?"라고 했다. 나는 "응"이라고 했고 존은 "좋아, 근데 내가 거시기를 보여주는 것처럼 보일 수도 있는데 절대 그런 거 아니다"라며 반바지 자락을 허벅지 위까지 걷었고 거기엔 스틱 앤드 포크 기법으로 새긴 뒤집힌 교회가 있었다. "교회를 거꾸로 그린 거야?"라고 내가 묻자 존은 씨익 웃더니 눈썹을 씰룩이며—음담패설이 아니라 순전히 장난으로—이렇게 말했다. "누가 거꾸로라 그래?" 그때 로라가 비키니 톱에 핫팬츠 차림으로 방에서 나왔고, 존은 진심어린 사랑을 담아 해맑게 로라를 바라보며 말했다. "자기야, 자기한테 물웅덩이 하나 파주고 싶네."

나는 성인이 된 후 부랑아처럼 이 도시 저 도시로 옮겨다녔고, 닿는 곳마다 동류를 만나 어울렸다. 나를 따뜻하게 보살펴준 보호자들(살가운 보호자들, 다정한 보호자들). 학부 시절 친구이자 스물두 살 때까지 나의 룸메이트 겸 하우스메이트였고, 예리하고 논리적인 사고와 기복 없는 정서, 서늘한 유머 감각으로 내가 엉망진창 십대에서 엉망진창 청년으로 진화하는 것을 목격한 어맨다. 분홍색 머리의 럭비 선수로 내가 만난 첫 채식주의자이자 레즈비언이며 자애로운 게이 여신처럼 나의 커밍아웃을 감독한 앤. 지저분한 첫 이별을 겪는 동안 브리 치즈와 2달러짜리 와인과 털동물들과 함께 내 곁에서 나를 지탱해주었던 레슬리와, 참다못해 웃음을 터뜨릴 때까지 내 얼굴을 할짝이던 레슬리의 갈색 땅딸보 핏불 몰리. 시인, 퀴어 별종, 프로그래머, RPG광, 팬픽 작가 등등 별의별 사람들에게 속마음을 탈탈 털어놓으며 열다섯 살 때부터 스물다섯 살 때까지 충실히 유지했던 나의 라이브저널[3]을 읽고 댓글을 달아준 모든 이들.

존과 로라도 나의 보호자였다. 두 사람은 항상 그 자리에 있었고 우리 셋은 서로 친밀했는데, 자기들끼리는 끈적하게 친밀했고 나는 여동생처럼 친밀했다. 엄밀히 말해 존과 로라가 나를 보살펴준 건 아니었다. 두 사람은 저마다 자기 이야기의 주인공이니까.

하지만 이건? 이건 내 이야기다.

---

3 미국에서 2000년대 초반 유행했던 소셜 네트워크 플랫폼. (역주)

꿈의 집 ─ 무한동력기관

여덟 살 때 체육 시간에 야구를 한답시고 외야로 멀리 보내진 나는 홀로 다른 게임을 했다. 딴 애들하고 아주 멀리 떨어져 있어서 애들이 친 공이 나한테까지 올 리가 없었고, 체육 선생님은 내가 웃자란 풀밭에 퍼질러 앉아 있어도 모르는 것 같았다.

체육 담당 릴리 선생님은 키가 작고 단단한 체구에 머리를 짧게 쳤고, 반 애들 중 하나가 선생님을 레즈비언이라고 불렀다. 난 그게 무슨 뜻인지 몰랐다. 그애도 몰랐을 거다. 1994년이었으니. 릴리 선생님은 보는 눈이 아플 정도로 형광 연두와 보라 조각들이 추상적 무늬를 그리는 운동용 배기 바지를 입었다. (주일학교에서 요셉의 색동옷 이야기를 배웠을 때 나는 릴리 선생님의 체육복만 생각났다.) 선생님이 걸을 때마다 합성섬유 바스락거리는 소리가 났다. 우린 선생님이 오는 것을 소리로 알 수 있었다. 릴리 선생님이 신체의 분절 사용에 대해 설명하던 모습이 똑똑히 기억난다—선생님은 정수리부터 시작해서 자신의 몸 중앙에 선을 내려그었다. 그 선이 가랑이까지 오자 애들이 킥킥거렸다. 거기서부터 선생님은 우리 몸의 왼편과 오른편을 나누어 보여주고, 각기 독립적으로 움직이는 법과 서로 협응하여 움직이는 법을 보여줬다. 선생님은 두 팔을 회전 놀이기구처럼 휘둘렀다.

신체 단련! 릴리 선생님은 오른손으로 왼발을 짚고, 이어서 왼손으로 오른발을 짚으며 이렇게 말하곤 했다. 우리 몸뚱이는 하나밖에 없다! 잘 챙기도록 한다! 어쩌면 선생님은 정말 레즈비언이었을지도.

야구 시합이 있는 날이면 나는 풀밭에 앉아 손닿는 범위의 잡초를 있는 대로 다 뽑았고, 손에는 흙과 달래 냄새가 뱄다. 민들레 줄기를 꺾었을 때는 하얗고 끈적한 점액이 나와서 놀랐다. 내가 했던 게임은 이거다. 민들레를 따서 턱밑에 대고—내 경우엔 아기 때 욕조에서 넘어져 생긴 가느다란 흰색 흉터에 대고—꽃이 뭉개질 정도로 세게 문지른다. 그리고 만약 턱이 노랗게 되면 사랑을 하고 있다는 뜻이다.

여덟 살의 나는 갈대처럼 깡말랐고 걱정이 많았다. 태엽을 있는 힘껏 감은 채로 거의 온종일 긴장을 풀지 못하고 지냈는데, 풀밭에 앉아 있는 그 시간은 내게 일종의 평온함을 선사했다. 나는 체육 시간마다 민들레 꽃모가지를 똑 따서 꽃이 뜨겁고 질척한 덩어리가 될 때까지, 미처 피지 못한 봉오리처럼 될 때까지 턱에 대고 짓이겼다.

눈 가리고 아웅인 것이, 아니 그게 핵심일 텐데, 노란색은 반드시 피부에 묻어난다. 매번 민들레가 진다. 꽃은 간계를 쓰지도 않고 묘책을 부리지도 않고 자기보호본능도 없다. 그리하여 비록 어린애라 명확히 표현은 못해도 이해는 하게 된다. 그 결과가 결코 바뀌지 않는다는 것을. 우리는 항상 굶주릴 것이고, 항상 갈구할 것이다. 인식은 못할지라도 우리의 몸과 마음은 항상 무언가를 간절히 원할 것이다.

민들레의 파멸이 우리 본성에 대해 말해주는 바가 있듯 우리 자신의 파멸도 스스로에 대해 일깨우는 바가 있다. 우리의 몸은 하나의 생태계이고, 우리가 죽을 때까지 이 몸의 세포는 벗겨지고 대체되고 수리된다. 그러다 죽고 나면 우리 몸은 굶주린 지구를 먹이고 세포는 다른 세포의 일부가 된다. 한때 우리가 속했던 살아 있는 것들의 세상에서 사람들은 입맞추고 손잡고 사랑에 빠지고 섹스하고 웃고 울고 상처 주고 상심을 달래주고 전쟁을 벌이고 잠든 아이를 카시트에서 들어올리고 상대에게 소리지른다. 그 에너지—그 끊임없이 일렁대는 갈망―를 이용할 수만 있다면 경이로운 일을 해낼 수 있다. 우주를 헤치며 조금씩 조금씩 지구를 밀어 결국 태양을 심장부터 들이받을 수 있다.

꿈의 집—시점 연습

네가 늘 그냥 너였던 건 아니야. 나는 온전체—나를 이루는 최고의 부분들과 최악의 부분들의 공생 관계—이기도 했고, 공생이라는 말마따나 쪼개지기도 했다. 초소형 견종처럼 늘 초조하게 바들바들 떠는 2인칭을 깔끔히 쳐내고 1인칭—자신 감과 확신에 찬 여성, 여성 탐정, 모험가—을 취한 말끔한 나뭇가지.

나는 떠났고, 살았다. 동부 해안으로 옮겨가 책을 썼고, 아름다운 여인과 동거했고, 결혼했고, 필라델피아에서 칸칸이 어수선하게 뻗은 빅토리아풍 집을 샀다. 이것저것 알게 된 게 많다. 맨해튼 칵테일 만드는 법, 전분이 녹아 있는 파스타 면수로 소스 만드는 법, 다육이를 죽이지 않고 키우는 법.

그런데 넌. 너는 표준화 시험 채점하는 일을 얻었어. 인디애
나까지 편도 일곱 시간 거리를 차로 왔다갔다했지. 격주로, 1년
동안. 문예창작 석사과정 후반기에는 거의 쓰레기만 대량생산
했어. 사람들이 다 보는 앞에서 엉엉 울었어. 강독회도 빠지
고, 파티도 빠지고, 슈퍼문도 못 봤어. 들을 줄 모르는 사람들
에게 네 이야기를 들려주려고 했지. 네가 바보짓을 한 게 한두
가지가 아니야.

난 네가 죽었다고 생각했는데, 이걸 쓰다보니 의구심이 든다.

꿈의 집 — 이야기의 발단

　어느 평일 저녁에 사방이 통유리로 된 아이오와시티의 한 식당에서 너는 그 여자를 만나게 돼. 그날 함께 저녁을 먹은 친구가 여자와 너를 둘 다 알았거든. 여자는 헬스장에서 오는 길이라 땀범벅이고, 백금발을 깡총하게 올려 묶었어. 눈부신 미소와 자갈밭을 구르는 외바퀴 수레처럼 거칠고 탁한 목소리의 소유자. 부치와 펨이 뒤섞여 사람 미치게 하는, 그런 여자.

　여자는 너와 네 친구가 한창 TV 얘기를 하는 와중에 도착해. 남자들, 남자들, 순 남자들 얘기뿐이라고 너는 불만을 토하고 있었지. 여자가 웃음을 터뜨리며 맞장구를 쳐. 여자는 뉴욕에서 이제 막 이사왔고 실업 급여를 받고 있으며 아이오와 대학 문예창작 석사과정에 원서를 넣었대. 여자도 너처럼 작가라는군.

너는 여자가 말할 때마다 속에서 뭔가 철렁 내려앉는 느낌이 들어. 그날 저녁식사에 대해선 거의 기억나는 게 없어. 식사를 마칠 무렵 그 자리를 끝내고 싶지 않아서 온갖 종류의 차를 주문했던 것만 빼면. 너는 차를 마시면서—입천장이 까지도록 입안 가득 열기와 허브를 머금고—여자를 뚫어져라 바라보지 않으려 애를 쓰고, 사지에 욕망이 차오르는 동안 태연하게 쿨한 척 멋져 보이려 기를 쓰지. 네가 반했던 여자들은 하나같이 너를 지나쳐 네 손이 닿지 않는 곳으로 흘러가버렸건만, 이 여자는 네 팔을 건드리며 너와 눈을 똑바로 마주치네. 너는 난생처음 제 돈으로 물건을 산 어린이가 된 기분이야.

꿈의 집 ─추억 궁전

길에서 보면 그 집이 있어. 저기 정문이 있지만 너는 절대 그 문을 이용하지 않아.

진입로에 줄지어 있는 건, 너라는 소녀를 좋아한 소년들. 상 냥한 말투로 네 드레스가 예쁘다고 말하던 치과의사 아들 콜 린. 너는 확인차 제 모습을 스윽 내려다보고는 발걸음도 가볍 게 쫄랑쫄랑 뛰어가버렸지. (넌 그때부터 이미 어엿한 주인공 이었어! 이 얘긴 네 어머니가 해준 거야. 너무 어렸을 때라 네 기억엔 없거든.) 애니모프 시리즈 신간─캐시가 나비로 변신 하는 표지─을 사서 네게 주려고 자기 어머니를 졸라 너의 집 까지 차로 데려다달라고 했던 6학년생 세스. 하루 지난 팝콘을 쓰레기 배출용 비닐봉투에 담아 갖다주던, 네가 아끼는 친구이자 동네 영화관에서 일하던 애덤. 덕분에 너는 부모님이 결코 허락해주지 않을 영화를 볼 수 있었지. 〈메멘토〉부터 〈어둠 속의 댄서〉〈펄프 픽션〉〈멀홀랜드 드라이브〉〈이투마마〉까지. 애덤은 시디를 정말 많이 구워줬는데 네 보기엔 영 해괴한 것들도 있었어. 마이크에 대고 악기를 때려부수는 밴드를 접하고 너는 눈을 굴리며 이렇게 말했어. "이게 무슨 바보짓이야." 그랬는데 1월에 애덤의 엄마가 너희 둘을 필라델피아에 데려가 갓스피드 유! 블랙 엠퍼러 콘서트를 보여줬어. 공연이 늦게 시작되어 너희는 후드티 하나를 같이 뒤집어쓰고 꼭 붙어 옹송그린 채 기다렸지. 음악은 복잡미묘하고 변화무쌍하면서도 형언할 수 없이 멋졌어. 오디오와 사운드의 뒤섞임, 그 소리의 조화가 너를 덮치고 온몸을 구석구석 진동시키던 그 경험을 어떻게 말로 표현해야 할지 알 수가 없네. 네가 대학에 진학해 멀리 떠나자 애덤은 너에 대한 소설을 한 편 썼고, 나중엔 노래도 한 곡 썼어. 너는 애덤의 사랑을 어떻게 대해야 할지 몰랐어, 그 꾸준하고 별다른 대가를 요구하지 않는 애정을. 그리고 쌍둥이 형제 티미와 트레이시. 두 사람은 모르몬교도였고 상냥했어. 너는 티미를 좋아했지만, 트레이시가 너를 좋아했지. 너는 무료 모르몬 성경을 인터넷으로 신청했는데 솔트레이크시티에서 웬 청년이 자기네 종교에 대한 네 관심을 떠보려고 전화를 걸어왔고 결국 그 청년과 두 시간이나 통화를 했어—목소리가 너무 멋졌거든. "모르몬교 쌍둥이 중 한쪽을 좋아하는데 다른 쪽 쌍둥이가 날 좋아해서 그 책을 주문했는데요"라고 말할 수는 없잖아. 그래서 두 시간 동안 신학적 농담을 주고받았고 전화를 끊으며 후회했지. 하여간, 그 쌍둥이 형제. 너는 스스로를—육체든 정신이든—사랑할 이유를 찾지 못해서 그들의 마음을 의심했어. 너는 다정한 마음씨를 너무도 많이 거절했지. 넌 뭘 찾고 있었니?

안마당은, 대학이야. 흔하디흔했던 짝사랑과—결과적으로—최악이었던 섹스. 너는 얼어죽을 것 같은 한겨울에 뉴욕주 북부에 있는 한 남자와 같이 자려고 차를 몰고 네 개 주를 가로질러갔어. 얼마나 추웠냐면, 드러그스토어에서 파는 자체 브랜드 화장수가 용기째 얼어붙을 정도였어. 섹스는 당연히 형편없었는데, 가장 뚜렷이 기억나는 건 네가 그날 밤 무엇을 **원했나** 하는 거야. 너는 네 개 주를 가로질러갈 만한 욕망을 원했어. 네게 집착하는 사람을 원했어. 그런 건 어떻게 해야 손에 넣을 수 있지? 너는 남자의 방 창문 밖에 차를 세우고 가로등을 물끄러미 바라보며 밤을 꼬박 지새웠어. 도대체 왜 남자들은 커튼을 달지 않는 걸까? 내가 원하는 사람이 나를 원하게 만드는 방법은 뭘까? 왜 아무도 나를 사랑하지 않을까?

부엌은, 데이팅 앱 또는 지역 내 직거래 및 생활정보 플랫폼. 캘리포니아에 살면서 여자들과 사귀어보려 했지만 잘 안

됐는데, 알고 보니 베이 지역 레즈비언들은 바이섹슈얼이라면 덮어놓고 성질부터 내더군. 그러니 이후로는 남자들의 대행진. 다정한 남자들과 끔찍한 남자들과 나이든 남자들. 교수들과 학생들. 천체물리학자 한 명, 프로그래머 여러 명. 버클리 마리나에 요트가 있는 남자. 그러다 아이오와로 이사와서 한심한 데이트를 숱하게 했고, 그중엔 상담센터 대기실에서 계속 마주치게 되는 남자도 있었어. 피아노를 치는 남자였어. 의대생이었나? 잘 기억이 안 나는군.

거실과 서재와 욕실은, 남자친구들과 그 외 유사품. 케이시와 폴과 앨. 케이시가 최악이었어. 앨이 제일 자상했고. 폴은 놀라 자빠질 만큼 완벽했지. 폴은 너를 먹고 너를 먹이고 너에게 캘리포니아를 사랑하는 법을 열심히 알려줬어. 너는 폴의 솜털 보송보송한 엉덩이와 뜻밖에 부드러운 목덜미와 강한 악력이 너무 좋았어. 너는 폴 속으로 들어가고 싶었고 폴이 네 안으로 들어오길 바랐어. 폴과 있으면 너는 특별하고 섹시하고 똑똑한 사람이 된 기분이었어. 폴은 너를 사랑하지 않아서 너와 헤어졌고, 그건 이별하기에 아주 합당한 이유였지. 비록 그때 넌 죽고 싶었지만.

침실은, 거긴 들어가지 마.

꿈의 집 — 시간 여행

네 머리를 떠나지 않는 의문 중 하나. 앎이 너를 더 멍청하게 만들까 더 똑똑하게 만들까? 만약 과거의 어느 날 네 방안에 희뿌연 포털이 열리더니 나이든 네가 걸어나와 지금의 네가 알고 있는 것을 말해줬다면, 너는 그 말을 잘 들었을까? 그랬을 거라고 생각하고 싶겠지만, 너 그거 십중팔구 거짓말이야. 더 똑똑하고 현명한 친구들이 네가 걱정되어 해준 얘기도 하나도 안 들었는데, 갓난쟁이처럼 시간 구멍을 비집어 찢고 나온 너 자신의 말을 들을 리가 있겠어?

시간 여행과 관련된 이론 중 노비코프의 자기 일관성 원칙이라는 게 있어. 러시아의 이론물리학자 이고르 노비코프는 시간 여행이 **정말로** 가능하다면 과거에 이미 일어난 사건을 그

때 당시로 돌아가 바꾸는 것은 불가능하다고 주장했지. 오늘 네가 과거로 돌아간다면 너의 관찰은 확실히 **신선하게** 느껴지겠지만—실시간으로 깨달음을 얻는 관찰일 테니까—네 부모가 만나는 것을 막는다든가 할 수는 없어. 왜냐하면 그것은 정의상 이미 일어난 일이거든. 그런 일은 벽돌 담장을 관통하여 달리는 것처럼 불가능한 일이라고 노비코프는 말해. 시간—시간의 플롯—은 고정되어 있거든.

안됐지만, 노비코프의 시간 여행자는 과거로 향하는 자신의 여행 때문에 제가 막으려 했던 바로 그 운명이 확정돼버렸음을 뒤늦게 깨닫게 되는 안타까운 피해자인 거지. 너는 미래에서 온 네가 벽 너머에서 외치는 소리를 딴 소리로 착각했을걸. 심장이 두근대는 소리, 그러다 욕망에 휩싸여 간드러지는 소리로.

꿈의 집 ―낯선 이가 오다

　어느 날 여자가 너에게 문자를 보내더니 시더래피즈공항까지 차로 데려다줄 수 있는지 물어. 여자는 멀리서 찾아오는 제 여자친구 벨을 마중나가야 한대. 너는 순순히 그러기로 하지, 아니 당연하잖아. 역사적으로 너는 미인을 위해서라면 무슨 일이든 다 했거든. (몇 년 전 캘리포니아에 살 때는 숨이 멎을 정도로 매혹적인 동료가 자기 차 배터리가 나갔다며 시동 거는 걸 도와달라고 아침 7시에 전화하자 너는 침대에서 벌떡 일어나 10분 만에 달려가서 동료의 차 보닛을 열고 눈앞에 펼쳐진 기계장치를 골똘히 들여다본 적도 있었지. 그 장치가 뭔지 알기라도 하는 것처럼.)

　너는 운전하면서 수다를 떠느라 출구를 놓쳐―스트립 클럽

우디스와 공항 방향 표지판을 휙 지나쳐버렸지. 마침내 공항에 도착해 주차를 하고 수하물 찾는 곳으로 가서, 작고 아름다운 두 여인이 서로를 향해 달려가는 모습을 구경하지. 한 명은 갈색머리, 한 명은 금발머리. 제인 러셀과 매릴린 먼로 같아. 금발머리가 의자에 앉고 갈색머리가 그 무릎 위에 올라앉아. 두 사람이 웃음을 터뜨리며 키스하네. (〈신사는 금발을 좋아해〉가 이 버전으로 나온다면 정말 좋겠지.) 너는 시선을 돌리고 아이오와대학 광고 포스터를 유심히 관찰하지.

돌아오는 차 안에서 갈색머리는 네가 농담을 할 때마다 자연스럽고 시원한 웃음을 터뜨려. 너는 백미러로 은근슬쩍 갈색머리를 훔쳐보지. 너는 두 사람을 시내에 내려줘.

며칠 후 너는 여자와 너 둘 다 알고 지내는 친구와 얘기하는 중이야. "걔가 널 좋아하는 것 같은데." 친구가 그러네.

"걔 완전 끝내주지." 네가 말해. "근데 사귀는 사람 있어. 내가 진짜, 그 사람 애인을 데리러 말 그대로 공항까지 마중나갔다니까."

"아 맞아. 하지만 걔넨 개방적 연애 관계라던걸. 걔한테 들은 바로는 그래. 뭐 나야 모르지." 친구는 괜히 순진한 척 두 손을 들어. "걔가 네 얘길 엄청 많이 해서 그냥."

네 심장이 급발진해서 갈비뼈에 짐승처럼 부딪혀.

꿈의 집 — 레즈비언 컬트 고전

　너는 여자의 집에 놀러가기로 약속을 잡아. 너희는 〈브레이 브 리틀 토스터〉를 보기로 해. 어릴 때 이후로 본 적 없는 영화 지만 엄청 좋아하면서도 무서워했던 기억이 나는군.

　너희는 초록색 벨벳 소파에 약간 틈을 두고 나란히 앉아. 소 파 테이블 위 음료수 잔에는 물방울이 맺혀. 네가 제일 좋아하 는 곡이 나올 때—폐차장의 자동차들이 지금까지의 삶을 한탄 조로 노래하며 이젠 쓸모없어진 자기들이 곧 죽을 운명임을 알릴 때—여자의 집게손가락이 네 손등에 닿을 듯 말 듯 부유 하고, 욕망이 너를 움켜잡는 기분이 들어. 너는 그 손놀림을 알아. 너도 그 동작을 천 번쯤 해봤거든—내가 너무 숫기가 없 어서 너한테 다가가서 내가 원하는 걸 말할 수가 없네. 대신 난 이 방황하는 손가락 하나를 도무지 어찌할 수 없는 척할 거야. 영화가 끝나고 너희는 어둠 속에 가만히 앉아 있어. 너는 시시한 수다를 두서없이 늘어놓기 시작하지. "저 영화, 네뷸러상을 탄 원작이 있다는 거 알아? 그 소설은—"

여자가 너에게 입을 맞춰.

위층에서 너희는 여자의 침대 위로 우당탕 쓰러져. 여자는 절대 같은 곳에 두 번 키스하지 않아. 이윽고 여자가 말해. "네 윗도리 벗기고 싶은데. 그래도 돼?" 네가 고개를 끄덕이자 여자는 네 윗도리를 벗겨. 여자가 네 브래지어 후크를 어루만지며 물어. "계속해도 괜찮아?" 방안에서 라벤더향이 나고, 아니 여자의 이불이 라벤더색이어서 네가 그렇게 기억하는지도. 여자의 손이 어딘가로 움직일 때마다 여자는 "해도 돼?" 속삭이고, 응, 응, 하고 대답할 때 오싹한 전율은 네 얼굴을 덮치는 파도의 맥동 같고, 너는 허락을 연발하며 그런 식으로 흔쾌히 빠져 죽을 거야.

꿈의 집 — 유명한 마지막 구절

"섹스는 할 수 있지," 여자가 말한다. "하지만 사랑은 안 돼."[4]

---

4 스티스 톰프슨, 『민속문학 사전—민담, 민요, 신화, 우화, 중세 영웅담, 교훈담, 풍자시, 만담집, 지역 전설의 서사 구성요소 분류』(블루밍턴, 인디애나대학 출판부, 1955~1958), 타입 T3, 정사의 조짐.

꿈의 집 ─ 고백

여자는 키가 작고 파리하고 쇠꼬챙이처럼 말라 중성적인 느낌이었고, 가느다란 금발을 과하게 뽐냈어. 파란 눈, 자연스러운 미소. 그 여자가 정말 이상하고 시대착오적이게도 너한테 인상적이었다는 얘기를 이제 와서 하자니 좀 멋쩍지. 여자는 플로리다 출신임에도 뉴잉글랜드 상류층 분위기를 물씬 풍겼어. 하버드를 나왔고, 블레이저 차림이 아주 멋들어졌고, 힙 플라스크를 가죽 케이스에 넣어 차고 다녔는데 네가 본 액세서리 중 가장 프레피 룩다웠거든.

너는 늘 네가 욕망에 관한 한 속물이 아닌가 생각해왔는데, 과연 그렇더군. 그 모든 요소들이 네 두뇌를 홱 뒤집어놨고 네 성기를 푸딩으로 만들어버렸어. 어쩌면 넌 원래부터 출세지향적 향락 쾌감 절정론자였는데 그걸 모르고 살아왔을지도.

사실 너희 둘은 동갑이었지만 너한텐 여자가 언니처럼 느껴졌어. 더 현명하고, 더 유능하고, 더 세상 물정에 밝았지. 여자는 출판업계에서 일했었고 해외에 거주한 경험도 있고 불어가 유창했어. 뉴욕에 살았었고 문예지 창간 파티에도 다녔지. 그리고, 나중에 알게 됐지만, 여자는 포동포동을 넘어 풍만하고 안경 쓴 갈색머리에 약했어. 창조주 본인이라도 이보다 더 완벽한 계획을 짤 수는 없었을걸.

꿈의 집 —이상형

    너는 여자와 마주보고 글을 쓰는 게 너무 좋아. 너희 둘은 다분히 의도를 갖고 열정적으로 키보드를 두드리고, 이따금 짐짓 인상을 쓰며 노트북 너머를 힐끔거리지. 저녁을 먹으러 가서 여자는 참치회를 주문하더니 네 혀 위에 회를 한 점 올려주겠다고 고집을 피워. 입술에 닿은 탱글한 회는 그 자리에서 녹아버리네. 여자는 더티 보드카 마티니를 두 잔 주문하고, 너는 그 짭짤한 액체를 사랑하게 돼. 여자는 네 글을 읽고 네 문장의 아름다움에 경탄해. 너는 여자가 읽어주는 어릴 적 가당 시리얼을 못 먹게 한 부모에 관한 에세이에 귀를 기울여. 그리고 여자에게 정신이 나갈 만큼 재밌다고 여러 번 말해주지.

꿈의 집 —순전히 운

문제는, 스스로 뚱뚱하고 별난 여자라고 생각했던 네가 행운을 만났다고 느꼈다는 거야. 여자는 네가 다른 수백만 명에게 원했던 일을 해냈어―사회에서 선호되는 임의 표지를 무시하고, 너의 두뇌와 흉포하고 위험한 재능과 재치 넘치는 기지와 한심한 멍청이들에게 호전적인 기세를 곧장 간파했거든.

네가 예전에 라이브저널에 비만에 대한 글을 쓰기 시작했을 때 어떤 사람이 댓글로 너는 예쁘고 영리하고 매력적이지만 살을 빼지 않으면 절대 애인 선택권을 가지지 못할 거라고 한 적이 있어. 너는 분개했지만 이내 그 남자가 쓴 댓글의 현실적이고 실제적인 측면을 받아들였던 기억이 나. 너는 이 세상에 너무너무 화가 났지.

그리고 여자가 나타나자 너는 딴 사람들은 다 이런 걸 겪으며 살아왔던 걸까 궁금해졌어. 욕구에서 만족으로 곧장 이어지는 일직선. 무람없이 표현되고 무리 없이 잇달아 충족되는 욕망. 전에는 한 번도 이런 적이 없었는데. 늘 긴장과 곤란의 연속이었지. 너는 걸핏하면 이렇게 말했어. "내가 조금만 다르게 생겼다면 숨막히는 사랑을 했을까?" 이제 너는 단 한 개의 세포도 바꿀 필요 없이 푹 빠지게 됐지. 운이 좋다니까.

꿈의 집 ―서배너행 자동차 모험

봄방학을 맞아 조지아에 가자고 한 건 너였어. 남부에는 맘먹고 가본 적이 한 번도 없고, 너는 줄리엣 고든 로[5]와 서배너에 있는 로의 집에 관한 소설을 쓰고 있거든. 차로 열두 시간 거리인데, 까짓거 금방이지. 게다가 3월인데 아이오와는 더럽게 춥고 이번 겨울은 정말 기네. 햇볕 좀 쬐고 싶어. 그래서 너는 여자에게 같이 가겠냐고 물어봐. 여자가 오케이라는군. 너는 쇼핑몰에서 속옷을 새로 사.

여자가 네 차의 운전석에 앉고, 너희는 해가 뜨기 전에 아이오와를 출발해. 너는 거의 곧바로 잠들고, 깨어나보니 눈이 내

---

5 미국 걸스카우트의 창시자. (역주)

리고 있고 여자는 과속을 하고 있어. 너는 허리를 세우고 눈가에서 눈곱을 떼어내. 도로표지판이 이 차선이 곧 없어짐을 알리고 차선을 바꿔 들어가야 하는 타이밍이야. 그러나 여자가 너무 늦게 핸들을 돌리는 바람에 차는 대각선에 있는 구덩이에 빠져버리지. 타이어는 터지고.

세인트루이스 외곽 어디쯤. 여자가 차를 세우고 너는 미국자동차협회에 전화를 걸어. 서비스 직원이 와서 스페어타이어로 갈아 끼우고, 근처에 새 타이어를 구입할 만한 곳을 알려줘. 너희는 직원이 알려준 데로 가서 새 타이어로 바꾸고, 여자가 다시 운전대를 잡지만 고속도로에 진입해 몇 마일도 채 달리지 않아 타이어가 또 터지네. 너희는 대형 트레일러트럭 전문 정비소에 들어가. 범퍼에 각종 진보주의 스티커를 붙인 채 그 거한들 사이에 자리잡은 너의 앙증맞은 현대차는 뭔가 어이없고 웃겨. 2011년 초이고, 동성혼 이슈가 서서히 끓어오르는 와중에 어떤 주에서는 불이 붙고 어떤 주에서는 물벼락을 맞는 중이지. 법무부에서는 더이상 결혼보호법[6]을 강제하지 않을 거라고 해. 세상은 바뀌고 있어.

너는 정비소에 들어가 자리에 앉자마자 울음을 터뜨려. 여행을 막 시작한 참에 차가 뻗어버려 당혹스러운 거야. 여자가

6 결혼을 여성과 남성의 법적 결합으로 한정하여 정의한 미국의 법. (역주)

자기 잘못이라며 사과하고, 너는 그렇지 않다고 말해. "차가 영 별로지." 너는 해명조로 말해.

여자가 웃어. "이건 모험의 일부인 것 같아. 그리고 우린 아직 시작도 안 했어!"

정비사가 너희 둘을 알아차린 것 같긴 한데—즉, 그 남자로서는 견디기 힘든 수준의 퀴어함, 바짝 붙어 있는 여자와 너의 육체적 거리, 이런저런 디테일과 범퍼 스티커가 형성한 기운을 알아챘거나, 어쩌면 육감이 좋은 사람일지도 모르지—어쨌든 남자는 아무 말도 하지 않고, 그 점에 대해선 고맙네. 정비사는 너희가 샀던 타이어에 때울 수 없을 정도로 커다란 구멍이 잔뜩 있었다고 설명해. 정비사가 새 타이어를 끼우려 하지만 네 차는 흔치 않은 사이즈의 이상한 특정 타이어를 요하고, 그런 건 좀더 큰 도시에나 가야 구할 수 있다는군. 정비사는 스페어타이어를 도로 끼워줘. 이번에는 네가 운전하고, 일리노이에 가서야 맞는 타이어를 구해.

네가 호텔 야외 주차장에 차를 세우자 여자가 네 쪽으로 몸을 기울여 입을 맞춰. 윗입술에 키스한 다음, 아랫입술에 키스하지. 마치 각각의 입술이 저마다 다정한 관심을 받아야 지당하다는 듯. 여자는 허리를 펴고 그림을 감상하듯 시간을 들여 숭배의 눈빛으로 너를 바라봐. 여자가 네 손목 안쪽의 보드라

운 부분을 어루만져. 네 심장이 어딘가 저 먼 곳에서 요동치는
느낌이야, 마치 유리창 너머에 있는 것 같아.

"네가 날 선택했다니 믿기지가 않아." 여자가 말해.

방안에서 여자는 너의 새 속옷을 벗기고 네 가랑이 사이에
얼굴을 묻어.

서배너는 따사롭고 향기로워. 나무는 스페인 이끼를 잔뜩
매달고 있고, 분수의 물은 성 패트릭 데이를 맞아 초록으로 물
들었지. 줄리엣 고든 로 하우스는 아름답게 뻗어나간 대저택
으로 골동품이 빼곡히 들어차 있어. 입구에 붙은 '줄리엣 고든
로 생가' 표지판 밑에서 여자는 네게 점점 더 야릇한 포즈를
취해보라고 꼬드겨. 너희 둘은 킥킥거리며 안으로 들어가. 드
래그 퀸 립스틱과 아이섀도를 칠한 호호할머니들이 직원 노릇
을 하는데, 걸스카우트에 대한 사랑을 격정적으로 선언하는
네게 침묵으로 응수하는군.

투어는 아주 흥미진진해. 네가 보기에 줄리엣은 훌륭한 다
이크 같아. 안내인이 설명하길 줄리엣은 자기 집─가구, 바깥
대문─에 줄기차게 불만을 가졌고, 그래서 직접 디자인해서
바꿨대. 줄리엣은 금속 세공법을 배웠어. 규칙을 따르지 않는
괄괄한 여자들이 왜 너에겐 항상 레즈비언으로 보일까? 정신
과의사는 그런 깨달음을 신나게 갖고 놀겠지. (그래도 너를 위

해 덧붙이자면, 버튼다운 상의에 산림 경비원 같은 모자를 쓰고 영락없이 부치처럼 보이는 줄리엣의 초상화가 벽에 걸려 있어.)

투어 후 너희는 오래된 묘지를 거닐어. 여자가 영묘 뒤에서 네게 키스하지. 그곳에서 여자는 섹스하자며 도발하지만 너는 망자들을 존중하는 뜻에서 그렇게까지 하고 싶진 않아. 어쨌든 여자는 너무 아름답군. 그때 직원이 불쑥 나타나서 너희는 얼른 옷을 추스르고 깔깔 웃으며 자리를 떠.

너희는 타이비아일랜드로 가서 해산물 모둠을 주문해―바닷가재를 비틀어 열고 가리비를 삼키고, 오직 바다에서 난 것만 먹어. 입안 가득 버터와 물과 소금과 근육뿐. 식사를 마친 후 너희는 해변으로 가서 바다로 철벅철벅 들어가. 돌고래가 보이네.

이따금 여자의 휴대폰이 울리고, 그러면 여자는 씨익 웃고 저만치 걸어가서 밸에게 이번 여행에 대해 얘기해. 저멀리 줄어들었어도 여자는 너에게 손을 흔들어.

도시 여행의 마지막날, 길에서 술 취한 사내 하나가 너에게 다가와 시비를 걸어. 네가 여자의 손을 잡고 걷고 있는데 사내가 다가와 너를 확 붙잡은 거야. 여자가 "그 손 놓지 못해!" 소리치며 무술하듯 남자의 팔을 쳐내. 남자는 기겁해서 물러나고, 둘 다 뒈지라고 욕을 하더니 비틀비틀 걸어가버려.

너는 이후 족히 한 시간은 부들부들 떨지. 차로 돌아오는 길에 여자는 더 빨리 끼어들지 못해서 미안하다고 거듭 사과해.

"곧바로 움직여놓고 어떻게 더 빨리?" 네가 물어.

"놈이 오는 걸 1마일 전부터 봤거든. 놈이 무슨 짓을 할지 대충 알았어." 여자가 말해. "너는 처음이겠지만 난 여자들하고 많이 사귀었으니까. 이 정도는 흔한 일이야. 감수해야 하는 위험이지."

집으로 돌아오는 길엔 정신 나간 것처럼 험하게 차를 몰아. 너는 속도광처럼 국토의 절반을—노스캐롤라이나에서 시카고까지—하루 만에 주파하지. 여자가 옆자리에 있는 한 너는 영원토록 달릴 수 있을 것만 같아.

꿈의 집 — 연애소설

서배너에서 돌아와 일주일 후, 너희 집 침대에서 섹스를 하다가 네가 절정에 다다르자 여자가 말해. "사랑해." 너희 둘 다 땀에 푹 절어 있어. 실리콘 보조기구가 여전히 네 몸속에 삽입된 상태야. (남자들과 사귈 때 너는 사정 후에 좆이 네 안에서 천천히 흐물해지는 느낌을 무척 좋아했어. 지금 너는 여자의 가슴 위에서 헐떡이다 빠져나오고 미끈거리는 그것은 원래대로 발딱 돌아오지만 남자 것과 다를 바 없이 힘이 다 빠졌어.)

너는 오르가슴의 여운과 뒤섞인 혼란 속에서 여자를 내려다보고,[7] 여자가 실수했다는 듯 손으로 제 입을 막네. "미안."

"진심이야?" 네가 물어.

"지금 말할 생각은 아니었지만. 진심인 건 맞아."

너는 한참 말이 없다가, 이윽고 말해. "나도 사랑해." 어이없고 징글징글하게 맞는 말 같은데, 그걸 왜 여태 몰랐는지 이해가 가지 않는군.

"아이오와대학원에 떨어지면 어떡하지." 여자가 말해. "여기서 너랑 같이 있고 싶은데. 내가 바라는 건 그것밖에 없어."

---

7 톰프슨, 『민속문학 사전』, 타입 C942.3, 벌거벗은 여자(요정)를 보고 마음이 약해짐.

꿈의 집 — 데자뷰

여자는 너를 사랑해. 언어로 표현하기 힘든 너의 미묘한 자질들을 알아봐. 여자에게 너는 이 세상에 하나밖에 없는 존재야. 너를 신뢰해. 여자는 너를 안전하게 보호하고 싶어해. 너와 함께 나이들고 싶어해. 여자는 네가 아름답다고 생각해. 섹시하다고 생각해. 가끔 네가 휴대폰을 들여다보면 여자가 보낸 엄청나게 지저분한 메시지가 와 있고, 그러면 네 가랑이 사이에서 욕망이 발길질을 해대지. 가끔 너를 바라보고 있는 여자를 알아차리면 너는 온 세상에서 제일 운좋은 사람이 된 기분이야.

꿈의 집 — 성장소설

남들 다 연애할 때 나는 안 했다. 다른 십대들이 좋은 연애와 나쁜 연애가 어떤 건지 알아가는 동안 나는 별난 짓들을 하느라 바빴다. 툭하면 기도하고, 성적 순결에 점점 더 강박적으로 집착했다.

열세 살 때 나는 교회 여름 캠프의 모닥불가에서 구원을 받았다. 한 주 내내 플라스틱 끈을 꼬아 매듭 장식줄을 만들고 나무 타기를 하며 지냈는데, 캠프 지도자들은—이십대 초반이나 됐을까—우리한테 스모어를 먹이면서 그동안 우리가 행한 모든 잘못들을 생각해보라고 했다. '새 탄생 증명서'가 얇은 갱지에 인쇄되어 이튿날 아침에 수여됐다. 거기엔 회개의 순간이 정확히 밤 10시 20분으로 표시되어 있었고, 그날 내 취침

시간을 훨씬 넘어선 시각이었다.

이후로 나는 힙스터 반대론자가 되었고, 더할 수 없이 열렬한 예수 신자가 되었다. '내가 왜 기독교인인지 물어봐'라고 적힌 띠를 책가방에 붙이고 다녔다. '진정한 사랑은 기다림이다'라고 적힌 반지를 끼고 다녔다. 교회에 다녔고 교회가 좋았다. 예수가 나의 구원자라고 믿었다. 내 부모가 나를 사랑하는 것처럼 예수가 나의 구원에 친히 관여했다고 믿었다.

열여섯 살 때 우리 연합감리교회에 조엘 존스 목사가 새로 부임했다. 조엘이 교회 청소년부에서 자기소개를 했을 때 나는 골반 속을 깊숙이 걷어차인 느낌이었다. 염소수염을 기르고 모래색 직모가 이마 위로 삐죽 뻗어나온 조엘은 잘생긴 남자였다. 약간 포동포동했지만 아주 살짝만이었다. 그리고 결혼반지를 끼고 있었다. 조엘은 나와 악수하면서 내 눈을 똑바로 마주보았다.

조엘은 내 주위에서 무척 자주 보였다. 일반적인 교회 종무 외에 청소년부 행사에도 참여했다. 조엘은 재기발랄하고 정치적으로 진보적인 설교를 해서 나이 지긋한 신도들 사이에 혼란과 분노의 씨를 뿌렸는데, 난 그게 엄청 신나고 재밌었다. 나는 예배가 끝난 후에도 뭉그적대며 오래 머물곤 했다. 조엘은 나와 얘기할 때 항상 어른 대우를 해주었다. 내 이름을 항상 기억해주었다.

　고등학교 2학년 때 우리 교회는 남아프리카공화국에 있는 릭턴버그 감리교회와 자매결연을 맺었고, 그쪽 교회에서 어린이와 십대를 대상으로 청소년 캠프를 개최했다. 우리 교회 성인부—조엘을 포함해—에서 캠프를 시범 운영하기로 하면서 내게도 같이 가자고 했다.

　우리는 북동부의 차디찬 한겨울을 출발하여 남반구의 한여름에 도착했다. 캠프는 교외에 넓게 자리한 어느 농장에서 열렸는데, 도롯가를 따라 게이트가 길게 설치되어 있고 수영장과 하얗고 거대한 분수도 있는 으리으리한 곳이었다. 캠프 참가자들은 나이가 아홉 살부터 내 나이—열일곱 살—까지였고, 헛간을 개조한 숙소에 묵었다. 나는 선택 활동으로 공예를 가르쳤다. 우리는 화톳불을 피우고 불가에 모여 앉아 노래하고 기타 치고 즉흥 고해성사 시간도 가졌다.

　농장에는 부어불—마스티프를 닮은 남아프리카의 대형 견종—몇 마리가 돌아다녔다. 그중엔 젖이 불어 젖꼭지를 덜렁이며 성큼성큼 걸어다니는 어미 개도 있었고, 그 개의 크고 육중한 새끼들은 우리가 내민 손을 핥으려 서로를 밀쳐댔다. 농장 주인은 해바라기를 키웠고, 들판의 화려한 해바라기 꽃들은 언제나 햇볕을 향해 머리를 돌렸다. 하루는 아침 일찍 농장

주인이 우리를 차에 태우고 해바라기밭 한가운데로 들어가 해바라기 꽃이 어떻게 하늘을 가로지르는 태양의 궤적을 좇는지 알려주었다. 주변 땅이 워낙 평평해서 먹구름이 번개에 갈가리 찢기는 모습을 사방에서 볼 수 있었다. 폭풍은 아주 멀었고 우리가 있는 곳까지는 절대 오지 않았다. 집에서 이렇게 멀리 떨어진 건 난생처음이었다.

매일 밤 캠프 참가자들이 잠자리에 든 후 나는 조엘과 얘기를 나누곤 했다. 조엘은 자신의 믿음에 대해 정직하게 털어놓았다. 스스로의 불완전함과 얼마나 사투를 벌였는지. 자존심, 질투, 그리고—조엘의 음성이 낮아졌다—욕정.

"나는 하나님의 종이 되어야 해." 어느 날 저녁 어둠 속에서 모기들한테 팔다리를 뜯기며 조엘이 말했다. "하지만 난 너무 나약한 것 같아. 날마다 온갖 충동과 싸우는 느낌이고, 절반 정도는 본능이 이겨." 조엘은 두 손으로 머리를 감싸쥐었다. 나는 손을 내밀어 그의 팔을 가볍게 잡았고 조엘은 뿌리치지 않았다. 조엘이 다음 말을 이을 때 그 음성의 진동이 내 손가락 사이에서 느껴졌다. "나는 여기 있는 사람들을 이끌고 모두의 모범이 되어야 하는데, 가끔은 내가 이 일에 적합한 사람일까 의문이 들어. 더 나은 사람이 맡아야 하지 않을까." 자기 자신에 대해 그런 식으로 말하는 사람은 본 적이 없었다. "하나님이 내게 뭘 원하시는지 모르겠어." 조엘이 마침내 이렇게 말했다. "교회 지도자로서, 인간으로서."

나는 울고 싶었다. 나 자신의 욕정과 결점, 당시 무너져내리던 내 삶을 곰곰 떠올렸다. 내 부모는 싸움을 그치는 날이 없었다. 수년 전에 당한 폭행은 아직도 나의 잠을 방해했고 다른 사람들과의 접촉을 꺼리게 했다. 섹스는 무서웠지만 그에 관한 생각을 자주 했다. 나는 항상 울고 있었고 항상 자신이 없었다. 나는 의문이 들었다. 하나님은 나 같은 사람에게 무엇을 원하시는 걸까?

어느 밤 조엘과 나는 각자 침낭을 가지고 밖으로 나와 별빛 아래 나란히 누웠다. 도시의 불빛에 오염되지 않은 그런 하늘은 생전 처음 봤다. 은하수가 놀랍도록 선명했다. 칠흑 위로 흩뿌려진 별구름. 세계의 아래쪽인 이곳에는 전에 못 보던 별자리들이 있었다. 행성들이 어슴푸레하게 빛났다. 인공위성이 유유히 하늘을 횡단했다. 아침에 눈을 뜨자 내 코앞에서 고작 몇 인치 떨어진 곳에 조그만 갈색 공을 굴리며 풀을 헤치고 나아가는 쇠똥구리가 있었다. 보통 나는 곤충이라면 질색하지만, 그 순간만큼은 마음이 열리면서 경이로움을 맛볼 준비가 되어 있었다. 쇠똥구리의 결연한 투지와 차분한 행보에서 나는 뭐라 표현할 수 없는 웅대함을 보았다.

조엘이 잠에서 깨자 우리는 수영장으로 걸어가 거울처럼 잔

잔한 물가를 가만히 내려다보았다. 조엘이 셔츠를 벗었다. 그의 복부에 네모난 인슐린 펌프가 달려 있었다. 그 애잔한 작은 기기가 내 안의 정체 모를 실을 잡아당겼다. 조엘은 펌프를 끄르더니 나를 보고 두 팔을 벌리고 섰다. 나더러 자기를 물속에 밀어넣으라는 것이었다. 풍덩 빠졌다가 수면으로 올라온 조엘은 내 발목을 잡고 자기 쪽으로 끌어당겼다. 우리는 서로를 빙글빙글 쫓으며 헤엄쳤고, 내 옷자락이 몸 주위로 하늘하늘 떠다녔다. 한 시간 후 수영장에서 나와서야 내가 대책 없이 물에 들어갔음을 깨달았다. 옷은 푹 젖어 색이 약간 빠지고 납덩이처럼 무거웠다.

미국으로 돌아온 후 나는 학교가 끝나면 차를 몰고 교회로 가서 조엘의 목사실에 몇 시간씩 앉아 있곤 했다. 조엘은 문을 꼭 닫아두었다.

우리는 대화를 나눴다. 우리는 하나님과 윤리와 역사와 학교에 관해 대화를 나눴다. 그의 결혼생활에 관하여. 내 두뇌에서 삭제할 수 없는 신입생 때의 성폭행에 관하여. 조엘은 자기 앞에서 비속어를 써도 된다고 했고, 나는 아낌없이 썼다. "씨발놈의 씨발할 씨발새끼," 불경을 저지르는 데 익숙지 않은 내가 소리질렀다. "미친 새끼. 그 개똥 같은 미친놈." 조엘은 생각에 잠긴 눈빛으로 나를 지켜보았고, 그가 앉아 있던 사무실

의자가 삐거덕거렸다. 한번은 내가 바닥에 앉자 조엘이 나를 따라 바닥에 앉았고, 우리의 무릎이 맞닿았다. "때론 보는 각도를 바꿀 필요가 있지." 조엘이 말했다.

그러다 결국 조엘은 내게 일터가 아닌 다른 곳에서 만나자고 했다. 자신의 전화번호를 알려주었고, 내가 전화하면 나와서 어디든 내가 가자는 곳으로 갔다. 이 전개에 나는 묘한 쾌감을 느꼈다. 조엘과 나는 목사라는 직업 본연의 배경과 무대를 벗어났다. 조엘은 근무시간에 목사실 문을 열어놓은 채 신도들과 만났다. 하지만 나하고는 새벽 2시에 식당에서 만났고, 나는 어두워진 유리창에 비친 그의 얼굴을 보았다. 나는 차를 몰고 조엘의 집으로 가서 그가 외출이 가능한 평상복으로 갈아입는 걸 기다렸다. 아내가 집에 없을 때면 방문을 열어놓고 갈아입었고, 나는 보기도 했고 안 보기도 했다. 그다음에 내 차를 타고 동네 레스토랑에 가서 조엘이 군만두나 그릴드 치즈 샌드위치를 사줬고 나는 크게 소리 내어 울지 않으려 애썼다. 한번은 식당에서 잠이 들었는데 조엘은 내가 깰 때까지 기다려주었다.

어머니는 내가 조엘을 이름으로 부르는 것을 못마땅해했다. "버릇없게. 존스 목사님이라고 해야지." 조엘이 내겐 단순히 목사님이 아니라는 걸 어머니에게 설명할 수 없었다―나 자신

도 잘 이해하지 못했다. 우리 사이에―목사/신도, 성인/청소
년―마땅히 있어야 할 구분선은 형체도 없이 용해된 상태였
다. 우리는 친구였다. 진정 참된 친구였고, 나는 그런 친구가
별로 없었다.

조엘이 내 나이를 언급하는 일은 아주 드물었지만 그래도
그 얘기를 하면 우리 사이에 놓인 세월의 격차가 보였고 난 그
게 정말 싫었다. 조엘이 해준 말은 내가 머릿속으로 거듭 되뇌
는 만트라였다. 괜찮아질 거야. 그건 네 잘못이 아니야. 넌 나쁜 사
람이 아니야. 하나님은 너를 사랑하셔. 하나님은 네가 완전하지 않아
도 사랑하셔. 난 너를 사랑해.

그리고 나는 조엘을 원했다. 딴것 모두 차치하고, 나는 그를
원했다. 유부남이라는 건 알지만 그건 대수롭지 않아 보였다.
조엘은 내게 아내가 불임이라고, 그래서 그들 부부는 섹스도
하지 않는다고 말했다. 내가 조엘한테서 감지한 게 그것이었
을지도 모른다. 답답하게 갇혀 충족되지 못한 무언가. 조엘은
욕망을 발산하고 있었다. 나는 그에게 키스하고 싶었고, 그가
나를 안아주었으면 했고, 섹스를 공포와 죄의식이 아닌 다른
것과 결부시키고 싶었다. 나는 내 삶을 뒤흔들고 싶었고, 당시
의 내가 아닌 새로운 사람이 되고 싶었다.

그 몇 달 동안, 수면 부족으로 인한 몽롱함과 날 선 불안에
휩싸인 채 나는 누군가 태양광 패널을 손으로 가려버린 계산

기가 된 것 같았다―액정이 나갔다 들어왔다 하며 아예 꺼져버리기 직전이었다. 그러나 조엘은 자신의 갈망을 동력삼아 계속 나아가는 것 같았다. 나도 그렇게 되고 싶었다.

마지막으로 조엘을 봤을 때 나는 눈물을 펑펑 쏟았다. 대학에 진학해서 어쩔 수 없었지만 그렇게 멀리 떨어지긴 싫었다. 조엘은 전화 한 통이면 닿을 수 있다고 나를 안심시켰다. "게다가 워싱턴DC는 그렇게까지 멀지 않아. 내가 갈 수도 있어." 조엘은 말했다.

어느 날 밤 대학교 교정에서 나는 첫 키스와 첫 애무를 경험했다. 기분이 이상했다. 희열과 비애와 만족을 느꼈고, 어른이 된 것 같았다. 다 끝나고 기숙사 내 방으로 돌아오니 자정이 넘은 시각이었다. 나는 룸메이트가 엿듣지 못하게 휴대폰을 들고 복도로 나와 조엘에게 전화를 걸었다. 조엘은 무슨 일이냐고 물었고, 나는 하나하나 시시콜콜 다 말했다. 조엘은 전혀 제지하지 않았고, 그저 가만히 내 얘기가 끝날 때까지 듣기만 했다.

"나 이제 어떡하지?" 뭘 어쩌기도 전에 말이 그냥 입에서 튀어나왔다. 그 순간까지 나는 남몰래 신이 났었고, 내 얼굴에 비비대는 남자의 까칠한 수염과 내가 이끄는 대로 더듬는 손의 신기함에 한껏 들떠 있었다. 그러나 못마땅한 기색을 내뿜는 조엘의 침묵에 나는 그 행위가 죄악임을 다시금 떠올렸다.

처음으로 조엘은 할말을 잃은 듯했다. 언제나 바르고 선하고 알기 쉽다고 느껴지던 그의 막힘없는 조언이 있던 자리에는 묵묵부답과 망설임이 들어섰다.

마침내 조엘이 말했다. "용서를 구해야지."

몇 주가 지나자 조엘은 더이상 내 전화를 받지 않았다.

평소대로 일상생활을 해나갔지만 그의 침묵이 내 주위를 맴돌았다. 내가 딴 남자랑 그런 짓을 해서 화가 났나? 혹시―질투일까? 나는 당황스럽고 두려웠다. 조엘이 내게 흥미를 잃은 걸까. 내가 보이지 않는 선을 넘어 용서할 수 없는 행위를 저지른 걸까. 나는 일반적이겠지 싶은 시간차를 두고 이메일을 몇 통 보냈다. 조엘은 답이 없었다.

몇 주가 지나고, 기숙사 방의 갈색 코듀로이 이불 위에 앉아 식당에 갈지 말지 고심하고 있을 때 휴대폰이 울렸다. 나는 룸메이트에게 먼저 가라고, 금방 가겠다고 말했다.

어머니의 목소리는 딱딱했고 약간 냉랭했다. "존스 목사님이 교회에서 잘렸어." 어머니가 말했다.

"뭐?"

"들리는 말로는 신도하고 불륜이었다더라. 결혼생활에 대해 상담해주던 여자였대."

나는 전화를 끊고 조엘에게 전화했다. 신호음이 계속 울렸다. 조엘이 그런 짓을 하다니 믿기지 않았고, 그를 함부로 판단하는 나 자신이 싫었다. 전화가 음성사서함으로 넘어갈 때 내 안의 시샘 많은 소녀는 그게 진짜로 조엘이 원하는 것이었다면 왜 나를 선택하지 않았는지 궁금해했다. 내가 그 자리에 있었는데. 우린 그렇게 친했는데. 조엘은 할 수 있었을 테고 나는 기쁘게 응했을 것이다. "나한테 전화 줘." 나는 애써 차분한 어조로 말했다. "부탁이야. 할 얘기가 있어."

기차를 타고 집으로 가서 차를 몰고 목사관으로 향했다. 집 안은 어두웠지만 그래도 어쨌든 현관문을 두드렸다. 조엘은 나오지 않았고, 나는 집에 가서 다시 이메일을 보냈다.

"제발, 제발 나를 끊어내지 마. 만약 그럴 거라면 그런다고 말이라도 해줘, 말을 해줘야 내가 이러지도 저러지도 못한 채 허공에 떠 있지 않지. 당신은 내 세상이 온통 무너져내릴 때 내 곁에 있어줬어. 제발, 나도 조엘을 위해 똑같이 할 수 있게 해줘."

몇 시간 후 답이 왔다. "카먼, 난 괜찮아, 다만 좀 혼란스러울 뿐이야. 도서실 문 닫을 시간이네, 이만 가봐야겠어. 조엘." 그것이 내가 조엘에게 들은 마지막 말이었다.

마침내 데이트란 것을 하기 시작했을 때 나는 약간 자포자기했고 조금 음란했으며 아주 많이 혼란스러웠다. 난 정말 아무것도 알지 못했다. 그러다 성인이 됐고, 꿈의 집에서 자다가 와락 덮쳐온 깨달음에 실제로 숨이 막혔다. 모든 게 에피파니 맛이 났다.

꿈의 집 — 민담의 분류체계

　한스 크리스티안 안데르센의 동화에서 인어공주는 혀가 잘린다.[8] 「백조 왕자」에서 엘리자 공주는 제목처럼 날짐승으로 변한 오빠들을 위해 쐐기풀로 옷을 짓는 7년 동안 말을 해서는 안 된다.[9] 그리고 「거위 치는 소녀」도 있다. 간악한 시녀가 소녀의 신분과 칭호와 남편을 다 가로채고, 소녀는 목숨을 잃을까 두려워 자신이 처한 곤경을 얘기하지 못한다.[10]

　인어공주는 그 외에도 여러모로 죽을 고생을 한다. 다리가 자라나는 과정은 칼로 꼬리를 반으로 가르는 것처럼 아프다.

---

8 톰프슨, 『민속문학 사전』, 타입 S163, 신체 훼손: 혀 잘림(뽑힘).

9 아르네 톰프슨 우서, 「민담의 분류」, 타입 451, 남자 형제를 찾는 소녀.

10 아르네 톰프슨 우서, 「민담의 분류」, 타입 533, 억압된 신부.

내딛는 걸음걸음이 극심하게 고통스럽기에 인어공주의 춤은 아름답다. 그럼에도 왕자는 인어공주를 반려로 택하지 않는다. 마지막에 인어공주는 자신의 목숨을 구하기 위해 왕자를 죽이는 방법도 고려하지만 대신 자신의 죽음을 택하며, 정령들이 인어공주를 데려간다. (고통을 겪음으로써 영혼을 얻는다.)[11] 그러나 그전에 마녀는 인어공주의 혀 조직을 잘라 혓바닥을 가져간다. 날이 잘 들지 않는 이케아 칼로 돼지고기를 썰어봤다면 어떤 느낌인지 알 것이다―그 톱질, 앞뒤로 흔들리는 진동, 미끈미끈 찍찍거리는 근육의 탄성, 하얀 마블링 지방.

반면 엘리자는 운이 좋다. 음, 좋은 편이다. 뭐, 그나마 낫다. 쐐기풀은 가시투성이고 묘지에서 뜯어와야 한다. 그리고 내내 침묵을 지켜야 한다. 따갑고 쓰리고 물집 잡힌 손으로 옷을 지으며 침묵한다. 남자가 엘리자와 사랑에 빠질 때 침묵한다. 사람들이 엘리자를 마녀로 몰아 화형에 처하려 할 때 침묵한다. 임무를 마치고 나서도 말을 하기도 전에 까무러쳐서 오빠들이 대신 말해줘야 한다.

거위 치는 소녀? 이 소녀는 살아남는다. 확실히 살아남는다. 그래 뭐, 가짜 공주가 소녀가 사랑하는 말하는 말을 죽였고 뎅겅 잘린 말의 머리는 모두가 볼 수 있게 문 앞에 내걸렸다. 그

---

11 톰프슨, 『민속문학 사전』, 타입 Q172, 보상: 천국 입성.

래 뭐, 소녀는 해야 할 말을 하는 게 무서워서 다른 사람이 자신의 정체를 분장 의상처럼 걸치고 왈츠를 추는 모습을 보는 수밖에 없다. 그러나 끝에 가서는 친절한 왕과 거위 치는 소년의 도움으로 소녀의 진실이 밝혀진다. 소녀는 왕자와 결혼하고 자비롭게 나라를 다스리며 생의 마지막날까지 행복하게 잘 산다.

혀가 없어질 때도 있고, 본인 스스로 입을 다물고 있을 때도 있다. 살 때도 있고, 죽을 때도 있다. 이름이 있을 때도 있고, 본인이 무엇인지—누구인지가 아니라—에 따라 이름이 지어질 때도 있다. 이야기는 누가 들려주느냐에 따라 항상 조금씩 달라진다.

케추아족의 수수께끼 중 이런 것이 있다. El que me nombra, me rompe. 나의 이름을 부르는 것이 나를 깨트린다. 답은 당연히 '침묵'이다. 그러나 사실상 나의 이름을 아는 자는 나를 둘로 쪼갤 수 있다.[12]

---

12 톰프슨, 『민속문학 사전』, 타입 C432.1, 초자연적 존재의 이름을 맞히면 그 것의 지배권을 얻는다.

꿈의 집—야생동물 쇼

선을 넘었어—너는 사랑에 빠지고 말아. "밸에게 얘기해야
겠어." 여자가 말해. "얘기해야 해, 해결해야 해. 밸하고 나는
3년 동안 사귀었거든." 여자가 변명처럼 말을 끝맺어. 모든 게
일사천리로 잘 풀렸음에도 너는 묘하게 양심의 가책을 느껴.
감정이란 건 원래 이런 식으로 작동하겠지? 복잡하게 얽히고
설켜서? 제 스스로 생명을 가지고서? 감정을 제어하려는 건
야생동물을 제어하려는 것 같아. 아무리 충분히 가르쳤다고
생각한들 제멋대로지. 제 나름대로 생각이 있어. 그게 야생의
아름다움이니까.

꿈의 집 —비운의 연인들

어느 날 서류 한 통이 도착해. 여자는 아이오와대학 문예창작 석사과정에 떨어지고, 인디애나대학원에 붙어. 너희는 서로 1마일도 채 떨어지지 않은 곳에 살고 있지만, 여자는 슬픔에 젖어 그 사실을 네게 전화로 얘기해.

너는 방에 들어가서 혼자 울어. 피할 수 없는 일인 것 같아. 끝내줬지만, 다 끝난 거지.

몇 시간 후 여자가 네 방문을 두드려. 방에서 네게 키스하고, 밸이 뉴욕을 떠나 인디애나로 와서 자기와 같이 살 거라고 하네. 하지만 여자는 네가 종종 와주길 바라고, 연애를 지속하기를 원한대. "밸이 한번 시도해보재." 여자가 말해. "나는—

난 늘 폴리아모리였다고 생각해. 그러니까 이건 지극히 타당한 얘기야. 너희 둘 다와 함께 있고 싶어. 잘해보고 싶어. 미친 짓일까?"

"아니." 너는 안경에서 눈물을 닦아내며 말해. "너무너무 해보고 싶어."

꿈의 집 — 백일몽

여자와 밸은 블루밍턴으로 집을 보러 가야 하고, 너에게 같이 가자고 해.

아이오와를 출발하기 며칠 전, 너는 어느 가게에서 빈티지 사진을 한 장 발견하는데 그 흑백사진에는 세 여자가 웃고 있고 그중 한 명이 아기를 안고 있어. 네 짐작으로는 1940년대 사진이 아닐까 싶네. 너는 중고 매장에서 액자를 사서 그 사진을 끼워넣어.

인디애나에서 너희는 함께 이 집 저 집을 둘러봐. 운전은 네가 하지. 네 애인이 조수석에 앉고. 밸은 뒷좌석이야. 집주인들에겐 저 둘이 연인이고 너는 기동력을 보유한 친구라고 대

충 둘러대는데, 너희는 어딜 가든 침실을 어떻게 할지에 대해
생각해. 방이 두 개는 필요하겠지, 하나는 너랑 여자가 쓰고,
다른 하나는 여자와 밸이 쓰고? 서재에 요를 깔고 자는 건 어
때? 너희는 방으로 몰려들어가며 웃음을 터뜨려. 집주인들은
의문을 가졌을지언정 입 밖에 내지 않네. 너는 생각해, **저 사람**
들은 상상도 못할 거야, 이 조합의 완벽함과 풍요로움을.

　집 한 곳은 황홀해―나무들 안쪽 깊숙이 자리했고, 전부 목
재로 지은 전원풍 주택인데, 애를 써도 다 채우지 못할 만큼
방이 많아. 마치 더 작은 두번째 집을 삼킨 것처럼 헷갈리게
했던, 유리문이 잔뜩 달려 있던 내부 벽면이 기억나네. 또다른
집은 아주 재미있게 낡아빠졌고, 부엌의 평평한 모든 면에 깨
끗하게 건조된 작은 위스키잔이 빼곡히 들어차 있어. 적어도
정리벽은 있는 임차인의 파티 하우스랄까. 십대 남자애 냄새
가 나. 땀과 분사형 탈취제와 도리토스의 냄새.

　중간에 시간이 한참 떠서 너희는 반려동물 가게에 들어가 울
타리 안에서 자기들끼리 뭉쳐 있는 작은 페럿 무리를 구경해.
너는 페럿 하나하나에 빙의해 웃기는 목소리 연기를 보여주지.
여름방학 때 아르바이트했던 곳의 사장이 애들 사진을 보여주
겠다더니 반려 페럿들 사진을 보여줬다는 얘기를 해. 다시 바
깥의 뙤약볕으로 나왔을 때 너희는 모두 깔깔 웃고 있어.

　마지막 집―가장 완벽해―의 주인은 젊고 아름다운 붉은

머리 커플이고, 볼에 담긴 반죽을 휘젓고 있는 엄마의 치맛자락을 붙들고 아이들이 문 앞까지 나와. 꼭 동화에 나오는 집 같아. 마당에는 닭들이 모이를 쪼고, 포치에는 아름답고 늘씬한 개가 자고 있어. 난방은 화목 난로. 너는 그 집이 실용적이지 않다는 걸 알지만—시내에서 너무 멀거든—너무 마음에 들어 가슴이 아릴 정도야. 바로 여기서, 무성히 우거진 나뭇가지 아래 서서 너의 애인이 그 집 남편과 이야기하는 것을 지켜보며 처음으로 감히 환상을 살포시 품어봐. 언젠가 너희 셋의 V자형 관계가 한 덩이로 뭉쳐져 함께하게 되는 미래를.[13]

너희는 밸을 비행기에 태워 보내고 둘이 차를 타고 아이오와로 돌아와. 너른 밭이 펼쳐지는 동안 너는 저도 모르게 완전히 새로운 삶, 쾌락주의와 건전성이 완벽하게 공존하는 삶을 그려보지. 병조림과 초절임을 만들고, 난롯가에서 글을 쓰고, 너희 셋은 한 침대에 엉겨 있고. 너희 아이의 진학 상담 선생님과 싸우고. 아이에게 너희 가족이 다른 가족들과 좀 달라 보이긴 해도 그게 잘못된 건 아니라고 설명하고. 대부분의 아이들은 무슨 수를 써서라도 엄마 셋을 갖고 싶어할 거라고.

너는 은연중에 벌써 아쉬움을 토로해. 여자를 건너다보니까 여자가 말해. "다 같이 장거리 여행 한번 더 가자."

---

13 톰프슨, 『민속문학 사전』, 타입 T92.1, 삼각관계와 그 해결책.

꿈의 집 ─에로티카

늦봄 어느 날 너는 절정으로 치달으며 여자에게 네 입을 막아달라고 해서 스스로도 깜짝 놀라지. 여자는 하란 대로 점점 고조되는 너의 울부짖음을 손바닥으로 단단히 누르고, 그 소리가 도로 네 몸속으로 밀려들어가 네 모든 분자를 뒤덮는 것 같아. 서서히 잦아들면서 너는 숨을 들이쉬려 하지만 잘 안 되고, 여자가 손을 떼자 언외의 떨림이 여운처럼 느껴져.

그후에 너는 여자가 너에게 삽입하는 동안 여자의 낮고 쉰 목소리를 계속 듣고 싶다고 하고, 여자는 해달라는 대로 해줘. 영어와 불어를 물 흐르듯 바꿔가며 자신의 좆에 대해, 또 그게 너를 어떻게 채우고 있는지 속삭이고, 한 손으로 네 얼굴을 누르며 너의 아래턱을 감아쥐고 이쪽저쪽으로 돌려. 여자는 음부의 털을 매끄럽게 깎았고, 그게 꼭 소라 껍데기 속처럼 빛나. 여자는 하네스를 차는 것을 무척 좋아해. 너는 하네스 찬 여자를 빨고, 여자는 진짜처럼 매트리스에서 허리를 띄우고 요동치며 절정에 다다라.

뭐가 더 기적에 가까운 건지 모르겠네. 여자의 몸인지, 아니면 네 몸을 향한 여자의 애정인지. 여자는 너의 에로틱한 상상에서 떠나지 않아. 둘 다 끊임없이 젖어 있어. 아무데서나 닥치는 대로 섹스하는 것 같아. 침대와 식탁과 마룻바닥. 전화를 하면서. 너희의 몸이 나란히 있을 때면 여자는 너희 몸의 차이에 감탄하며 즐거워해. 탈지유처럼 새하얀 제 피부와 너의 올리브색 피부. 핑크빛 제 유두와 너의 갈색 유두. "넌 전부 다 색이 더 진하네." 여자가 말해.

너는 여자가 너를 통째로 삼켜도 가만있을 거야. 삼킬 수만 있다면 말이지.

꿈의 집 — 조짐

    너희 두 사람은 가욋돈을 벌기 위해 피어슨에서 표준화 시험 채점하는 일을 얻어. 회사 건물은 낮게 웅크린 모양새로, 아이오와시티 외곽에 접한 복합산업단지에 있어. 도시가 옥수수밭에 길을 내어주는 곳이지. 열아홉 살 때 텔레마케터라는 미화된 명칭으로 일하며 리하이밸리의 집주인들에게 전화해 창문을 교체하라고 설득했던 일이 생각나는군.

    너희는 자리마다 컴퓨터가 한 대씩 있는 긴 테이블에 앉아. 작문 채점하는 일을 하고 싶지만 대체로는 십대 시절 너에게 두드러기를 일으켰던 길고 복잡한 수학 문제를 채점하면서, 혹은 건방진 꼬마들이 정답지에 그림을 그리거나 장난을 치거나 '내가 픽이나 알겠다 씨발'이라고 써놓은 걸 보고 호탕하게 웃으면서 대부분의 시간을 보내. 정신이 꼬여 착란을 일으킬 만큼 지루하지만 이건 돈 버는 일이고, 너희 둘은 심지어 친구도 사귀지. 너희와 함께 앉아 점심을 먹은 여자와 친구가 되고, 가끔 집까지 태워다주기도 해.

업무시간은 길고 휴식시간은 짧으니 일과가 끝날 때쯤 되면 보통 자판기에서 파는 치토스를 먹고 있고, 그러면 방부제에 절여지고 배가 터질 듯 불러오는 느낌이야. 너는 화장실에 엄청 자주 가는데 그 이유는 대개 혈액순환을 위해서, 또 잠을 쫓기 위해서야.

그렇게 화장실을 왔다갔다하다가 바로 옆 장애인 칸에서 웬 여자가 오열하는 소리를 들어. 너는 오줌을 누고―반시간 전에도 쌌으니 지금은 몇 방울 나오지도 않지만―손을 씻고 나서 옆 칸 문을 가만히 두드리고 별일 없냐고 물어. 옆 칸 사람이 딸꾹질하며 잠금쇠를 여는데, 커다란 갈색 눈의 작고 호리호리한 여자야. 여자는 트라우마 문제를 겪고 있다는군. 너는 여자에게 밖에 나가 바람 좀 쐴 테냐고 묻고 여자가 그러고 싶다고 하자 같이 나가서 건물 입구 옆 아담한 잔디밭에 앉아. 여자는 강간을 당했는데, 아주 오래전 일이고, 사람들이 자신의 말을 믿어주지 않아 너무 힘들었다고 해. 너희 두 사람은 얘기를 시작해―음, 여자가 얘기를 해. 너는 주로 들으며 고개를 끄덕이지.

오후가 엉금엉금 지나가. 관리자가 너희가 없어진 걸 알아채고 밖에 나와 소리를 지를 만도 한데―모르는 건지 관심이 없는 건지. 어느 시점에 이르자 너는 지금이 몇시인지 궁금해지지만, 휴대폰을 꺼내서 여자의 줄기찬 독백을 방해하기가 조심스럽네.

겨우 휴대폰을 꺼내든 너는 두 가지 사실을 알게 되지. 거의 두 시간 동안 밖에 나와 있었다는 것, 애인이 대여섯 번 문자와 전화를 했다는 것. 어디야, 어디야, 어디야, 애인이 묻고, 네가 막 전화하려고 휴대폰을 귀에 가져다대는 찰나 건물 정문이 열리면서 네 애인을 포함한 채점자들이 쏟아져나와. 너는 여자에게 네 전화번호를 알려주고 뭐든 필요한 일 있으면 전화하라고 말한 다음 한달음에 잔디밭을 가로질러 뛰어가지.

애인은 도끼눈을 하고 너를 째려봐. 새로 사귄 친구가 네 애인과 나란히 달려나오는데, 안절부절못하는 것 같더니 네게 숨가쁘게 말해주네. "얘는 그냥 네가 걱정돼서 그런 거야." 새 친구가 선수를 치며 너무 불안하게 말해서 너는 흠칫해. 너희 셋은 네 차에 타고, 애인은 표독스러운 분노를 발산하고 있어. 너는 묵묵히 친구네 집까지 운전해. 집에 도착한 친구는 차에서 내리길 주저하는 듯하고, 일단 내려서도 뭔가 할말이 있는 것처럼 미적미적대더니 결국 집에 들어가. 차를 빼서 도로에 접어들자 애인이 온 힘을 다해 대시보드를 쾅 내리쳐.

"씨발 너 어디 있었는데!"

너는 화장실에서 만난 여자와 있었던 일을 자세히 설명해. 그 여자가 네게 이러저러한 얘기를 했다고, 여자가 말하는데 중간에 끊으면 안 될 것 같아서 답장을 보내지 못했다고. 너는 이 해명으로 충분히 애인의 화가 가라앉을 거라고 생각해―심지어 사과할 거라고 기대하지. 그러나 무슨 영문인지 애인은 더더욱 화를 내. 계속 대시보드를 쾅쾅 때려. "넌, 내가 살면서 만나본 사람들 중에 제일 경우 없는 년이야, 아니 씨발 감히 어떻게 그런 식으로 나한테 아무 얘기도 없이 나가버릴 수가 있냐." 네가 그 여자 얘기를 꺼낼 때마다 애인은 다시 고래고래 소리지르기 시작해. 집까지 몇 블록 안 남았을 때 차를 세워.

"나한테 그런 식으로 말하는 건 아니지." 네가 말해. 그러고 나서 어이없게도 너는 울기 시작해. "나는 결정을 해야 했고, 옳은 결정을 했다고 확신해."

네 애인이 안전벨트를 풀더니 네 귓가에 바싹 얼굴을 들이밀고 말해. "이 얘기를 글로 쓰는 건 용납 못해. 이 얘긴 절대 쓰지 마. 씨발 무슨 소린지 알아들어?"

화장실의 그 여자 얘기를 말하는지 본인 얘기를 말하는지 모르겠지만, 너는 고개를 끄덕여.

두려움은 우리 모두를 거짓말쟁이로 만들지.[14]

---

14 톰프슨, 『민속문학 사전』, 타입 C420.2, 금기: 어떤 사건에 대해 함구하는 것.

꿈의 집 — 누아르

이 여자는 네가 처음 반한 여성도 아니고, 처음 키스한 여성
도 아니고, 처음 사귄 동성 연인도 아니지. 하지만 너를 그런
식—집착과 뒤엉킨 아찔한 욕망—으로 원한 건 이 여자가 처
음이야. 애인이라는 딱지로 자신과 너를 옭아맨 것도 이 여자
가 처음이고. 게다가 네가 제 애인이라는 사실을 자랑스러워
하는 것 같아. 그래서 여자가 네 연구실로 뚜벅뚜벅 걸어들어
와 여자와 사귄다는 건 이런 거야, 라는 식으로 말할 때 너는 그
말을 믿어. 안 믿을 이유가 없지 않아? 너는 여자를 신뢰하고,
달리 견줄 맥락과 지식이 전혀 없으니. 너는 평생 여자들의 감
성, 여자들의 예민함에 대해 네 아버지가 하는 얘기를 들으며
자랐어. 아버지가 콕 집어 나쁘게 말한 적은 없지—그런 저의

가 항상 깔려 있기는 했지만. 너는 문득 이게 아버지 말이 옳다는 것이 증명되는 상황이 아닌가 고민해. 여태껏 내내 아버지에게 당신 얘기는 순 헛소리라고, 편견을 버리고 성별 본질주의에서 벗어나라고 항변해왔는데, 지금 여기서 너는 레즈비언 연애의 경우 뭐랄까 좀 다르다는 것을 알게 되지─더 강렬하고 아름다우면서도 더 고통스럽고 불안해, 왜냐하면 여자들이 바로 그러하니까. 어쩌면 너는 여자들은 다르다고 진심으로 생각할지도 모르겠어. 아버지에게 사과해야 할지도. 여자들이여, 그렇지 않은가?

꿈의 집 — 퀴어의 극악무도함

　나는 퀴어 악당들과 그들의 문제점, 과감함, 즐거움과 관련해 생각이 많다.

　그들에게 아주 분명한 정치적 반응을 보여야 한다는 걸 안다. 가령 디즈니의 이런 라인업, 허장성세를 일삼는 무력하고 아무짝에 쓸모없는 놈(스카, 자파), 못된 드래그 퀸(어설라, 크루엘라 드 빌), 남자를 싫어하는 꽉 막힌 막강 다이크(신데렐라의 계모인 트리메인 부인, 말레피센트) 같은 캐릭터 구성에 화를 내야 한다. 〈다운튼 애비〉의 모사꾼 게이 집사와 〈걸프렌드〉의 강압적인 통제광 레즈비언에 분노하고, 〈레베카〉 〈열차 안의 낯선 자들〉 〈로라〉 〈더 테러〉 〈이브의 모든 것〉, 그 외 고전물이든 현대물이든 멋부리고 방조하고 심약하고 잔인하고 재치 없고 악랄하고 불쾌하고 정신나간 호모섹슈얼이 등장하는 모든 영화와 TV 드라마에 분개해야 마땅하다.

그럼에도, 그 문제점—그 압축의 방식, 극악무도함과 퀴어함이 서로에 대한 별칭처럼 쓰여온 것—을 머리로는 알아도 허구의 퀴어 악당들을 사랑하지 않고는 못 배기는 것이다. 나는 그들의 미학적 화려함, 극적인 희열, 황홀함, 무자비함, **막강함**을 사랑한다. 언제나 그들은 화면 속에서 단연코 제일 흥미로운 캐릭터다. 어쨌든 그들은 자기들을 싫어하는 세상에 살고 있다. 그들은 적응한 것이다. 그들은 은폐술을 익혔다. 그들은 살아남았다.

알랭 기로디의 〈호수의 이방인〉에서 풋풋한 주인공 청년 프랑크는 게이 헌팅 장소로 유명한 호수에서 미셸이 애인을 물에 빠뜨려 죽이는 장면을 목격한다. 얼마 지나지 않아 프랑크는 연상의 미셸과 사랑을 나누기 시작한다. 시체가 발견되자 호숫가 주변에 자리한 게이 커뮤니티는 크게 동요하며 감정적 혼란에 빠지지만 그래도 커뮤니티의 일상을 유지한다. 한 행동파 형사가 사건 해결을 위해 냄새를 맡고 돌아다니자 프랑크는 엉겁결에 미셸을 감싸려 거짓말을 하고, 미셸과 더 가까워지려 애쓴다.

잘생기고 매력적인 살인자와 함께하기로 한 프랑크의 결정은, 제법 쉽게 공감할 수 있는 어떤 문제를 몇 단계 과장한 것에 불과하다. 사람이 정욕과 애정과 외로움의 파도에 휩쓸릴 때는 논리적 근거를 찾는 능력이 퇴화한다는 것. 미셸은 다른 수많은 퀴어 악당들처럼 과장되게 멋지지도 않고 여러모로 훨씬 더 악질이다. 매력 있고 카리스마 넘치지만 도덕성이 결여되어 있다. 미셸의 배경이나 살해 동기에 관한 단서는 거의 주어지지 않는다.

퀴어 악당을 둘러싼 고뇌는 재현의 문제와 얽혀 있다. 스크린에 등장하는 게이 캐릭터가 극소수일 때 그들의 불균형한 극악무도함은 누가 봐도 수상하다. 치마만다 응고지 아디치에의 말을 빌리면, 한 가지 이야기만 들려주며 폐해와 악행을 현실로 연상하게 만들어버린다. 누구를 악역으로 만들 것인가 하는 선택에는 책임이 따른다고 지적하며 예술가에게 따지고 들 수도 있겠지만, 그게 또 그렇게 단순한 문제는 아니다.

결과적으로는, 특정 프로젝트나 유니버스 내에서든 전반적인 시대정신에 있어서든 퀴어 악당은 다른 게이 캐릭터들에 비해 훨씬 흥미로워지고 있다. 퀴어 악당은 더 큰 별무리 속의 별이 되어간다. 맥락 안에 놓여진다. 이것은 상당히 고무적이고 해방적이기까지 하다. 재현의 폭을 넓힘으로써 퀴어들에게—캐릭터로서, 현실의 사람으로서—인격체가 될 공간을 선사한다. 그들은 악과 타락에 대한 은유도, 순응과 온화의 아이

콘도 될 필요가 없다.[15] 그들은 있는 그대로의 자신이 될 수 있다. 영웅적 행위만큼이나 잘못된 행위도 재현되어야 한다, 왜냐하면 특정 사람들의 일탈 가능성을 거부하는 순간 그들의 인간성도 거부하는 셈이 되니까. 달리 말하면 퀴어들―현실 세계의 그들―은 도덕적으로 순수하고 고결한 사람들이므로 재현도 보호도 권리도 받을 자격이 없다는 얘기가 되는 것이다.[16] 퀴어도 인간이므로 그러한 것들을 받아야 마땅하다. 인간이니까, 라는 말로 충분하지 않은가.

〈호수의 이방인〉의 대단원에 이르러 형사는 그날의 수사를 마치고 호숫가를 떠나려다 프랑크와 마주친다. 프랑크는 형사가 탄 자동차의 헤드라이트 불빛에 문자 그대로 갇히고, 대화

---

15 권리를 위한 투쟁이라는 필요악이 낳은 클리셰. 인종, 성별, 장애와 관련해서도 마찬가지이지만 모든 것을 희생하는 성스러운 소수자라는 비유는 순수한 혐오의 뒤꿈치를 따르는 것이며, 혐오 못지않게 위험하다(이유야 다르지만).
16 이런 유형의 특징 짓기는 미국의 동성혼 권리 투쟁 기간에는 유용했지만 결점도 많다. 예를 들어 2018년 캘리포니아에서 흑인 아이 여섯 명을 입양하여 굶기고 일부러 낭떠러지로 차를 몰아 자신들과 여섯 아이의 목숨을 앗은 백인 레즈비언 커플 제니퍼와 세라 하트를 두고 사람들이 이해를 못하고 골머리를 썩인 것은 우연이 아니다. 퀴어 여성이 성폭력과 가정 폭력을 휘두를 수 있다는 게 상상이 안 되어 어려움을 겪는 것도 우연이 아니다. (또한 여기엔 만연한 성차별이 얽혀 있으니, 살인사건의 유력한 용의자였으나 성차별적 관결로 되레 무죄를 받은 리지 보든 유형의 난제인 셈이다. 형언하기 어려운 끔찍한 폭력을 저지를 수 있는 사람이 따로 있나?)

가 진행될수록 그 은유는 더욱 선명해진다. "우리가 사체를 발견한 지 겨우 이틀이 지났을 뿐인데 다들 아무 일 없었다는 듯 돌아와 함께할 상대를 물색하러 다니는 게 이상하다고 생각지 않나?" 형사가 프랑크에게 묻는다.

이 장면 후반에 형사가 프랑크에게 죽은 남자에게 연민을 느껴보라고, 안전에 대해 경각심을 가지라고 호소하자 프랑크는 눈에 띄게 비탄에 사로잡힌다.[17] 그러나 슬픔에 잠겨 있어도 프랑크는 현실적이다. "우린 삶을 멈출 수 없어요."

우리는 삶을 멈출 수 없다. 다른 말로 우리는 살아야 한다는 뜻이고, 우리는 살아 있다는 뜻이며, 곧 우리는 인간이고 인간적이라는 뜻이다. 우리 중에는 고약한 사람도 있고 혼란에 빠진 사람도 있고 그릇된 상대와 자는 사람도 있고 잘못된 결정을 내리는 사람도 있고 살인자도 있다. 듣기엔 섬뜩하지만 그것이 사실상 자유로운 해방이다. 퀴어가 선함 내지 순수함 내지 올바름과 동의어가 아니라는 생각. 퀴어라는 것도 그저 정치, 저

---

17 이 장면에는 나를 소름 돋게 한 사소한 두번째 디테일이 있다. 형사가 프랑크에게 이렇게 묻는다. "여기 나돌아다니는 호모포빅 연쇄살인마라도 있으면 어쩌려고?" 형사는 살인자도 게이라는 사실을 아는 건 아니었다. 사회적으로 낙인찍힌 집단에 속한 희생자가 어쩌면 그 집단에 속해 있다는 이유만으로 표적이 되었으리라 짐작한 것이다. 하지만 나는 궁금했다. 만약 어떤 게이 살인마가 게이 남성만 노린다면 그 살인마 본인도 동성애혐오자가 아닌가? 이 의문은 뱀이 제 꼬리를 무는 형상이고, 나로서는 파헤치는 것이 불가능하다.

마다의 사회세력, 더 큰 이야기, 온갖 종류의 윤리적 복잡성에 종속된 존재의 한 상태일 뿐이다. 그러니까 퀴어 악당과 퀴어 히어로와 퀴어 보조와 조연과 주인공과 단역을 무대에 올리자. 그들은 독자적으로 완전한 배역이 될 수 있다. 그들에게 자율성을 부여하고 풀어주자.

꿈의 집—장거리 자동차 여행

　때는 7월. 7월의 아이오와는 그야말로 드라마야. 축축한 무더위, 토네이도 경보, 운전이 불가능할 정도로 몰아치는 맹렬한 천둥번개와 폭우. 달려드는 모기떼. 놈들의 기갈에 땡땡 부어오른 다리.

　너는 여행 계획을 세워. 아이오와에서 보스턴으로, 보스턴에서 뉴욕으로. 보스턴에서는 여자가 학생 때 자주 다니던 곳을 너에게 보여주고, 뉴욕에서는 뺄과 셋이 함께 지낼 거야. 그다음에 뉴욕에서 앨런타운으로 가서 여자와 함께 네 부모를 만나고, 앨런타운에서 워싱턴DC로 가서 네 대학교 때 친구들을 만나고, DC에서 버지니아 북부로 가서 너의 가장 오랜 친구의 결혼식에 참석하고, 그리고 플로리다로 내려가 여자의 부모를 만날 거야. 탁 트인 도로를 떠올리는 것만으로도 네 기분은 한결 가벼워져. 너는 늘 전국을 종횡무진 누비는 장거리 운전을 사랑했어. 애국심이 절로 생기는 유일한 때지.

네 부모는 네가 운전하는 것을 좋아하지 않아. 사고라도 날까봐 노심초사하거든. 둘이 같이 비행기를 타고 오라고 읍소하는 바람에 너는 타협안을 내. 워싱턴DC까지 차를 끌고 가고 거기서 플로리다까지 비행기를 타고 가겠다. 네 부모는 너희 둘의 비행기 푯값을 대신 내줘.

여행의 걸음걸음은 달콤하면서도 시큼하네. 너는 운전하면서 여자의 가랑이 사이에 슬쩍 손을 집어넣고, 옥수수밭과 정체된 차들을 지나쳐 달리며 여자를 손으로 흥분시켜. (여자는 섹시하고, 넌 생각이 짧아.) 너희는 일리노이의 한 휴게소 근처에서 하고많은 것 중 하필 비욘세 노래 때문에 싸워. (여자는 말해. "만약 이 노래 가사가 남자들이 세상을 지배한다는 내용이었다면 넌 이 노래를 싫어했을걸.") 인디애나의 맥도날드 주차장에서 여자가 너에게 키스하고, 너희 둘이 고개를 들자 근처에 서 있는 남자들—위험한 남자들, 사람을 죽일 듯한 남자들—이 지켜보며 손가락질하고 웃어. 한 남자가 손가락 사이로 혓바닥을 날름거리는 짓을 하는데, 현실에서 그런 짓을 하는 사람을 너는 난생처음 봐. 너는 최대한 빨리 그곳을 빠져

나와. 다시 주간고속도로를 탈 때까지 안전벨트 매는 것조차
까먹었지.

꿈의 집 — 우발적 사건

보스턴에서 네 친구 샘이—너는 여전히 대학 때 별명인 빅 샘으로 부르지—여자가 너를 울리는 장면을 우연히 듣게 돼. 그냥 모른 척 넘어가줬으면 좋겠는데 샘은 여자한테 쌀쌀맞게 굴며 거리를 두네.

꿈의 집 —야심

　여자는 너에게 하버드 캠퍼스를 안내해주고, 그곳에 처음 가보는 너는 무심결에 과거를 돌아보며 이상한 공상에 사로잡혀. 기본적으로 호그와트처럼 생긴 학부생 식당을 여자가 보여줄 때 너는 혼잣속으로 계속 곱씹어. 역시 하버드에 갈 걸 그랬나? 원서를 넣어볼 걸 그랬나? 그때 왜 다른 대학교에 지원했더라 머릿속을 더듬다가 너는 대학을 완전히 무작위로 골랐음을—수년 만에 처음으로—기억해내. 도시로 가고 싶었고, 펜실베이니아를 벗어나고 싶었어. 오직 그 두 가지만이 선택의 기준이었지. 하버드 캠퍼스를 거닐면서 느껴지는 이 뼛속 깊은 통탄을 정확히 묘사할 수 있다면 좋으련만, 야심이 너무 없어서 네 인생을 온통 망쳐버렸다는 너무 늦은 깨달음. 넌 뭐니? 보잘것없는 것. 하찮은 것.

　건물 사이를 누비며 여자는 너와 팔짱을 껴. 마치 네가 이곳에 속해 있던 것처럼, 이곳에 속한 것처럼, 여자와 같이.

꿈의 집 ─ 인간 대 자연

　뉴욕 시내에서 너는 오래된 과학실에 있을 법한 잡다한 표본을 파는 상점에 들러. 상자에 든 사슴 두개골, 석화된 나무, 종 모양 유리 덮개 속 관절이 연결된 박쥐의 골격, 어린애 키만한 자수정 원석, 박제된 쥐, 삼엽충 화석, 가죽 장정의 조류 도감. 이 상점에는 뭔가 최면을 거는 듯한 기운이 있어. 너는 그곳에 하루종일 있고 싶어지네. 그곳에서 수천 달러를 쓰고 싶어져. 어릴 적 자주 가던 가게 ─ '자연의 경이', 삼가 평안을 빕니다 ─ 가 떠오르고, 거기선 항상 엘리 새틀러 박사 또는 라라 크로프트와 동급이 된 듯한 기분이 들었지.

　그날 밤, 요이불을 깔고 나란히 누워 너는 마음속에 품고 있던 환상을 여자에게 얘기해.

"아름다운 집을 마련하는 거야. 서재가 있는 집이지. 1910년대 귀족 출신 얼치기 과학자가 들여놓을 법한 표본과 책으로 서재를 가득 채우는 거야. 우리가 호화롭고 성대한 파티를 열면 다들 와서 맛있는 음식을 먹고 마시고 하하 껄껄 웃음을 터뜨려. 나는 몸에 딱 달라붙는 50년대 스타일의 멋진 스윙 드레스를 입고, 너는 정장에 넥타이 차림이야. 밤이 이슥해져 다들 몇 잔씩 들어가면 너는 나를 작은 방의 오붓한 구석으로 끌고 가 내 드레스 안으로 손을 슬쩍 넣고 손님들이 돌아가고 나면 무슨 일이 벌어질지 내 귓가에 속삭여. 그러고 나서 네가 마지막 손님의 볼에 키스하고 현관문을 잠그고 나면 우리는 더듬더듬 우당탕 서재로 향하고, 거기서 너는 나를 호화로운 붉은색 긴 소파에 밀어 눕히고, 나는 네 넥타이를 풀고 셔츠의 버튼을 끄르고, 뼈다귀와 책과 그림 들 사이에서 네 손이 내 몸을 더듬어 올라오고, 네 입이 내 목을 깨물고, 죽어 있는 것들이 우리를 내려다보는 동안 나는 절정에 다다른 후 너를 손으로 가게 해주는 거지." 이 환상은 튀어나올 때부터 너무도 완벽히 구성되어 있어서, 네가 방금 머릿속에서 역사 지식과 뒤죽박죽 섞어 지어낸 게 아니라 마치 과거 어느 시절엔가 이미 일어났던 일처럼 느껴지는군.

"좋아." 여자가 말해. "좋다."

꿈의 집 — 스토너 코미디[18]

    뉴욕의 여름, 더위는 좀처럼 물러날 줄 모르는 짐승이지. 너희는 크라운하이츠에 있는 친구의 아파트에 묵고, 너와 여자와 벨은 대마를 엄청 피워대. 너는 대마꾼이 아니지만—사실 넌 마약에 대해서라면 얼뜨기나 다름없고, 마약이라는 단어를 입 밖에 낼 때도 어쭙잖은 느낌이 들어—여자가 피우니까 피우고, 네가 안 피우면 여자가 짜증을 낼 테니까 피워. ("뭐야, 네가 그렇게 잘났어?" 네가 사양하자 여자는 그렇게 말했어. 그후로 너는 사양하지 않아.) 너는 도무지 익숙해지지가 않아 연신 기침을 해대지.

---

18 대마초 탓에 벌어지는 각종 해프닝을 유쾌하게 다룬 희극. (역주)

어쩌다 너는 약에 엄청 취했어. 너무 취해서, 지하철을 타고 리틀 러시아와 그곳의 해변에 갔었는데도 조각조각 떠오르는 눈부시고 아득한 단편을 빼곤 기억나는 게 없네. 드러그스토어에 갔다가 미노타우로스의 제물이 된 듯한 느낌. 뜨거운 모래. 시원한 로션을 네 등에 발라주던 여자의 손놀림. (너희 셋이 찍은 사진이 네가 거기 있었다는 증거로 남아 있어. 너는 웃고 있고, 참을 수 없을 정도로 바보 같아 보여.)

그리고 네 생일날. 파티가 열려. 너는 너무 취해서 서지도 못하고 앉아 있고, 다리는 풀리고 머리는 무겁고, 난로에 기대어 널브러져 있어. 사람들이 계속 옆에 와 앉아 말을 걸고, 너는 그렇게 흘러가는 와중에 한 박자 늦게 사람들이 너를 걱정하고 있음을 연신 깨달아. 난 괜찮아, 난 괜찮아, 그냥 좀 취한 것뿐이야, 해명하려 하지만 실제로 네가 무슨 말을 하든 사람들은 못 믿는 눈치야.

밸이 바닥에 앉아 있는 너에게 치즈를 몇 조각 갖다줘. 너는 하나를 집어 입에 넣고 그 부드러운 식감과 고소한 달콤함을 음미하지. 너는 밸을 무척 좋아해. 밸은 아주 상냥하고 솔직하고, 너는 밸의 의연함이 존경스러워. 또 한 조각, 이번 것은 짭짤한데 잘게 부서지는 식감이 끝내주는군. 넌 어쩜 이렇게 운이 좋은 걸까, 네 인생에 이런 새로운 사람들이 다 어디서 난 거지? 다음 조각은 신선한 모차렐라고, 밸의 부축을 받아 일어나면서 너는 속으로 모차렐라는 기본적으로 물 같은 치즈라고 생각하고선 그대로 다른 방으로 가서 잠들어버려.

꿈의 집 ─ 부모에게 소개하기

뉴욕을 떠나는 차 안에서 네 애인은 약에 취해 말이 없어. 처음으로 네 부모를 만나러 가는 길인데 지독한 대마 악취를 풍겨. 너는 애인과 함께한 후로 이렇게 화가 난 적이 없어. "우린 대략 한 시간 내로 내 부모님을 만날 거야. 네가 왜 이러는지 난 이해가 안 가네."

"넌 첫 동성 애인으로서 상대방 부모를 만나본 적이 없잖아." 여자가 쏘아붙여. "그분들이 너를 막 이런 눈초리로 볼 텐데 그걸 어떻게 참아."

너는 입을 다물어.

"말도 제대로 못하실걸." 여자가 말해.

"이제 넌 운전에도 도움이 안 되고," 네가 말해. "나 혼자 다

떠맡아야 하는구나."

그런 식으로 뉴욕을 엉금엉금 빠져나오는 차 안은 조용히
너울거리는 각자의 분노로 뜨겁게 들끓었지.

앨런타운에서 네 부모는 여자에게 매우 잘해줬어.

꿈의 집 —신부 입장

워싱턴DC에서 여자는 네 대학 시절 친구들을 만나고, 친구들 반응은 호감과 설렘부터 새치름까지 다양해. (샘이 그 얘기를 친구들한테 다 퍼뜨렸음을 깨닫고 너는 난감해하지. 그때 네가 상황을 잘 수습하지 못했어.)

버지니아에서 너희는 말을 타고 숲속을 달리고 셰넌도어산 위로 떠오르는 태양을 봐. 결혼식은 멋졌어. 피로연에서 친구들이 몽땅 사진을 찍으러 몰려가네. 너는 장갑을 꼈어. 한쪽 눈에 외알 안경을 걸치고 파이프를 꼬나물지. 술을 마시고 춤을 춰. 너는 여자가 댄스 플로어에서 춤추는 모습이, 몸을 움직이는 즐거움을 아는 사람의 그 춤이 너무 좋아. 결혼식이 끝난 후 너는 여자의 손바닥만한 검정 드레스를 찢어발겨. 지퍼가 고장났거든. 너희 둘 다 잔뜩 취하고 몽롱해져 웃음을 터뜨리지.

　이튿날 네가 친구들에게 작별인사를 하고 주차장에 세워놓은 차에 타자마자 여자가 네게 말해―네 **친구들은 날 미워해, 시샘이 그득해.** 한 시간 후에도 너는 여전히 그 자리에 있고, 눈물로 얼룩진 얼굴을 한껏 숙여 창에 기대고 있어. 새 신부가 옆을 지나가다 차 안에 있는 너를 발견해. 어리둥절한 신부가 근심으로 미간을 찡그리며 걸음을 늦추는 게 보이는군. 너는 아주 살짝 고개를 젓고, 신부는 미심쩍어하면서도 사려 깊게 그대로 지나쳐 걸어가고, 덕분에 너는 가혹한 취급을 무사히 참아내지. 산을 구불구불 내려와 돌아오는 고속도로에 접어들 무렵 다툼의 쓰라림은 기분좋게 중화됐어. 얼음에 풀리는 위스키처럼.

꿈의 집 — 플로리다의 집

 너희는 플로리다 남쪽 끝에 있는 여자의 본가를 방문해. 내려가는 길 내내 싸워서—덜레스공항의 샘 애덤스 계열 레스토랑에서 여자가 너를 울렸고, 네가 폐병 환자처럼 냅킨으로 얼굴을 누르고 있으니 모르는 사람들이 저건 뭐냐 싶은 눈빛으로 훑어보더라—집에 도착하니 한숨 놓이네.

 여자가 기르던 노묘는 너를 보자마자 물려고 덤벼. 여자의 어머니는 새 같고, 너무 말라서 너는 좀 걱정스러워—여자의 어머니에 대해서도, 너 자신에 대해서도 걱정되지. 여자의 아버지는 뒤늦게 나타나 혼자 넉넉한 잔에 칵테일을 따라 자작하네. 여자의 가족은 재미있고 심술궂어. 네 가족과 참 달라. 네 가족은 너의 머릿속을 제대로 이해한 적이 한 번도 없는 것 같은데. 이 자리엔 여자와 여자의 부모만 있는 것 같고, 너는 샘이 나. 다르게 표현할 방법이 없군.

그들이 먹을 것을 줘. 닭고기, 이스라엘식 쿠스쿠스, 쿠키, 칼라마타 올리브, 딜을 수북이 넣은 콩 샐러드. 해산물, 리소토, 신선한 과일: 너는 웃음을 터뜨리지. "우리 여기로 이사와야겠다." 네 말에 여자의 어머니가 환히 미소 짓고, 순간 너는 영화 속 한 장면이 떠오르면서 연인 어머니의 요리 솜씨에 집중공략당하는 남자친구가 된 기분이야. 여자의 어머니가 먹는 모습은 보지 못해, 단 한 번도.

"이따 산책하러 나갈 거라면 악어를 조심해요." 여자의 아버지가 마티니를 석 잔째 마시며 말해.

"악어요?" 너는 놀라서 반문하지.

"덮치지는 않겠지만." 여자의 아버지가 말해. 그의 술잔이 갑자기 빈 잔이 되어 있네. "아마도."

다음날, 너희는 여자의 어릴 적 침대에 앉아 있다가 아무것도 아닌 일로 싸움을 시작해. 너는 방을 나가 부엌에 앉아 있기로 하지. "책 좀 읽고 있을게" 하고 너는 거의 한 시간 동안 책을 읽어. 여자의 어머니가 조리대 앞에서 뭔가 좋은 냄새가 나는 식재료를 썰면서 밝은 목소리로 너와 잡담을 나눠.

네 애인이 부엌에 들어와 "무슨 책 읽어?"라고 물으며 한 손으로 네 팔을 감싸쥐어. 네가 대답하려는 찰나 여자의 손가락에 힘이 들어가.

여자의 어머니는 칼질을 계속하며 말해. "너희들 이따 해변에 갈 거니?" 도마에 부딪히는 칼질이 너무 정확하고 일정해서 어쩐지 불안해.

여자의 아귀힘이 점점 강해져서 이젠 아파. 너는 알 수가 없어. 도무지 알 수가 없어서 두뇌가 핑핑 돌아가다 획 건너뛰고 다시 돌아오네. 너는 아주 작게 거친 숨을 삼켜, 최대한 소리가 나지 않도록. 여자가 이렇게 애정 없는 손길로 너를 만진 건 처음이고, 너는 어떻게 해야 할지 모르겠어. **이건 정상이 아니야. 이건 정상이 아니야. 이건 정상이 아니야.** 네 두뇌는 해명을 찾아 동분서주하고, 팔은 점점 더 아파오고, 모든 게 정지. 너의 생각에 경고성 경련이 따라붙고, 너는 그것에 집중하느라 여자의 대답을 못 들어.

한 시간 후 너희는 바닷가에 있고, 오직 너희 둘뿐이야. "바다에 들어가자." 여자가 말해.

너는 순순히 여자가 하자는 대로 해, 달리 뭘 해야 할지 알 수 없으니. 플로리다의 바다는 이전에 경험한 그 어느 바다와도 다르네―목욕물처럼 따스하지만 역설적이게도 위험천만하지. 어릴 땐 얼음처럼 차가운 바다가 더 목숨을 위협하는 것 같았는데. 그러나 이 아름답고 미지근한 물속엔 무엇이든 숨어 있을 수 있어. 목까지 차는 물속에 들어오자 여자가 말해. "안아줄게!"

너는 여자를 노려봐.

"왜 그렇게 삐진 거야?" 여자가 물어. "집에서 나올 때부터 내내 그랬지."

"할 얘기가 있어. 아까 네가 내 팔 잡았을 때―엄청 무서웠어. 그건 관심이나 애정이 담긴 손길이 아니었어. 분노의 손길이었지." 빌어먹을 히피가 된 느낌이지만 달리 어떤 단어로 표현해야 할지 모르겠군, 그때 네 심장에 문신처럼 새겨진 패닉을. "꽉 움켜잡고 놓지를 않으면서 계속―" 너는 희미하게 멍이 들기 시작한 팔을 물위로 치켜들어. "왜 그랬어?"

여자의 표정이 반 초가량 사라졌다가 이내 턱이 덜덜 떨리기 시작해. "정말 미안해. 일부러 그런 건 아니야. 내가 너 사랑하는 거 알지, 응?"

나머지 날들은 별일 없이 흘러가고, 다만 일정이 끝나갈 때쯤 해가 막 진 후 수영장에서 놀다 집안으로 들어온 어느 날 저녁. 너희는 유리 미닫이문을 열고 냉방이 된 실내로 들어오며 왁자지껄 떠들고, 같이 부엌 앞을 지나다가 여자의 아버지가 어머니 쪽으로 걸음을 내딛는 장면을 목격해. 아버지는 술

잔을 들고 있고 뭔가에 대해 고함을 지르고 있어. 어머니는 조리대에 딱 붙어 서 있고. 네 애인은 그대로 지나쳐 걸어가지만, 너는 잠깐 발을 멈추고 그들을 쳐다봐. 여자의 어머니가 너를 흘깃 보더니 남편을 향해 턱을 치켜들고 "저녁을 마저 먹어야겠어" 하고선 등을 휙 돌려. 곤란하다 싶은 순간이지만 금방 지나고, 여자의 아버지는 성큼성큼 걸어가버려.

애인의 방에서 너는 온몸이 떨려와. 바깥의 공기는 폭풍 전의 압력으로 짓눌려 있어. 옷을 다 벗고 실오라기 하나 걸치지 않은 채 서 있는 여자는 온몸에 소름이 돋았어. "난 아빠처럼 되기 싫어. 하지만 가끔은 닮은 것 같아 걱정돼." 너한테 하는 말 같지는 않아.

폭풍우가 밀어닥치고, 천둥소리가 총소리처럼 요란하네.

꿈의 집 ─ 푸른 수염

    푸른 수염이 한 제일 큰 거짓말은 지켜야 할 규칙이 단 하나 뿐이라는 것이었다. 새 아내는 그것(푸른 수염이 임의로 정한 딱 하나)만 지키면 뭐든―그 무엇이든―원하는 대로 할 수 있다. 그 작고 하찮은 열쇠로 그 작고 하찮은 문을 열지 않는 한.[19]

    그러나 우리 모두 알다시피 그건 시작에 불과했고, 일종의 시험이었다. 새 아내는 시험에 탈락했고(그리고 살아서 이야기를 전했다, 내가 그랬듯), 설사 통과했다 하더라도, 즉 푸른

---

19 톰프슨, 『민속문학 사전』, 타입 C610 & C611, 단 하나의 금지된 장소(금지된 방).

수염의 말을 들었더라도 좀더 크고 좀더 이상한 다른 요구들이 이어졌을 것이다. 만약 여자가 계속 순순히 따랐다면—코르셋 마니아가 허리를 점점 더 가늘게 조이는 것처럼 스스로 길들고 말았다면—다음 장면에서는 푸른 수염이 지난 아내들의 썩어가는 시신을 두 팔로 꽉 껴안고 방안을 돌며 춤을 추고 새 아내는 가슴뼈 속에서 부글부글 솟는 토사물 덩어리를 삼키며 점점 커지는 공포심을 억누른 채 말없이 앉아 있게 됐을 것이다. 그다음 장면에서는 푸른 수염이 그 시신들(여자다, 그들도 한때는 여자였다)에 말 못할 짓을 하고 새 아내는 그저 적당한 거리에서 쥐죽은듯 응시하며 영원히 살 수 있는 침묵의 연옥을 찾고 있었을 것이다.

(학자들 중에는 푸른 수염의 그 하늘색 수염이 초자연적 본성을 상징한다고 생각하는 사람들도 있다. 평범한 남자한테 복종하는 것보다는 그편이 받아들이기 쉬우니까. 하지만 농담이겠지? 푸른 수염은 평범한 사람일 수도 있고, 꼭 남자가 아닐 수도 있다.)

새 아내가 그 열쇠와 요구조건을 일축하지 않았기 때문에, 네 발소리가 너무 커서 마음에 들지 않는다고 했을 때 멈칫하지 않았기 때문에, 울고 있을 때 남편이 삽입했는데 항의하지 않았기 때문에, 남편이 입다물라고 했을 때 거부하지 않았기 때문에, 팔에 멍자국을 남겼을 때 아무 말도 하지 않았기 때문에, 개나 어린애 대하듯 말하는 남편을 질책하지 않았기 때문에, 비명을 지르며 성을 뛰쳐나가 가장 가까운 마을로 가서 **살려주세요 살려주세요 살려주세요** 도움을 청하지 않았기 때문에―새 아내가 멀거니 앉아 남편이 4번 부인의 시신과 빙글빙글 춤을 추고 시신의 썩은 머리통이 뒤로 휙 젖혀져 목 관절에 대롱대롱 매달리는 장면을 바라보게 되는 것은 논리적으로 타당한 귀결이다.

　이런 식으로 강해지는 거라고, 새 아내는 판단했다. 이렇게 사랑의 끈기를 훈련하는 거야. 사랑의 인장력과 내구성을 키우는 거야. 너는 시험을 치르는 중이고, 너는 시험을 통과하는 중이야. 사랑스러운 아가씨, 사랑스러운 그 모습, 네가 얼마나 착한지 보렴, 얼마나 충실한지 보렴, 얼마나 사랑받는지 보렴.

II

처음엔 우유가 너무 뜨거워서 간신히 입술을 갖다댔다. 홀짝홀짝 마신 몇 모금이 입안에서 퍼지며 다양한 유기체의 맛이 뒤섞여 풀려난다. 뼈와 피, 따스한 살, 또는 머리카락 맛이랄까, 소금기가 전혀 없어 분필 같으면서도 증식하는 배아처럼 살아 있다. 우유는 컵 밑바닥까지 한결같이 뜨겁고, 동화 속 인물이 변신의 약물을 삼키듯 혹은 추호도 의심하지 않는 전사가 죽음의 잔을 비우듯 테리사는 우유를 쭉 들이마신다.

—퍼트리샤 하이스미스, 『캐롤』

꿈의 집 ─ 우주의 열역학적 종말

　기억이 닿는 한 나는 항상 물리적 제한과 시간적 범위에 집 착했다. 시작과 끝. 처음과 마지막. 경계선. 어릴 때 한번은 멋 진 모래사장에서 파도가 밀려오는 가장자리 ─ 물에 젖어 부드 러워졌다가 눅눅한 옥수수 전분처럼 딱딱해지는 ─ 에 서서 양 친에게 내가 지도의 선을 밟고 있다고 외쳤다. 양친은 내 말을 이해하지 못했고, 나는 지도에는 육지와 바다 사이에 선이 있 으며 내가 정확히 그 선을 밟고 있다고 설명했다.

　그로부터 세월이 꽤 흐른 뒤 나는 쿠바 남부 해안으로 남동 생과 함께 스노클링을 하러 갔다. 해변 가까운 얕은 곳에 들어 가 산호초를 구경한 후 남동생은 가이드 ─ 구릿빛 피부에 웃통 을 벗고 다니며 프리 다이빙을 하는 롤로라는 이름의 히피였다—에게 좀더 멀리 데려가달라고 부탁했다. 그래서 우리는 탁 트인 바다로 나갔고, 몸에 힘을 빼고 있으면 대양이 내 몸을 한들한들 흔들어 살짝 멀미가 나는 곳이었다. 롤로는 우리를 바닥이 절벽처럼 푹 꺼지는 대륙붕 사면으로 데려갔다. 모래가 보이다가, 다음 순간 갑자기 암청색의 무無. 우리 셋은 수면 근처에 있었는데, 롤로가 나한테 자기를 잘 보고 있으라고 했다. 그리고 잠수를 하더니 어둠에 완전히 삼켜질 때까지 아래로 아래로 내려갔다.

나는 안전했지만—내 등은 물 밖에 나와 있었고 머리만 들면 산소가 있었다—숨을 헉 들이마시며 물 밖으로 고개를 내밀었다. 남동생이 "무슨 일이야? 왜 그래?" 물었고, 나는 이유를 설명하려 했지만 잘 되지가 않았다. 잠시 후 롤로가 수면으로 올라와 활짝 웃으며 말했다. "봤죠?"

종말에 관한 가설 하나: 우주의 열역학적 종말. 엔트로피가 최대치가 되고 물질이 흩어져 결국 무無에 이르는 것이다.

꿈의 집 ─ 목적지

　너는 차를 몰고 블루밍턴까지 여자와 함께 가. 왜냐하면 너
는 여자를 사랑하고, 여자를 안전하게 데려다주고 싶으니까.
저 비행기들이 여자가 얼마나 사랑받고 있는 사람인지 일깨워
줄 리 만무하잖아.

　꿈의 집은 네가 기억하는 모습 그대로야. 여자의 물건으로
가득찬 이삿짐 컨테이너가 먼저 도착해 마당에 헛간처럼 놓여
있어. 컨테이너 문을 여는데 문득 이 안에 사람이 들어가 살
수도 있겠다는 생각이 들어. 초소형 아파트. 그러다 나니아가
떠오르네. 루시가 옷장에 들어가 모피 코트 몇 벌을 헤치고 나
아가니 눈밭이고, 가로등이 나오고, 하얀 마녀의 혹독한 겨울
에 얼어붙은 완전히 새로운 세상이 펼쳐지지.

여자의 부모는 네가 짐을 옮기는 동안 주의깊게 지켜보고, 컨테이너 천장에 묶어둔 매트리스를 내리기 위해 네가 여자의 가녀린 몸을 번쩍 치켜드는 장면을 목격하지. 나중에 여자가 말하길 네가 자기를 그런 식으로 들어올리는 걸 보고 그들이 감탄의 눈길을 보내더래—건장한 사내가 근력을 과시하는 것처럼 보였다나.

다 같이 저녁을 먹으러 나갔다 와서 너는 침대에 들어가자마자 감격해서 엉엉 울어.

꿈의 집 —유토피아

블루밍턴. 그 이름조차 장밋빛이다. (네 입안에서 부드럽게
펼쳐지며 생생히 살아난다.)

꿈의 집 ─ 도플갱어

늦은 오후에 휴대폰이 울리자 너는 전화를 받기도 전에 무슨 일인지 알아차리지. 초능력을 믿지 않지만, 그럼에도 확신이 들어.

"이게 현실인지 알아야겠어." 전화를 받자 여자가 말해. "네가 정말 함께하는 건지 알아야겠어."

"그럼, 당연하지."

"나 방금 밸이랑 헤어졌어. 그게 ─ 밸이 이사온 후부터 있었던 일을 생각해보면 우리 사이가 잘 풀리지 않을 거라는 건 뻔했어. 물론 친구로 지낼 거고, 밸은 너를 아주 좋아해. 어쨌든 밸은 동부 해안으로 돌아갈 거야."

너는 묘한 기분으로 밸에게 이메일을 써. 밸에게 답장이 와.

"궁극적으로 우리가 정말 좋은 친구가 되면 좋겠어. 난 오래도록 너희들 삶에 함께하고 싶어."

이후로 너는 행복감에 젖어. 그다음엔 행복감에 젖은 것에 죄책감이 들고, 그러다 다시 행복해져. 너는 이 게임에서 이겼어. 게임을 하고 있는 줄도 몰랐지만, 어쨌든 게임에서 이겼다는 사실은 변치 않지.

이제부터 꿈의 집에는 너와 여자 둘만 있게 될 거야.[20] 단둘이, 오롯이.[21]

---

20 톰프슨, 『민속문학 사전』, 타입 T92.4, 그릇된 연인과 달아나는 실수를 저지른 여자.
21 톰프슨, 『민속문학 사전』, 타입 P427.7.2.1.1, 긴밀한 동맹을 맺은 시인과 바보.

꿈의 집 — 하이 판타지

　그후론 모든 게 예전과 달라. 처음엔 예상한 대로 흘러가.
오랫동안 남몰래 품고 있던 네 자신의 가치에 대한 해묵은 의
구심을 낱낱이 해소하는 거야. 이 여자를 만나다니 운이 좋아.
넌 구제불능의 괴짜 별종이 아니야. 너를 원하는 사람이 있어.
아니, 필요로 하는 사람이 있어. 너는 누군가에게 운명의 한
조각이야. 여러 해와 여러 왕국과 여러 권에 걸친 장대한 원정
에 결정적으로 중요한 인물이야.

꿈의 집 — 곤충학

"내가 밸과 함께였을 때 우리가 폴리아모리를 실천하고 있었다는 건 알아. 하지만 난 너를 딴사람과 공유하고 싶지 않아. 너를 너무 사랑해. 우리 모노가미로 할까?" 여자의 말에 너는 웃음을 터뜨리며 고개를 끄덕이고 여자에게 키스해. 너를 향한 여자의 사랑이 너를 갈고 닦아서 벽에 꽂아버린 것 같잖아.

꿈의 집 — 레즈비언 통속소설

필요한 정보는 표지에 다 나와 있어. 퇴폐적인 역할 전도. 유혹. 호색한 부치와 가슴 큰 요부. 감히 그 이름을 입 밖에 낼 수 없는 사랑.

검열을 통과해야 하니 결말이 비극적인 것은 기정사실이지. 그건 꿈의 집의 DNA에 쓰여 있었어, 어쩌면 그곳이 그냥 집이었을 때부터, 어쩌면 그저 인디애나주 블루밍턴이었을 때부터, 혹은 북서부 준주였을 때부터, 혹은 아직 식민화되기 전 마이애미족의 나라였을 때부터. 혹은 인간이 존재하기 이전, 무명의 원시 대륙이었을 때부터.

역사 속 어느 한순간, 어떤 생물이 아주 먼 훗날 이 거실이 되는 공간으로 총총 다가와 고개를 한쪽으로 갸웃하고 희미하기 그지없는 이 소리에 귀를 기울이지 않을까, 너는 궁금해. 다그치는 고함, 울먹임. 아직 일어나지 않은 미래의 유령들 소리.

꿈의 집 — 교훈을 얻다

너에겐 빨강 머리 이모가 있어. 네 어머니의 가장 친한 동생이지. 어릴 때 너는 공공연하게 그 이모를 '무서운 이모'라고 불렀어. 왜냐면 이모는 느닷없이 버럭 역정을 내는 걸로 유명했거든. 그리고 그 역정은 대체로 너에게 초점이 맞춰져 있었고.[22] 너는 해마다 위스콘신의 외갓집에 가는 게 겁이 났어. 외가에 간다는 건 누가 봐도 너를 굉장히 싫어하고 그 미움을 숨기려는 노력을 어이없게도 거의 하지 않는 여자와 지근거리에서 지내야 한다는 뜻임을 알고 있었으니까. 그건 일종의 권력 투쟁이었는데, 너에겐 권력이 하나도 없었으므로 희한한 일이

22 톰프슨, 『민속문학 사전』, 타입 S72, 잔인한 이모.

었지. 이모와 얘기할 때면 까치발로 지뢰밭을 걷는 것처럼 긴장하지 않았던 적이 없어.

네가 이모의 화에 불을 당겼던 기억들. 사촌동생과 함께 팝콘을 만들면서 그 위에 파르메산 치즈를 뿌렸을 때. 너와 사촌동생이 외갓집에서 꽃잎을 우려 수채 물감을 만들려고 했을 때. 네가 사촌동생에게 영화 〈리턴 투 오즈〉를 상세히 묘사하기 시작했을 때. (너무 무서운 얘기긴 했어. 비록 사촌동생이 스티븐 킹의 『욕망을 파는 집』을 읽었다며 전날 밤 너한테 그 무시무시한 내용을 엄청 자세히 얘기해주는 동안 너는 어둠 속에서 동생을 주시하며 강아지 인형을 품에 꼭 안고 있었지만.) 중학생 시절 네가 어머니와 맨날 싸울 때 이모는 AOL 메신저로 너에게 만약 부모가 이혼한다면 그건 네 잘못이며 네 아버지의 불알을 따버릴 거라고 을러댔어. (몇 년 후 네 부모의 유해하고 불행한 결혼생활이 막을 내린 다음 돌이켜봤더니 네가 처음으로 이모에 대해 손톱만큼의 연민을 얼핏 느낀 순간이 그때였지. 당시 이모는 이미 이혼을 겪었고 절대 재혼하지 않았거든.)

네 어머니는 갖가지 구실을 들어 이모의 태도를 대신 해명했어. 이모는 간호사로 고되게 일하면서 혼자 애들 뒷바라지를 다 했다. 자궁내막증이라는 병을 앓아서 자주 통증에 시달렸다. (몇 년 후 같은 질병이 네 몸에 생겼을 때 너는 그 문제

로 어린애든 누구에게든 소리지르는 일 없이 최악의 상황을
견뎌냈더라.)

　이모는 꿈의 집의 여자를 딱 한 번 만났어. 이모의 딸인 네
사촌동생이 근처 중서부 도시에서 대학을 졸업했을 때 너희가
같이 졸업 기념 파티에 참석했거든. 이모는 뻣뻣하지만 정중
했고, 사촌동생은 떨듯이 기뻐했어. 나중에 너는 찜찜한 기분
으로 후회하지. 네가 외가 친척들에게 소개한 유일한 애인이
하필이면 왜 보수 가톨릭 친척들의 퀴어 여성에 대한 모든 선
입견을 강화해주는 사람이었을까?

　이후 외할머니가 돌아가셨을 때 너는 무서운 이모와 어머니
와 함께 차를 탈 일이 있었어. 그때 이모가 뜬금없이 불쑥 말
했어. "나는 동성애자의 존재를 믿지 않아." 뒷좌석에 있던 너
는 이제 어른이 되었으므로 이렇게 맞받아쳐. "뭐, 우린 이모
의 존재를 믿어요." 네 어머니는 입을 꾹 다문 채 아무 말도 하
지 않았지.[23]

-----

23 톰프슨, 『민속문학 사전』, 타입 S12.2.2, 자식을 불구덩이 속에 던지는 어머
니.

꿈의 집 — 세계 창조

한 편의 글에서 장소는 단순히 장소가 아니다. 만약 그렇다면 작가는 실패한 것이다. 배경은 불활성 요소가 아니다. 그것은 화자의 시점에 의해 활성화된다.

나중에야 깨달았지만 가정 폭력의 공통된 특징은 '위치 이탈'이다. 즉 피해자는 낯선 동네로 막 옮겨왔거나, 언어가 통하지 않는 지역에 있거나, 그게 아니라면 자신의 인적 보호망, 친구와 가족, 의사소통 능력이 뿌리째 뽑힌 상태이다. 피해자는 주변 환경에 의한 고립과 단절로 취약해진다. 피해자의 유일한 우방은 학대자이며, 그 말은 곧 우방이 하나도 없다는 뜻이다. 그리하여 피해자는 바꿀 수 없는 지형과 사투를 벌여야 하고, 그 지형은 다름 아닌 시간과 함께 켜켜이 존재감을 쌓아왔다. 너무 커서 제 손으로 해체할 수 없는 집. 너무 복잡하고 압도적이어서 혼자 힘으로 장악할 수 없는 상황. 배경이 제대로 일을 하는 것이다.

그 세계는 건널 수 없는 바다로 둘러싸인 섬이나 마찬가지였다. 한쪽에는 골프 코스—그 집처럼 대학이 소유한—가 있었고, 술 취한 학부생들의 검은 윤곽이 좀비처럼 휘청이며 언덕 위로 출몰했다. 다른 쪽에는 야생동물과 어둠이 얼기설기 엮인 미지의 숲을 연상시키는 나무들이 우거져 있었다. 근처 주택에는 들어본 적도 없고 얽히고 싶지도 않은 사람들이 살았다. 마지막으로 길은, 더 넓은 다른 도로로 이어졌다. 보행자에게 우호적이지 않은 길. 실제로 그 길을 횡단하는 것은 위험했다. 시내 중심가까지는 몇 마일을 가야 했다.

꿈의 집은 단순히 꿈의 집이 아니었다. 그것은 차례대로 장밋빛 미래의 수녀원이었고(허브 정원, 와인, 서로 마주보고 글을 쓰는 식탁), 방탕의 소굴이었고(창문을 열어놓고 하는 섹스, 입맞춤으로 깨는 아침, 집요하게 환상을 속삭이는 나직한 읊조림), 유령의 집이었고(이런 일이 진짜로 일어날 리 없어), 교도소였고(벗어나야 해 벗어나야 해), 마침내는 기억의 던전이었다. 꿈속에서 꿈의 집은 초록 대문 뒤에 있는데, 그 이유를 도무지 알 수 없었다. 그 집 문은 초록색이 아니었다.

꿈의 집 — 무대 설계

장면은 서기 2000년이 되고 나서도 10여 년이 흐른 후 인디 애나주 블루밍턴 외곽의 어느 동네에 있는 별 특징 없이 생긴 집에서 시작된다. 근교 주택가이긴 하지만 한쪽에는 야생이 자리하고 있다. 짐승들이 임자 없는 땅을 다니듯 마당을 어슬 렁 지나친다. 정문은 도로를 면하고 있지만 그쪽 문이 열리는 일은 없을 것이다. 진입로가 작은 개울처럼 부지 왼쪽을 느슨 히 휘감아 올라오고, 그 어귀에 우편함이 있다. 지붕널은 탁한 흰색이다. 붉은 굴뚝만이 살짝 개성을 드러낸다. 집 뒤편에는 커다란 나무가 있고, 낮은 가지에 목재 그네가 매달려 있다. 반대편에 그 집에 사는 사람들이 드나들게 될 유일한 문이 있 다. 부엌으로 이어지는 뒷문이다.

부엌은—그 집의 다른 공간들과 마찬가지로—여자의 이전 집에서 네가 여자와 힘을 합쳐 계단으로 내린 짙은 색의 묵직한 원목 가구들과, 전에 살던 주인이 두고 간 망가지고 어울리지 않는 가구들의 조합으로 채워졌다. 전기 코드가 나달거리는 장 스탠드, 조그만 식탁, 완두콩이 배기는 공주님 침대처럼 스프링이 삐걱거리는 소파. 집은 실질적으로 원형이다. 부엌이 거실로 이어지고, 거실이 복도로 이어지며, 복도에서 침실과 욕실이 나오고, 거기서 서재로 들어가며, 서재에서 다시 부엌으로 이어진다. 침실에는 옷더미, 책더미, 밝은 자주색 딜도, 머리 없는 몸통처럼 생긴 병에 절반쯤 남은 남성용 향수—장폴 고티에의 '르 말Le Male'. 부엌에는 장인이 만든 바닷소금을 담아둔 대나무 소금통, 이상하게 무딘 식칼.

집안 어디에나 택배 상자가 널려 있다. 새 상자도 아니다. 흐물흐물하고 기름기로 눅눅해진 피자헛 상자처럼 단내가 난다. (앤절라 카터의 「타이거의 신부」에 나오는 야수 같다. "대저택은 어수선했다. 마치 주인이 이사가기 직전이거나 아직 제대로 이사 들어오지 못한 것 같았다. 야수는 사람이 살지 않는 곳에 살기를 택한 것이다.") 고가품과 쓰레기가 기괴하게 뒤섞여 뒤죽박죽이다. 무너진 귀족 집안의 물건들처럼. 그 집에는 뭔가 절박한 기운이 있다. 자신을 드러내려고 애쓰지만 그러지 못하는 유령, 그래서 카펫에 얼굴을 박고 풀썩 쓰러져

쌕쌕거리며 곰팡이 냄새를 풍긴다.

막이 오르면 두 여자가 서로 마주보고 앉아 있다. **카먼**, 이십 대 중반의 뚱뚱한 여성으로 인종이 모호하며 매우 몸에 좋지 않은 자세로 앉아 있다. 카먼은 노트북으로 뭔가 열심히 쓰는 중이다. 카먼의 맞은편, **꿈의 집의 여자**, 아담한 체구의 선머슴 같은 백인 여성으로 입술을 앙다물고 마찬가지로 타이핑을 하고 있다. 두 사람을 에워싼 집이 숨을 들이쉬고, 내쉬고, 다시 들이쉰다.

꿈의 집 —크리처 무비

너는 딱 한 번 지하실에 내려가. 거기엔 거미가 수십 마리쯤 있어. 무슨 종의 거미인지는 모르겠지만, 하여간 그 몸뚱이의 세부가 낱낱이 보일 정도로 커서—얼굴도! 거미다운 얼굴!— 침침한 불빛 아래서도 훤히 보여. 너는 세탁물 바구니를 내버 려둔 채 계단을 다시 뛰어올라가고, 여자에게 빨래 좀 대신 해 달라고 애걸하지. 여자는 그렇게 해.

꿈의 집 — 미국판 고딕

어떤 이야기가 고딕 로맨스이기 위해서는 두 가지 요소가 있어야 한다. 첫째, '여자 그리고 주거지'. 영화이론가 메리 앤 돈은 "공포는 원칙적으로 가정의 외부에 있어야 하고, 집안으로 스며들어야 한다"고 썼다. 가정 폭력에 집이 꼭 필요한 건 아니지만, 젠장, 유용하긴 하다. 클리셰가 으레 그렇듯 은밀한 드라마가 벌어지는 은밀한 공간은 닫힌 문 안쪽이다. 거기에 소음을 차단하는 밀폐된 창문, 창문을 가린 커튼, 울리지 않는 전화기까지. 집은 결코 정치와 무관하지 않다. 권력과 욕구와 두려움을 가진 사람들이 집을 구상하고 건축하고 점유하고 감시한다. 유리세정제조차 정치적이다. 섹스나 싸움의 냄새를 숨기기 위해 태우는 향도 마찬가지.

두번째 필수 요소, '낯선 이와의 결혼'. 페미니스트 영화이론가 다이앤 월드먼이 지적했듯, 1940년대─〈레베카〉〈드래곤윅〉〈서스피션〉 등 고딕 로맨스 필름의 전성기─에는 남자들이 전쟁에서 속속 귀환했고, 남겨져 있던 사람들에게 그들은 이제 낯선 존재였다. "전쟁을 앞두고 빈발한 성급한 결혼(그리고 뒤따른 1946년의 사상 최고 이혼율), 1940년대 조기 결혼의 증가, 전쟁으로 인한 이별과 재결합의 과정이 고딕 모티프에 특수한 역사적 반향〔을 불러일으킨다〕"고 월드먼은 썼다. 영화학자 타니아 모들레스키는 이렇게 말한다. "고딕 로맨스의 여주인공은 자신의 의심이 근거 없는 것이고, 자신이 사랑하는 남자니까 믿을 만한 사람이 분명하며, 자신이 그를 절대적으로 신뢰하지 않으면 여성으로서 실패한 거라고 스스로를 납득시키려 애쓴다."

물론 고딕 로맨스의 가장 큰 문제점은, 본질적으로 이성애 중심이라는 것이다. 눈에 띄는 예외로는 순진무구한 주인공과 영화 제목과 동명의 음험한 흡혈귀 사이에 진한 퀴어적 함의가 깔려 있는 조지프 셰리든 르파뉴의 『카르밀라』가 있긴 하다. ("넌 내가 잔인하고 이기적이라고 생각하겠지만, 사랑은 원래 이기적인 거야." 카르밀라가 로라에게 말한다. "내가 얼마나 질투가 심한지 넌 꿈에도 모를걸. 넌 꼭 나와 함께 가야 해, 죽을 때까지 나를 사랑해야 해, 아니 나를 미워한다고 해도 나와 같이 가, 죽어서 저승에서도 나를 미워해.")

우리는 결혼하지 않았고, 그 여자도 침울하고 내성적인 남자가 아니었다. 다 무너져가는 가문의 대저택도 아니고 대공황 초입에 지어진 아담한 단독주택이었다. 황무지도 아니고 그냥 골프 코스였다. 그러나 '여자 그리고 주거지'였으며, 그 여자는 낯선 이였다. 그게 진정한 의미에서 가장 고딕 로맨스다운 부분일 것이다. 전쟁 때문이라든가 결혼 전에 샤프롱을 대동하고서만 만났을 뿐이어서가 아니라, 내가 그 여자를 제대로 알게 되기 전까지 진짜 그 여자에 대해 하나도 몰랐다는 점에서 그렇다. 가려져 있던 본질이 아주 조금씩 분출되다가 기어이 홍수가 되어 터졌다는 점에서 그 여자는 낯선 이였다—내가 전혀 아는 게 없다는 깨달음의 홍수였다.[24] 훗날, 나는 그 여자가 죽기라도 한 것처럼 애도하게 된다. 실제로 무언가가 죽었으니까. 우리가 함께 창조했던 누군가가.

---

24 톰프슨, 『민속문학 사전』, 타입 T11, 처음 보는 사람과 사랑에 빠지다.

꿈의 집 — 관용구

　나는 늘 '내 집처럼 안심'이라는 문구가 집이 가장 안전한 곳이라는 뜻이라고 생각했다. 아름다운 발상이지 않은가? 늦여름 소낙비가 목덜미를 후드득 때릴 때 집으로 후다닥 뛰어들어가는 것처럼. 나를 기다리는 집이 있다는 것. 자연으로부터, 감시의 눈초리로부터, 타인으로부터 나를 보호해주는 장벽. 하늘이 형제 싸움하듯 땅을 신나게 두들겨팰 때 창문 안에서 하는 구경.

　하지만 사실 집과 관련된 관용구나 그 변형들 중에는 안전과 안심의 정반대를 의미하는 경우도 많다. 카드로 만든 집은 위태롭고 망가지기 쉽다. 벽에 쓰인 글귀[25]는 결말에 이르기 전에 일찌감치 끝을 내다보게 한다. 유리로 만든 집에 돌을 던

지지 않는 이유는 그 집이 위선으로 지어져 금방 깨지기 때문
이다. 이 모든 게 약점 또는 뻔한 실패에 대한 표현이다.

'내 집처럼 안심'은 '언제나 하우스가 이긴다'[26]와 비슷하다.
함께 쓰는 건축물이 피난처를 제공한다는 뜻이 아니라, 그 집
의 책임자만 안전하고 나머지 사람들은 모두 두려워해야 한다
는 뜻이다.

---

25 the writing is on the wall. 재앙의 조짐을 뜻하는 관용구. (역주)
26 도박장(하우스)에서 장기적으로 돈을 버는 사람은 도박장 주인밖에 없다는
뜻. (역주)

꿈의 집 — 경고

네 애인이 꿈의 집의 여자가 되기 몇 달 전, 블루밍턴에서 로런 스피어러라는 상류계급 출신의 아담한 금발머리 여자 대학생이 행방불명되는 일이 있었어. 꿈의 집 여자의 부모는 아주 난리가 났지. 여자는 학부생은 아니지만 젊고 상류계급이며 아담한 체구에 금발이었으므로, 누군진 몰라도 로런을 이 지구상에서 가로챈 괴물이 여자를 먹잇감으로 노릴 수도 있다는 거였어.

(몇 년 후, 너는 같은 시기에 실종된 여자가 한 명 더 있음을 알게 돼. 로런과 달리 부유한 집안이 아니었지. 이름은 크리스털 그럽. 그럽 가족은 사람들의 관심과 도움을 얻기 위해 무던 애를 썼고, 결국 옥수수밭에서 교살된 딸을 발견했어. 세상에

더 귀한 사람들과 덜 귀한 사람들이 있다는 주장은 흔해빠졌지.)

　너희 둘 다 처음 몇 달은 로런의 부존재가 몹시 신경쓰였어. 온 시내 곳곳에 엄청난 수의 전단이 나붙고 알림판이 세워졌어. 그 속에서 로런의 얼굴은 살짝 기울어져 있고 머리에는 선글라스를 얹고 있어. 외출할 때마다 너는 로런을 떠올렸어. 습한 6월 밤에 맨발로 거리를 걸어가는 모습이 마지막으로 목격된 로런. 어디로 가는 길이었을까? 무엇으로부터 멀어지는 중이었을까?

꿈의 집 ─ 욕망

    너는 연애 초반에 실수를 하나 저질렀어, 비록 그때는 몰랐지만. 평생 수많은 사람들에게 끊임없이 옅은 농도의 애착을 품고 살아왔음을 여자에게 고백한 게 실수였지. 행동으로 옮긴 건 아무것도 없어, 단지 너는 많은 사람들에게서 매력을 발견하고, 영리하고 재미있는 사람들과 어울리기 위해 최선을 다하고, 그 결과로 호감과 정욕 사이 어딘가의 쫄깃하고 귀여운 사이가 되고 만다는 거. 기억이 닿는 한 늘 그랬어. 그런 별난 성격을 원래 그런가보다 여기며 살아왔고, 여자는 웃음을 터뜨리며 바로 그런 점에 자기가 매혹됐다고 말해.

    연애가 진행되면서 여자는 네가 다음과 같은 사람들과 섹스한다고, 혹은 섹스하고 싶어한다고, 혹은 섹스할 궁리를 하고 있다고 비난해. 네 룸메이트, 네 룸메이트의 여자친구, 네 친구들 수십 명, 아직 만나보지도 못한 클라리온 작가 워크숍 사람들, 여남은 명의 제 친구들, 인디애나에 있는 적잖은 수의 제 동기들, 자신의 전 여친과 전 남친, 너의 전 남친들, 너를 가르치는 교수들, 네가 다니는 문예창작 석사과정의 학과장, 네수업을 듣는 학생들, 네가 가는 병원의 의사들, 그리고―아마도 이 반복되는 의례 절차에서 가장 정신 나간 순간일걸―자기 아버지. 여기에 더하여 처음 보는 사람들의 장황한 명단. 지하철과 커피숍의 사람들, 식당 직원들, 가게 점원들과 슈퍼마켓 계산원들과 사서들과 검표원들과 건물 관리인들과 박물관 단골들과 해변에서 자는 사람들.

문제는, 말도 안 된다고 부인해도 여자에겐 자백처럼 들릴 뿐이라 입증의 책임이 고스란히 너에게 지워진다는 거야. 저 사람들과 섹스하지 않았음을 보여주기 위해 휴대폰을 뒤져 아무와도 연락하지 않았다는 증거를 제시하는 일에 점차 능숙해져. 너는 네 수업을 듣는 전도유망한 학생에 대해 더이상 얘기하지 않아. 왜냐하면 장면과 해설을 조화롭게 쓰는 법을 이제막 배운 열아홉 살짜리한테 네가 홀딱 빠졌다는 생각에 꽂힌 여자가 닦달하니까.

하루는 여자가 너의 음핵을 문지르고 있을 때 네가 쾌감에 잠겨 눈을 감자 여자는 네 얼굴을 감싸쥐고 제 쪽으로 비틀어.

여자의 얼굴이 너무 바싹 다가와 그 숨결에서 시큼한 냄새를 맡을 수 있을 정도야. "누구 생각하는 거야." 여자가 말해. 질문 같지만 아니야. 네 입이 움직이지만 아무 소리도 나오지 않고, 여자는 네 턱을 더욱 단단히 움켜잡아. "내가 너랑 할 때는 나를 봐." 여자가 말해. 너는 절정에 다다른 척하지.

꿈의 집—성역

나는 아이들에게 제 방을 갖는다는 것이 얼마나 특별한가에 대해 종종 생각한다. (육체적으로나 정신적으로나) 없어서는 안 될 성역으로서의 개인 공간. 그런 면에서 나는, 친구들이 말해주길, 전형적인 게자리 사람이다. 둥지를 트는 것을 무척 좋아하고 내 구역을 만들고 싶어한다.

어릴 때 내 방이 있긴 했지만 어머니는 곧잘 그게 내 방이 아니라 엄마 방이며 나는 그저 이용을 허락받은 것뿐이라고 지적했다. 물론 어머니 말의 요점은 모든 게 부모가 벌어들인 것이고 나는 그저 공간을 빌려 쓰는 데 불과하다는 것이었다. 엄밀히 따지면 맞는 말이지만, 나는 이런 우울한 생각—자식으로서 나의 존재는 일종의 부채이고, 아무리 사소한 것 하나도 내 것이 아니다. 진정한 나만의 공간은 없고, 내 것은 누군가의 변덕에 의해 언제든 박탈될 수 있다―이 끼친 기묘한 폐해가 그저 놀라울 뿐이다.

한번은, 부모와 한바탕 싸우고 나서 공간이 필요해서 내 방 문을 닫고 잠갔더니 어머니가 아버지를 시켜서 문손잡이를 빼 버렸다. 내 부모는 그 소름 끼치던 순간을 전혀 다르게 기억하고 있을 게 틀림없지만, 내가 기억하는 건 문손잡이―치우치지 않은 중심으로 제 할일을 묵묵히 하고 있던 그 완벽한 작은 장치―가 제 집에서 이탈하며 나사와 함께 굴러떨어질 때 모골이 송연해지던 감각이다. 손잡이가 한쪽으로 기울어질 때 생기던 햇빛의 둥근 테. 손잡이가 떨어질 때 알아차린, 그것이 두 부분으로 되어 있다는 사실. 그렇게 작은 것이 내 닫힌 방 문을 지켜주고 있었다는 깨달음.

그 순간 내 방문의 파괴가 사생활과 자주성의 침해였을 뿐 안전을 위협한 게 아니었다는 점에서 나는 운이 좋았다. 문이 열리고 아무 일도 일어나지 않았으니까. 그것은 그저 일깨웠을 뿐이다. 아무것도, 심지어 내 몸을 둘러싼 사방의 벽마저도 내 것이 아니라는 사실을.

꿈의 집 ―아이오와의 집

10월 하순, 아이오와시티에 있는 너의 집에 놀러온 여자는 핼러윈 때 달렉 분장을 하겠대. 그 말에 너는 완전히 어리둥절할 수밖에 없는 게, 여자는 세상 가장 열성적인 이 너드 문화를 별 명료한 이유도 없이 경멸하거든. 〈닥터 후〉를 단 한 회도 본 적이 없는 사람이야. 네가 '우는 천사'를 할 거라니까(메노파 교회가 운영하는 중고 가게에서 딱 어울리는 잠옷을 발견했어, 고대 그리스풍으로 낙낙히 떨어지고 어렴풋하게 하늘색이 도는 근사한 시프트 드레스야) 여자는 그게 뭔지도 몰라서 너는 그 악역 캐릭터에 대해 설명해줘야 해. 그런데도 달렉이 하고 싶고, 코스튬도 직접 만들고 싶다는 거야. 여자는 시내에 가더니 재료를 사와서 제작하기 시작해. 종이 상자를 조각조각 자르고, 달렉 고유의 특징적 형태를 표현하기 위해 문구점에서 산 스티로폼 공을 반으로 갈라. 황금색 스프레이 페인트도 샀어. 덕분에 너의 집 지하실은 독한 가스로 그득해.

핼러윈 날 저녁, 네 애인은 저녁상을 근사하게 차려야 한다고 우겨. 양면을 겉만 살짝 익힌 참치 스테이크, 버터넛 스쿼시 리소토. 그런데 여자의 코스튬은 아직 완성되지 않았어. 스프레이 페인트는 이제 겨우 말랐고 몸통에 스티로폼도 붙여야 해. 네가 슬며시 도와주려 하지만 여자는 버럭 화를 내고, 그래서 넌 그냥 네 코스튬을 장착하기 시작해. 시프트 드레스, 페인트칠한 날개 한 쌍, 얼굴과 몸통과 팔에 하늘색 분장. 이 마지막 부분이 생각보다 오래 걸리네—인간의 일반적 표면적을 과소평가한 걸까 아니면 유독 네 몸의 면적이 넓은 걸까? 네가 거울 앞에 서서 얼굴에 하늘색 분칠을 하는 동안 여자는 물건을 탕탕 함부로 내려놓고 집안을 돌아다니며 자기 코스튬이 덜 됐다고 화를 내. 너는 이따금 거울에 대고 소리 없이 으르렁거려.

여자는 욕실 문 앞을 지날 때마다 너한테 소리를 질러. 왜 저녁으로 참치를 먹자고 우겼어? (안 그랬거든.) 왜 내가 이 멍청한 달렉을 한다고 했을 때 안 말렸어? (대답 안 함.) 씨발 네가 하려는 건 뭐야? (우는 천사 조각상으로 위장한 강력한 고대 외계 생명체야. 놈들은 먹잇감을 과거 시간대로 보내서 그 생명체가 현재에 살 수 있었을 시간 에너지를 먹고 살아. 무시무시한 언데드지.)

"뭐?"

"조각상이라고. 그냥 조각상."[27]

파티에 가는 길, 거의 완벽한 밤이야. 약간 으슬으슬하고, 매캐한 공기가 선득하고, 낙엽이 네 앞길을 막고 이리 구르고 저리 미끄러지고. 너희는 너무 늦게 왔고, 이미 파티는 한창 멋지게 무르익을 무렵을 지나 으스스한 공포 분위기에 진입했어. 술에 뭔가를 섞고 있는 친구 옆을 지나다 인사를 건네자 그 친구는 난생처음 보는 텅 빈 눈빛으로 너를 무표정하게 쳐다봐.

사람들이 계속 넌 누구냐고 물어보네. 너는 씨익 웃고 두 손으로 눈을 가리며 우는 천사의 대표 포즈를 취해. 하지만 알아차리는 사람이 없군. "저 친구는 뭐야?" 누가 네 애인을 가리키며 물어.

"달렉."

"그게 뭔데?"

---

27 톰프슨, 『민속문학 사전』, 타입 C961.2, 금기를 어긴 대가로 돌이 되다.

"〈닥터 후〉세계관을 통틀어 가장 악랄한 외계 종족. 타임로드에 맞서 학살을 저지르고, 타임로드는 놈들을 말살하지. 그 둘은 기본적으로 서로를 제거하려는 적이야."

확실히 넌 이곳의 석사과정 학생들 중 가장 유행에 뒤떨어진 사람이군.

달렉이 된 꿈의 집의 여자는 인파를 헤치고 이동할 수가 없어. 사람들이 여자의 코스튬을 계속 치며 지나가.[28] 너는 여자에게 농담을 하고 싶지만—"'말살하라!'라고 외쳐봐, 그럼 사람들이 비킬 거야!"—분명 뭔 소리냐 하겠지. 한 잔 또 한 잔 연거푸 술을 들이켜는 여자를 너는 지켜봐.

---

28 중학교 핼러윈 날 너는 껌으로 분장하기로 했어. 마분지와 은박지와 분홍 페인트로 직접 코스튬을 만들고 얼굴과 팔이 나올 구멍을 뚫었지. 얼굴 구멍이 너무 작아서 볼이 꽉 끼어 밀폐용기 뚜껑이 된 느낌이 들었고, 관광지에 세워놓은 어린이 크기의 등신대 포토존 같아 보였어. 몸통에는 **오리지널 향**이라는 글자를 세로로 적었어. 거대하고 웃기다는 점에서 훌륭한 코스튬이었지만, 스쿨버스에 타고 보니 좌석에 앉을 수가 없어서 바닥에 무릎을 대고 있어야 했어. 하루종일 무릎을 대고 앉아서 수업을 들었고, 선생님들은 너그럽게도 모른 척해줬어. 점심시간에 애들이 뒤에서 자꾸 네 코스튬을 때렸지만 네가 용을 쓰며 뒤로 돌아왔을 땐 누가 그랬는지 알 수 없었지. 마지막 시간에 화장실에 가는데 처음 보는 선생님이 너를 복도에서 불러세웠어. "축하한다, 네가 코스튬 경연에서 일등을 했어!" 선생님은 네게 영화표 몇 장이 든 조그만 소책자를 건넸어. 그런 경연이 있는 줄도 몰랐지만 정말 기뻤어. 덕분에 고생을 했던 게 하나도 아깝지 않았지.

한 시간 후, 술 취한 여자가 화가 머리끝까지 나서 집으로 걸어가. 너는 여자가 저 앞에서 여기저기 부딪히며 걸어가는 모습을 속수무책으로 바라보면서 몇 블록을 뒤따라가, 왜냐면 집 열쇠가 너한테 있거든. 여자는 음모론자들처럼 콜랜더를 머리에 쓰고 있어―진정한 은박지 모자지.[29] 너는 아까부터 여자에게 짜증이 났지만, 평소 보지도 않는 드라마에 나오는 캐릭터 분장을 하고 그 분장이 망가져가는 와중에 술과 분노에 취해 집으로 비틀비틀 걸어가는 성인 여성에게는 뭔가 너무 애잔하고 가녀린 구석이 있네. 언젠가 좋은 이야기가 될 것 같아.

고주망태가 된 학부생 하나가 네 앞을 지나다 눈이 휘둥그레지더니 외쳐. "귀신, 귀신이다!"[30] 놈이 너를 잡으려 들길래 너는 놈의 손을 뿌리치며 꺼지라고 말해. 서배너에서 그때와 달리 여자는 너를 구해주지 않네.

집에 도착하니 여자가 현관문을 발로 차고 있어. 달렉 코스튬에 볼록볼록 붙어 있던 장식들이 풀밭으로 굴러떨어져. 너는 여자에게 다가가서 지친 어조로 말해. "열쇠 나한테 있어." 여자가 펄쩍 뛰더니 고래고래 소리지르기 시작해. "왜 그렇게 나타나, 씨발 사람 간 떨어지게! 대체 넌 뭐가 문제야?"

---

29 은박지 모자를 쓰면 외계인이나 정부의 정신 조종을 막을 수 있다고 믿는 사람들이 있다. (역주)

30 톰프슨, 『민속문학 사전』, 타입 C462, 금기: 귀신을 보고 비웃는 것.

네가 집안으로 들어가는 동안 여자는 계속 소리를 질러. "왜 근사하게 차려진 저녁을 먹고 싶다고 한 거야?" 여자가 말해. "네가 다 망쳐놨어, 오늘 저녁은 네가 몽땅 망친 거야. 같이 보내는 주말을 네가 다 망쳐놨다고." 네가 분장을 지우는 고생스러운 작업에 착수하고 화장품 사이로 본래 피부색이 듬성듬성 드러나는 동안 여자는 계속 소리를 질러. "씨발 근데 넌 대체 누구로 분장한 거야?" 네가 샤워실에 들어가고 일회용 염색약이 크림처럼 부드럽게 소용돌이치며 하수구로 빨려들어가는 동안에도 여자는 계속 소리를 질러. 네가 잠옷으로 갈아입는 동안 여자는 계속 소리를 질러. 이불 속에서 여자가 말해. "나 섹스하고 싶어." 네가 말해. "다음에." 그리고 너는 돌아누워 베개에 얼굴을 묻어. 내년 핼러윈은 이보단 낫겠지.

꿈의 집 ─ 사랑도 통역이 되나요

여자의 냉담한 태도를 어떻게 읽어야 할까. 여자는 어딘가에 정신이 팔렸어. 여자는 기분이 나빠. 여자는 너한테 기분이 나빠. 네가 무슨 짓인가를 해서 여자는 기분이 나쁘고, 그게 뭔지 알아내서 여자가 기분 나쁘지 않게 해야 해. 너는 여자에게 말해. 네 생각은 확실해. 확실하다고 생각해. 너는 네가 생각한 대로 얘기하고, 아주 많은 생각을 한 끝에 얘기하는데, 그럼에도 여자가 네 얘기를 다시 되풀이하면 아무것도 이해가 되지 않아. 내가 그렇게 말했다고? 진짜? 너는 그렇게 말한 기억이 없고 심지어 그렇게 생각한 기억도 없지만, 여자는 네가 그런 말을 했다고, 분명 그런 뜻으로 얘기했다고 너한테 알려주네.

꿈의 집—망각의 강 레테

그해 가을이 좀더 깊어진 후 여자가 하버드 대 예일 미식축구 경기를 같이 보재. 여자가 제일 좋아하는 학교 전통이지. 여자는 그걸 보려고 이미 비행기를 타고 날아갔는데 예정보다 일찍 인디애나로 돌아와야 할 일이 생긴 거야. "네가 차로 와서 돌아가는 길에 날 데려다주면 되지." 여자가 말해. 너는 아이오와에서 코네티컷까지 여자를 만나러 차를 몰고 가.

그리하여 쌀쌀한 가을 기온과 플라스크에 든 위스키 몇 모금과 모피를 입은 사람들과 진창에 버드와이저 캔처럼 굴러다니는 비싼 샴페인 병들과 하루를 보낸 다음, 불편한 호텔 침대에서 완전 뻗어 잤어. 이튿날 오후—출발이 수차례 미뤄지고, 여자의 친구들과 브런치를 먹고, 또 수차례 미뤄지고—떠날 준비를 해. 여자는 경솔하고 무모한 운전자이므로—서배너 여행 이후로 바뀐 게 없네—너는 묻지도 않고 운전대를 잡아.

라디오, 대화, 침묵을 오가며 뉴헤이븐에서 멀어져. 코네티컷과 뉴욕을 서둘러 빠져나오지. 펜실베이니아에서 볕이 일찍 이울고 빗방울에 인도가 반들거려. 네가 나고 자란 이 펜실베이니아주의 끝없는 오르막과 내리막 한중간에, 여자가 말을 하다 말고 갑자기 물어.

"왜 나한테 운전대를 맡기지 않아?" 여자는 감정을 누르고 계산된 어조로 차분히 말해, 꼬리를 빳빳하게 세운 개처럼. 아무 일도 없지만 이건 뭔가 잘못됐어. 네 견갑골 사이에 공포가 고여.

"내가 운전해도 괜찮으니까." 네가 말해.

"피곤하잖아. 운전도 못할 정도로 피곤하면서."

"아냐." 너는 그렇게까지 피곤하진 않아.

"넌 너무 피곤해서 우릴 다 죽일 거야." 여자의 음색은 내내 똑같아. "넌 나를 미워해. 내가 죽었으면 좋겠지."

"미워하지 않아. 그런 생각 안 해."

"넌 나를 미워해." 여자의 목소리가 매 음절마다 반 옥타브씩 올라가. "우리 둘 다 죽일 거야, 그리고 넌 눈도 깜빡 안 하겠지, 이기적인 년."

"난—"

"이기적인 년." 여자가 대시보드를 두들기기 시작해. "이기적인 년, 이기적인 년, 이기적인—"

너는 다음 출구에서 고속도로를 벗어나 주유소에 차를 세워. 여자는 차가 미처 서기도 전에 조수석 문을 벌컥 열고, 주먹으로 벽을 치기 전에 흥분을 가라앉히려는 십대 소년처럼 성큼성큼 주차장을 돌아다녀. 너는 걸어다니는 여자를 지켜보며 운전석에 앉아 있어. 울고 싶은 충동이 와락 솟으면서도 취한 것처럼 아득히 느껴지기도 해. 차 쪽으로 다시 걸어오기 시작한 여자의 눈은 네 얼굴에 고정되어 있고, 너는 부랴부랴 안전벨트를 풀고 조수석으로 달려가. 여자가 너를 두고 가버리면 안 되니까, 그러지 않을 거란 보장이 없으니.

이후의 여정은 축축하게 젖은 컴컴한 산중이야. 작년 크리스마스 즈음에 펜실베이니아를 지나갔던 기억이 나네. 지금과 똑같이 생긴 도로의 길가에 전복된 채 엔진부가 새카맣게 타버린 대형 트레일러트럭을 여럿 봤는데. 고속도로 갓길에서 이따금 불에 타고 있던 차들도. 여자는 시속 80, 90마일을 밟고, 너는 계속 올라가는 속도계 바늘에서 억지로 시선을 떼어내. 사슴 모양의 어둑한 형체가 빗줄기 장막을 뚫고 너희 앞을 지나가. 이렇게 죽나보다 싶은걸. 너는 경찰이 너희 차를 세우기를 빌며 사이드미러로 도무지 나타나지 않는 빨강 파랑 경광등을 찾아. 여자가 가속할 때 차가 중력에서 벗어난 듯 산길을 휙 날면 너는 차문을 꽉 붙잡아. "그것 좀 놔" 하면서 여자는 속도를 더 높여. "잠이나 자." 여자가 명령하지만 너는 잠들지 못해.

자정이 됐어.[31] 너희는 오하이오에 들어서고, 너는 늘 그곳이 차로 횡단하기에 지독히 지루하다고 생각했지만 지금은 아드레날린—결국엔 다 닳겠지만 아직은 아니야—때문에 손이 무릎 위에서 덜덜 떨려. 도로를 달리면서 동물 사체를 수십 구쯤 봤어. 과속 차량의 바퀴에 조각조각 터진 래쿤, 근육질의 몸뚱이가 땅에 쓰러진 무용수처럼 뒤틀려 꺾인 사슴.

비가 서서히 그치고 너희는 인디애나에 들어서.

마지막 구간에서 여자는 메인 고속도로를 빠져나와 블루밍턴으로 가는 2차로 시골길에 접어들어 남쪽으로 향하고, 차가 왼쪽으로 붙으며 중앙선과 키스했다가, 아예 넘어갔다가, 다시 오른쪽으로 붙어 문짝이 가드레일을 몇 인치 차이로 스쳐 지나가. 네가 쳐다보니 여자의 뒤통수가 머리 받침대에 닿아 있고 눈이 감겨 있어. 너는 여자의 이름을 외치고, 차가 제자

---

31 톰프슨, 『민속문학 사전』, 타입 C752.1, 금기: 해가 진 후(어둠이 내린 후) 무언가를 하는 것.

리로 돌아가.

"이젠 네가 너무 피곤한 상태야." 네가 말해. "졸음운전 하고 있잖아. 제발, 나머진 내가 할게. 이제 거의 다 왔어." 이렇게 정신이 번쩍 드는 건 처음이군.

"괜찮아. 내 몸은 내 거야. 내 맘대로 시킬 수 있어."

"제발, 제발 차 좀 세워."

여자가 입술을 삐죽이는데, 딱히 대꾸는 없고 차를 세우지도 않아. 종종 차가 얼큰하게 취한 것처럼 방향을 틀어. 사람이 죽으면 어디로 가는지 아느냐고 묻는 교회 광고판이 보이네. 밝은 대낮이었다면 그런 기만적인 프로파간다에 눈살을 찌푸렸겠지만 지금은 그게 어린 시절의 해묵은 공포심을 건드리는 바람에 너는 훌쩍거리고, 그다음엔 이미 늦었지만, 그 소리를 애써 집어삼켜.

처음 블루밍턴에 왔을 때는―여자와 꿈의 집을 같이 찾으러 다닐 때―기가 막히게 밝고 환했지. 늦봄이었고 나무들은 신록의 현란한 형광 연둣빛이었어. 지금은 나뭇잎이 빨강과 주황으로 불타고, 갈색 이파리가 가지에서 빙그르르 떨어져. 죽어가는 계절이고, 너도 오늘밤 죽을 거라는 확신이 드는군.

차는 새벽 4시쯤 꿈의 집 진입로에 들어서고, 잠시 그 자리에서 적막에 잠겨. 너는 토할 것만 같아. 나뭇잎이 자동차 지붕 위로 떨어지고 그걸 바람이 낚아채는 소리가 종잇장 스치

듯 들려. 마침내 여자가 손을 뻗어 안전벨트를 풀지만 너는 잔디밭만 바라보고 있어. 시커먼 형체 두 개가 잔디밭을 가로지르길래 강아지인가 했는데 아니네. 코요테인가? 언제 봐도 기분좋은 장면이겠지만 이 밤의 공포와 너무나 대조적으로 아름다워서 얼굴이 따끔거릴 정도야.

"봐." 네가 손가락으로 가리키며 말해.

여자는 마치 너한테 얻어맞기라도 한 것처럼 크게 움찔해. 그다음에야 네가 본 것을 봐. 너는 여자가 다정한 말을 속삭여줄 거라 기대하지.

"지랄 좀 작작 해라." 여자가 네 쪽으로 고개를 숙이더니 귓속에 대고 말해. "앞뒤 설명 없이 그냥 '봐'라니, 씨발 난 네가 우릴 죽이러 오는 염병할 살인마를 가리키는 줄 알았다고. 한밤중이잖아. 씨발 대체 넌 뭐가 문제야?" 여자가 차문을 뺑 차서 열고 나가. 코요테는 화들짝 숲속으로 뛰어들어가. 너는 꿈의 집을 쿵쿵거리며 돌아다니는 여자를 물끄러미 바라보고 있어. 여자의 실루엣이 불 켜진 창문들—부엌, 욕실, 침실—에 연이어 비치고, 이윽고 모든 불빛이 꺼지네.

너는 차에서 내려 집 옆에 기대어 앉고 겨울 코트를 덧옷처럼 앞으로 덮어. 잠시 후 코요테가 다시 나타나 잔디밭을 총총 가로지르네. 사슴도 나오고, 여우도 나오고, 다들 너에게 신경쓰지 않아. 마치 너도 이 풍경의 일부인 것처럼, 마치 네가 이

자리에 없는 것처럼.

너도 잠자리에 들 수 있었어. 아니면 부엌 식탁 앞에 앉아서 창문으로 이 풍경을 바라볼 수도 있었지. 하지만 그러면 이 밤을 그저 박물관에 넣어버리는 꼴이라는 생각이 들어—격리되어 너무 쉽게 잊히지. 이 밤과 함께 앉아 있자, 너는 생각해. 이런 일이 있었음을 잊지 말아야지. 내일이면 아마 다 떨쳐버리겠지. 하지만 여기서는, 기억하고 있어.

풀 위에 앉아 있으니 엉덩이에 감각이 없어지는군. 잔디밭은 야생 극장이야. 여느 종마처럼 다부진 너의 조그만 차는 진입로에 고요히 자리한 채 환히 빛나고, 여자의 오랜 운전 끝에 드디어 몸을 식히고 있어. 새들이 나무에서 새벽의 모스부호를 지저귀네. 술 취한 학생들 한 무리가 언덕 꼭대기의 골프 코스 가장자리에서 시끌벅적하게 모습을 드러내더니 너를 응시하며 잠시 서 있다가—유령인 줄 알았을걸—휘적휘적 길을 따라 내려가. 앨런 긴즈버그는 이런 시를 썼지. "잃어버린 사랑스러운 미국을 꿈꾸며, 집집마다 진입로에 세워진 파란 자동차를 지나 우리의 말없는 작은 집으로 어슬렁어슬렁 돌아가는 겁니까?"

문의 잠금장치가 막 열리려 할 때 열쇠를 쥔 손목을 더 빨리 돌리는 것처럼, 첫새벽의 밤은 해가 나기 직전에 슬쩍 속도를 올려. 내년 여름 하지 전까지는 여자로부터 자유로울 수 없지만, 어둠 속으로 급락하는 계절을 여자와 함께 보내게 되지만, 빛이 하늘에 스며드는 이 아침에 너는 몸과 마음을 다해 현재에 집중하고 있어. 잊지 않고 있어.

아침이 되자 너를 공포에 떨게 했던 여자는 커피 한 주전자를 내리고 너와 농담을 주고받으며 키스를 하고 아무 일 없었다는 듯 네 두피를 다정하게 어루만져. 그리고 한잠 자고 일어난 것처럼, 다시 새날이 시작되지.

꿈의 집 ─ 스파이 스릴러

아무도 너의 비밀을 모르지. 네가 하는 행동 하나하나가(금발 잔털을 찾아 턱선을 엄지로 훑는다, 탄력 있는 부츠의 지퍼를 올린다, 젖은 수세미에 대고 하이볼 잔을 돌린다, 토너 악취를 풍기는 열받은 프린터를 때린다, 문간에서 검은 와인병을 휘두른다, 러닝머신이 느려질 때 땀에 전 티셔츠를 가슴뼈 언저리에서 들췄다 났다 한다, 브로콜리와 휴지를 사려고 지갑을 연다, 모닥불을 등지고 돌아선다, 학생들 앞에서 팔짱을 낀다, 다른 사람들이 말할 때 빽빽하게 메모한다, 사람들이 다 돌아보도록 귀에 거슬리게 킬킬거린다) 너는 알고 저들─저 모든 평범한 시민들─은 모르는 것으로 격상되지.

꿈의 집 — 워싱턴의 작은 집

여러 해가 지난 후 나는 이 책의 일부를 워싱턴주 해안에서 약간 떨어진 어느 섬의 작은 집에서 썼다. 그 섬을 설명할 단어를 딱 하나 고른다면 다습이 될 것이다. 아니면 **자연친화적**이거나. 매끈하고 통통한 민달팽이가 풀밭이든 길이든 현관 앞이든 어디에나 있었다. 바다로 나가면 매가 물속에 뛰어들어 몸부림치는 물고기를 물고 올라오는 장면을 목격했다. 소금기 도는 석호를 건너면 저주받은 여왕이라도 된 것처럼 구름 같은 각다귀떼가 따라왔다. 밤에 창문을 열어놓고 자면 정말 온갖 생물들의 소리가 들렸다. 부엉이, 개구리, 한번은 슬라이드 휘슬 비슷한 소리도 났다. 어느 날 아침에 나는 달팽이를 관찰하려고 집어들었다가 실수로 떨어뜨렸다. 다시 집어드니 껍데기에 금이 갔고 그 손상된 부위에서 하얀 거품이 올라왔다. 나는 내 실수의 가공할 파괴력에 아연해졌다―억제되지 않은 그 순수한 몰지각함에. 고통에 관한 책을 쓴답시고 이 섬까지 그 먼길을 와서 이 섬에 사는 무해한 주민에게 끔찍한 짓을 해버린 것이었다.

  하루는 레이니어산을 감상하며 동료 작가와 한담을 나누고 있는데 겁에 질린 비명소리가 들렸다. 우리는 대화를 그치고 서로를 쳐다봤고, 그 소리가 또 났을 땐 다른 사람들 이름을 외치며 숲속으로 달려갔다. 우리의 헐떡이는 숨소리 외엔 사방이 괴괴했다. "동물이었을까?"라고 말하긴 했지만 그건 아닐 거라고 생각했다.
  섬을 떠나기 전날 밤 모두가 화톳불 주위에 모였을 때 그 소리를 또 들었다―세 번의 긴 울부짖음이 점점 커지는데 틀림없이 여자의 비명소리였다. 다들 움찔했지만 곧 스라소니나 뭐 그런 동물일 거라는 데 동의했다. 그래도 그 소리, 그 부인할 수 없는 극심한 공포에 사로잡힌 소리와 함께 찾아온 한기를 억누르지는 못했다.

꿈의 집 —손턴광장

가스라이트는 동사로 쓰이기 전까지 명사였다. 가스등. 그러다 1938년에 「가스등」이라는 희곡이 나왔고, 1940년에 영화 〈가스등〉이 나왔다. 뒤이어 1944년에 조지 큐커 감독이 두 번째로 영화화했고, 여기서 잉그리드 버그먼은 흐트러지고 피폐해지는 연기로 깊은 인상을 남겼다.

멀쩡하던 한 여성이 남편에 의해 점점 심신이 쇠약해지는데, 남편은 각종 물건—브로치, 그림, 편지—의 위치를 바꾸어 아내가 스스로 미쳤다고 생각하도록 유도하고 궁극적으로 아내를 정신병원에 보내기 위해 음모를 꾸민다. 그러나 결국 남편의 계획은 들통난다. 남편은 아내가 어릴 때 아내의 이모를 살해했고, 십수 년 후 정신없이 휘몰아치는 연애를 교묘히

획책하여 그 집에 돌아온 다음 그때 놓친 보석을 찾으려 한 것이었다. 밤마다 그레고리는—부드럽고 카리스마 넘치는 샤를 부아예가 맡았다—아내 몰래 다락에 숨어들어 보석을 찾는다. 영화의 제목이 된 가스등은 여주인공이 자신이 정말 미쳐간다고 믿게 되는 여러 요인 중 하나다—마치 집안 다른 곳에서 누가 불을 켠 것처럼 가스등의 불빛이 약해지는데, 자기 외에 아무도 불을 켠 사람이 없을 때에도, 없는 것 같을 때에도 불빛이 자꾸 어두워진다.

버그먼이 연기한 폴라는 심각한 이중혼란에 빠진다. 자꾸 뭘 잊어버리고 허약해지고 제정신이 아니라는 확신이 들면서 심리적 불안정성이 커진다. 폴라의 온전함은 심리적 폭력에 의해 붕괴된다. 환히 빛나다가, 히스테리에 빠졌다가, 완전히 귀신에 홀린다. 막판에 폴라는 껍데기만 남아, 런던의 호화로운 자기 집을 유령처럼 배회한다. 남편은 폴라를 방안이나 집안에 가두지 않는다. 그럴 필요가 없으니까. 폴라의 정신을 감옥으로 만들어버렸으니까.

너는 영화를 보면서 비록 허구의 인물이지만 폴라의 심정에 공감해. 폴라의 고통이 카보나이트[32]에 동결된 한 솔로처럼 생생하게 영화 필름에 잡혀 있거든. 어둠 속에서 영화를 몇 번이

---

32 영화 〈스타워즈〉 시리즈에 등장하는 급속 냉동 보존용 물질. (역주)

고 돌려봐. 멋스러운 빅토리아풍 가구와 실내장식에 비친 저마다의 그림자를 포착한 으스스한 장면에 감탄하고, 폴라의 좌절과 졸도, 촉촉이 젖어 바르르 떨리는 입술을 한참 동안 응시해.

잉그리드 버그먼은 훤칠하고 탄탄한 태산 같은 여자지만, 이 영화에서는 모래 사구처럼 마멸된다. 그레고리는 음악회 도중 사람들이 다 보는 앞에서 폴라를 압박해 무너지게 만든다. 나중에는 집에서 단 두 명의 하녀가 보고 있을 때 또 그런 일을 벌인다. 보는 사람이 몇 명 없다고 품위가 손상되지 않는 건 아니다. "하인들 앞에서 나를 모욕하지 마." 폴라가 흐느낀다. 하지만 하녀가 들어와 그 장면을 목격하지 않았다 하더라도, 우리가 보고 있다. 폴라는 이렇게 말했을 것이다. "관객들 앞에서 나를 모욕하지 마." 왜냐하면 둘 다—하인들, 관객들—힘없는 목격자니까.

〈가스등〉을 본 적 없는 사람들이나 간접적인 묘사만 읽어서 아는 사람들은 종종 그레고리의 목적—'가스등을 깜박거리게 만든' 이유—이 오로지 폴라를 미치게 만드는 것인 듯, 마치 그게 그의 욕망의 총체인 것처럼 말한다. 그게 이 영화에서 가장 많이 오해받는 부분 중 하나일 것이다. 사실 그레고리의 행동에는 완벽히 납득되는 동기가 있다—보석을 찾는 데 폴라의 존재가 방해되는 것이다. 깜박거리는 가스등은 보석 수색 작업 중 의도치 않게 발생한 효과였고, 일부러 정신병을 유도하는 교묘한 책략조차 바로 이 합리적인 목표를 향하고 있다. 그럼에도 그레고리의 조작 이면에서 느껴지는 즐거움과 활기는 못 보고 지나칠 수가 없다. 임기응변으로 꾸며내고 사람을 괴롭히고 계략을 세우는 동안 그레고리의 얼굴에 스치는 찰나의 표정이 번연히 보인다. 흥이 나는데다 자신의 목적에 부합하기까지 하니 일석이조랄까.

요컨대, 그레고리의 동기는 설명 불가하지 않다. 사실 약오를 만큼 실용적이고 현실적이다―탐욕이 추동하고, 통제욕이 힘을 보태고, 먹잇감을 갖고 노는 고양이의 본능이 구석구석을 채운다. 학대자들이 꼭 낄낄거리는 미친놈일 필요는 없다는 사실을 알려주는 듯하다. 그들은 그저 뭔가를 원하기만 할 뿐, 어떻게 얻을지에는 신경쓰지 않는 것이다.

꿈의 집─사이클

    큐커는 '현실감 있는' 연기를 끌어내기 위해 여자 배우들을 괴롭히는 것으로 유명했다. 어느 전기 작가가 썼듯 큐커는 "감정을 드러내야 하는 장면에서 〔주디〕 갈런드를 벼랑 끝까지 밀어붙였고 그걸 거의 흥청망청 즐기는 것처럼 보였다…… 〔큐커는 종종〕 갈런드 본인의 잿빛 어린 시절…… 경력의 최저점, 여러 번의 결혼 실패…… 만성적 불안을 끌어내 상기시키곤 했다." 〈스타 탄생〉의 메이크업 아티스트는 이렇게 말했다. "큐커는 여자에게 상처 주는 법을 잘 알았고, 우는 장면에서 분위기를 조성한답시고 그걸 여러 번 써먹었죠." 주디 갈런드가 맡은 배역인 영화배우 에스터 블로짓이 영화사 대표 앞에서 감정이 북받쳐 무너지는 그 유명한 장면을 찍을 때와 관련해 전기 작가는 이렇게 썼다. "큐커가 그전부터 갈런드를 너무 들볶어서 갈런드는 몸이 아팠고 실제로 구토를 하기까지 했다. 큐커가 갈런드를 거칠게 다루긴 했지만…… 거기엔 목적이 있었다."

그 장면에서 에스터는 촬영 중간 쉬는 시간에 자신의 분장실에 있다. 우스꽝스러운 밀짚모자를 쓰고, 짙은 눈화장을 하고, 입술에 바른 립스틱에 어울리는 체리 빨강 카디건 차림이다. 뺨에는 주근깨를 너무 크게 그려놨다. 방안은 사방에 비치는 것투성이다. 크리스털, 거울, 크롬, 하얀 꽃다발을 감싼 분홍색과 은색 셀로판지. 올리버 나일스가 남편—급격히 몰락중인 알코올의존증 환자—의 안부를 묻자 잠에 빠져드는 사람처럼 에스터의 얼굴에서 활력이 빠져나간다. 에스터는 벌떡 일어나 잠시 돌아다니며 수선을 피우다 다시 자리에 앉아 말을 꺼낸다. 바들바들 떨고, 말을 더듬고, 이야기 중간중간 얕은 숨을 가쁘게 몰아쉬고, 눈물을 참기 위해 고개를 뒤로 젖힌다. 도무지 한곳에 집중하지 못하고 이리저리 산만하게 시선을 던지다 가끔 카메라 너머 어딘가를 본다. 아예 목놓아 흐느낀다. 인정하고 싶지 않은 것을 퍼뜩 깨달은 듯 손으로 입을 막는다. 뺨을 거칠게 문질러 주근깨를 지운다. "아무리 사랑한다 해도," 불행과 체념에 젖은 목소리로 에스터는 말을 맺는다. "죽을 때까지 그러고 어떻게 살아?"

그 장면은 좌절로 가득차 파괴적이며 마음을 지독히 흔든다. 제작 당시의 세세한 상황에 대한 윤리적 거북함만 아니라면, 그 결과물에 토를 달기는 어렵다. 〈가스등〉의 폴라와 마찬가지로 진짜로 급성 신경쇠약을 일으킬 것만 같은 (그리고 〈가스등〉과는 다르게 배우 자신의 상태도 그와 아주 다르지는 않은) 캐릭터였으니. 촬영이 끝나고 큐커가 원하던 것을 얻고 나자 "친절과 유머가 바통을 이어받았다". 큐커는 갈런드의 어깨를 두드리며 말했다. "주디, 마저리 메인도 이보다 잘하진 못했을 거야."

그 장면이 마무리되자 에스터는 주근깨를 다시 그리고 마음을 추스른 후 세트장으로 돌아간다. 거기 수많은 사람들 앞에서, 갈런드는 아까 멈추었던 바로 그 지점에서 다시 이어 시작한다―양팔을 크게 펼치고 노래한다.

꿈의 집 — 부당한 선례

    1944년 MGM 영화사는 아카데미 수상작 〈가스등〉을 제작할 때 단지 리메이크만 한 게 아니었다. 1940년 영화의 판권을 사서 "원판 필름을 불태우고, 남아 있는 모든 프린트를 없애기 시작했다". 물론 성공하지는 못했다—첫번째 영화는 살아남았다. 지금도 볼 수 있다. 그러나 얼마나 이상한가, 아니 정확히 말해서 얼마나 오싹한가. MGM은 단순히 영화를 새로 만들고 싶어한 게 아니었다. 첫 영화가 이 세상에 아예 존재하지 않았던 것처럼 흔적도 없이 제거하고 싶어했다.

꿈의 집 — 데자뷰

　여자는 너를 사랑한다고 말해. 언어로 표현하기 힘든 너의 미묘한 자질들을 알아본다고 말해. 여자에게 너는 이 세상에 하나밖에 없는 존재라네. 너를 신뢰한대. 여자는 너를 안전하게 보호하고 싶대. 너와 함께 나이들고 싶대. 여자는 네가 아름답다고 생각한대. 섹시하다고 생각한대. 가끔 네가 휴대폰을 들여다보면 여자가 보낸 기괴하게 모호한 메시지가 와 있고, 그러면 네 허파 사이에서 불안이 발길질을 해대지. 가끔 너를 바라보고 있는 여자를 알아차리면 너는 온 세상에서 제일 삼엄한 검열을 받고 있는 사람이 된 기분이야.

꿈의 집 ─필라델피아의 아파트

　여러 해가 지난 후 나는 이 책의 일부를 아내와 함께 살던 필라델피아 서부의 아파트에서 썼다. 여기로 이사오기 전에 우리는 근처의 어두침침하고 끔찍한 건물에 살았다. 거기서는 쥐와 바퀴벌레가 잔뜩 나와서 집에 덫을 놔야 했다. 어느 날 아침에 커피를 내리려 방에서 나오다 끈끈이 덫에 흉하게 사지가 들러붙은 쥐를 발견했다. 마치 금지된 사원에 들어갔다가 염산에 반쯤 녹아버린 모험가 같았다. 쥐는 무시무시하게 찍찍대고 있었다. 나는 구글에 '끈끈이 덫에 걸린 쥐 처리법'을 검색했고, 조언이 담긴 글을 찾았다. 잠옷 차림 그대로 나는 덫과 쥐를 비닐봉지에 넣어 들고 나가서 있는 힘껏 발로 짓밟은 다음 쓰레기 수거함에 던져넣었다.

바퀴벌레로 말하자면, 놈들 때문에 난 이대로 가다간 광기와 초월에 다다르겠다 싶었다. G.H.의 수난처럼 말이다.[33] 처음엔 제법 깔끔떨면서 조리대 주위로 잽싸게 뛰는 놈들을 휴지를 찾아 깨끗이 해치웠다. 그러던 어느 날 놈들은 전자레인지의 디지털시계 속으로 이사했고, 그 안에 있는 놈들의 실루엣이 다 보였다. 불빛 아래서 유충이 허물을 벗고 껍질을 그대로 남겨놓았다. 그후로 나는 영화에 나오는 프로 암살자들이나 가능할 거라고 상상했던 무념무상의 실용적 살상력을 개발했다. 다음부턴 그냥 맨손으로 때려잡았다.

---

33 클라리시 리스펙토르의 소설 『G.H.에 따른 수난』의 주인공이자 익명의 화자인 G.H.는 집에서 바퀴벌레를 발견하고 인식의 대전환을 이룬다. (역주)

꿈의 집 ―감상적 오류

꿈의 집의 여자는 항상 물건을 너무 많이 사. 여자가 냉장고를 채우는 걸 보고 있으면 당최 이해가 가지 않아―선반마다 새파란 이파리와 싱싱한 줄기와 튼실한 뿌리와 통통한 구근으로 터져나가서 그 가전의 세련되고 현대적인 선은 완전히 감춰져 보이지도 않아. 뭔가 육감적이고 관능적이기까지 한 면이 없지는 않지, 그 모든 게 썩어나가기 전까지는. 냉장고 문을 열 때마다 냄새는 점점 더 텃밭에 가까워지고(흙, 비, 생명), 이내 쓰레기통이 되었다가, 마침내 무덤이 되고 말지.

네가 그 얘기를 한번 했더니 여자는 네가 했던 말을 자꾸 되풀이하고, 할 때마다 점점 더 비꼬는 투가 되어가네. 결국 네가 사과를 해. 뭘 잘못해서 사과하는지 도무지 알 순 없지만.

그래 뭐, 그 여자 돈이고, 그 여자 냉장고니까. 썩어 문드러져
도 그 여자 거지.

꿈의 집 — 첫 추수감사절

　명절 전날 블루밍턴에 도착한 너는 여자가 자기 대학원 동기 전체를 추수감사절 저녁식사에 초대했다는 사실을 알게 돼.[34] 너는 믿기지 않는 눈으로 여자를 쳐다봐. "그 사람들 전부 다?" 너는 머릿속으로 인원수를 계산해.

　"하지만 이 집엔, 그니까, 의자가 두 개인걸." 네가 말해. "식탁도 조그만 거 하나뿐이고. 넌 이삿짐도 제대로 안 푼 상태잖아."

　여자는 아무 말이 없네.

---

34 톰프슨, 『민속문학 사전』, 타입 C745, 금기: 처음 보는 사람들을 접대하는 것.

"음식은 각자 가져오라고 얘기했지? 간식거리는 각자 알아서 가져오고, 우린 그러니까, 칠면조 같은 거만 준비하면 되는 거지?"

"아니. 그건 안 되지. 예의 없는 짓이 될 거야. 우리가 사람들을 챙겨야지."

"우린 누가 챙겨주는데? 난 돈 없어."

"그렇게 씨발년처럼 굴지 마." 여자가 말하네.

그리하여 너는 밤 11시에 대형마트에서 어쩌다 이렇게 됐는지 기억해내려 애쓰며 엉겁결에 '혼자서' 식재료를 골라 담고 있는 신세가 된 거야.

장을 봐서 돌아온 너는 이 집에 팬과 냄비도 몇 개밖에 없음을 알게 되고, 통구이용 닭을 해동한 후 올리브오일과 소금과 후추를 뿌리다가 어느 순간 닭을 반으로 갈라야 한다는 것을 깨달아. 평소 너는 고깃덩이에 비위가 강한 편이지만, 저것들의 몸통을 반으로 쪼개서 저 번들거리는 통닭을 알루미늄포일에 대고 누른다는 생각에 저도 모르게 움츠러들어.

"이것 좀 도와줘." 네가 말해.

여자가 셔츠와 브래지어를 벗어던지고 부엌가위로 한 마리씩 자르기 시작해. 가위날이 새의 몸을 헤집고 들어가 허벅지부터 목구멍까지 열어젖혀. 소리가 아주 끔찍하군. 너는 남아

프리카공화국에서 사자를 3미터 앞에서 봤을 때가 생각나. 사자는 얼룩말의 다리 가죽을 뜯어내고 있었고, 네 두뇌 속에 있던 동굴인이 소리를 질러댔지. **도망쳐 도망쳐 도망쳐.**

여자는 새의 척추를 끄집어내고 몸통을 뒤집어 펼친 책처럼 팬에 대고 눌러.

사람들이 왔을 때 너는 여전히 요리하는 중이고, 사람들이 선 채로 일회용 접시에 담긴 음식을 먹어치우며 웃고 떠들고 너를 거들떠보지도 않는데 너는 여전히 요리중이야.

꿈의 집 — 진단

걱정해야 하는 게 맞을까? 메스꺼운 속이 좀처럼 가라앉지를 않아. 아주 작은 움직임에도 울렁거리네.[35] 속이 쓰리고 경련까지 일어나. 아마도 위산 때문이겠지, 암은 아니었으면 좋겠는데. 팔다리 떨림이 심해지고, 식도가 묘하게 답답하고 막힌 느낌이 들어. 영문 모르게 눈물이 터져. 절정에 이르지 못하고, 여자의 눈을 똑바로 쳐다보지 못하고, 술을 마실 때 2차를 가지 못해. 등이 쑤시기 시작하고, 발이 쑤시고, 의사는 너에게 살을 빼야 한다고 무섭게 말해. 너는 둑이 터진 것처럼

---

35 톰프슨, 『민속문학 사전』, 타입 C940, 금기를 어긴 대가로 아프거나 약해지다.

엉엉 우느라 제일 중요한 말을 다 놓쳤어. 환자분이 빼야 하는
건 체중 47킬로그램과 대기실에 앉아 만면에 짜증을 띠고 있
는 저 금발 여자입니다.

꿈의 집 — 왈가닥 루시

1950년대 시트콤 〈왈가닥 루시〉에는 루시가 샤를 부아예, 즉 〈가스등〉에서 악랄한 남편을 연기한 프랑스 배우를 만나는 에피소드가 있다. 부아예를 향한 루시의 열렬한 사랑이 불러올 무모한 계획과 피할 수 없는 재앙을 염려한 루시의 남편 리키는 부아예에게 딴사람인 척하라고 설득한다. 부아예도 장단을 맞추기로 하고 허구의 인물을 연기하지만 (당연히) 혼란이 잇따르고 마침내 루시는 그들의 농간을 간파한다.

그걸 보다보면 특유의 유머 코드가 보인다—과장된 억지스러움, 루시의 휘둥그런 눈과 카메라를 향해 짓는 우스꽝스러운 표정, 〈왈가닥 루시〉의 엉뚱한 재미를 특징짓는 정신없는 줄거리와 몸개그의 대혼란. 하지만 그런 건 다 차치하고, 부아예는 자신이 본인이 아니다라고 말하는데 그건 일종의 게임이고, 루시는 확신하다가도 확신을 못한다. 내가 아니다. 그 말은 점점 웃기는 농담이 되어가지만 그 농담은 기만에 기초하고 있다.

"그건 더러운 속임수야." 루시는 진실을 알고 나서 화가 머리끝까지 솟아서 말한다. 리키는 킥킥 웃는다.

지금도 나는 TV 드라마에서 오인되거나 도둑맞은 정체성에 관한 에피소드를 보면 마음이 불편하다. 전혀 오인되지 않았는데도 오해라는 희극적 장치와 함께 생기는 현실의 불가해성이 꺼림칙하다. 이 에피소드를 보면서는 〈가스등〉의 가정 폭력—질투, 고성, 명령—이 으스스하게 미러링되는 과정만 유독 눈에 들어왔다. "이건 사적인 문제야." "당신은 내 거야, 내 거야, 모두 내 거지." 몸개그와 익살맞은 거리감으로 눈가림한 폭력. 웃기지 않은가? 웃긴다! 진짜 웃긴다! 웃을 수 있는 일이다! 언젠가는 우스워지겠지! 안 그런가?

꿈의 집—뮤지컬

　여자가 노래 좀 그만하라고 말하기 전까지 너는 네가 얼마나 노래를 많이 부르는지 몰랐어.[36] 너는 어디서나 노래하는 것 같아. 샤워하면서, 설거지하면서, 옷을 입으면서. 너는 뮤지컬과 찬송가와 어릴 때(교회에서, 학교에서, 걸스카우트에서) 부르던 옛 노래를 흥얼거려. 그때그때 일어나는 일들로 가사를 붙여 노래를 지어 부르기도 하지. 여자는 차 안에서 노래를 따라 부르기도 하지만 그건 음악이 흘러나올 때뿐이야. 여자에게 음악 없이 같이 부르자고 해도 여자는 거절해.

　드물게 머리가 또렷한 순간에 너는 여자에게 뻔뻔하게 말

---

36 톰프슨, 『민속문학 사전』, 타입 C481, 금기: 노래하기.

해, 여자가 너의 노래를 받아들일 수 없다면 너를 받아들일 수 없는 거라고. 나름의 농담을 의도한 건데 김이 빠져버리네. "그럴지도." 여자의 목소리가 차갑게 정곡을 찔러.

꿈의 집 —교훈적 이야기

주중 어느 날 꿈의 집에서 차를 몰고 돌아오다 일리노이주와 아이오와주 경계를 지날 때쯤 기름이 거의 떨어졌다는 걸 알게 돼. 내비게이션은 바람이 쌩 도는 고속도로 외딴 출구 옆에 주유소가 있다고 알려주고, 출구로 나오자마자 너는 뭔가 잘못됐음을 감지하지. 길게 이어진 시골길 같은데, 헛간과 집이 간간이 보일 뿐 전부 옥수수밭이야. 너는 계속 나아가. 지평선 너머로 주유소가 슬슬 떠오르겠지? 그러나 언덕을 넘을 때마다 눈에 보이는 거라곤 더 멀리멀리로 펼쳐진 시골길뿐이네. 되돌아가는 게 나을까? 다음 코너만 돌면 주유소가 나오지 않을까? 황혼이 스러지고, 갑자기 풍경이 밋밋해지며 어둠에 잡아먹혀.

너는 차를 세우고 휴대폰을 들여다보지만 신호가 잡히질 않아. 그대로 앉은 채 심호흡을 해. 아빠라면 무슨 말을 할까? 휴대폰이 없던 시기에 이런 상황에서 사람들은 어떻게 했을까? 걸어가야 할까? 남의 집 대문 앞까지? 너는 그저 집에 가고 싶을 뿐이야.

　너는 1분 가까이 비명을 지르고 있었다는 사실을 나중에야 깨달아. 운전대를 두들기며—차가 뭔 죄라고, 얘는 그저 네가 하라는 대로 한 것뿐인데—울부짖어. "씨발, 씨발, 씨발." 너는 네가 왜 통곡하는지 알 수가 없어. 누구나 길을 잃잖아.

꿈의 집 ─ 휴거

어릴 때 너는 '레프트 비하인드'[37]를 읽었고, 커크 캐머런이 나오는 어색하고 앞뒤가 안 맞는 영화들도 봤지. 종말론과 그리스도의 공의를 다룬 싸구려 스릴러였어. 너의 십대 자아의 구미에 그렇게 완벽히 들어맞는 구성이 또 있을까?

네 가족은 그런 유의 교회에 다닌 적이 한 번도 없는데 너는 휴거라는 개념에 사로잡혔어. 흥분되면서도 훈련과 절제가 필요하다고 생각했지. 주님은 언제라도 오실 수 있다. 오셔서 믿는 자들을 데리고 떠나실 것이고, 나는 준비되어 있어야 한다. 두려워해야 하고, 준비되어 있어야 하고, 마음 졸이며 그 순간

---

37 휴거 후 지상에 남겨진 사람들의 고난을 다룬 기독교 소설 시리즈. (역주)

에 대비해야 한다. 절대 방심해서는 안 되고, 절대 흐트러져서도 안 된다. 왜냐하면 주님이 오셨는데 시험에 통과하지 못하면—예수님은 마음속 가장 깊숙한 곳까지 아시니 거짓말은 불가능하다—나는 남겨질 테고, 대재앙이 세상을 파멸시킬 때 (주님이 데려간 사랑하는 사람들의 텅 빈 옷가지를 움켜쥔) 불신자들과 함께 남을 테니까.

그러다 어느 날 너는 휴거rapture라는 단어가 '지극한 기쁨'을 뜻하기도 한다는 것을 알게 되면서 완벽한 이해에 도달했어. 극강의 두려움 속에서도 얼굴에 미소를 잃지 않고 살아가는 것이 중요하다는 사실을 깨달은 거야.

꿈의 집 —가정법 수업

　그래, 지하실에는 거미가 있고, 그래, 바닥은 형편없이 울퉁불퉁해서 이 방에서 저 방으로 급히 뛰어가기라도 하면 튀어나온 바닥에 너의 오른발이 몸통까지 치받치는 게 느껴지고, 그래, 여자는 도무지 짐을 풀지 않아서 오래된 잡동사니 소품으로 가득한 커다란 종이 상자들을 가구로 쓰고 있고, 그래, 소파는 너무 낡아서 스프링에 등허리가 배기고, 그래, 여자는 지하실에서 대마를 재배하고 싶어하고, 그래, 방마다 흉흉한 기억이 있고, 그래도 분명한 건, 너희 둘은 여기서 아이를 키울 수 있었어.

꿈의 집 — 판타지

판타지라는 건, 내 생각엔, 여성 퀴어를 정의하는 클리셰다. 두 번 만나고 바로 이삿짐 트럭 얘기를 꺼낸다는 레즈비언 농담이 있는 것도 이상할 게 없다. 남자들 특유의 지랄염병 없이 일상의 기쁨과 욕망과 사랑을 찾는다, 이것은 낙원에 대한 꽤 깔끔하고 유효한 정의다.

그러나 퀴어 가정 폭력 문학에는 이[38] 구멍 숭숭 난[39] 꿈[40]에

---

38 "나는 밤마다 레즈비언 낙원을 꿈꾸며 연인의 품에서 잠든다. 그랬는데 레즈비언 관계 안의 폭력이라는 현실에 눈을 뜨다니 악몽이 따로 없다. 그에 대해 얘기하려 하면 가슴을 조이고 목을 틀어막는 안개 같은 악몽이 느껴진다…… 우리는 이 사랑을 기념하고 축하하는 데 아주 능하다. 낙원이 아니라 폭력과 공포의 지옥에 사는 레즈비언도 있다는 얘기를 듣기는 참 어렵다."(리사 셔피로, 〈Off Our Backs〉, 1991)

대한 언급이 널리고 널렸고, 멍든 눈과 접질린 손목 같은 증거들 못잖게 폭력을 증명하고 있다. 변함없는 퀴어 심벌―무지개―조차도 어느 변덕스러운 신이 분노에 사로잡혀 저지른 지상 최대의 폭력 행위를 반복하지 않겠다는 약속이다. **다시는 전 세계에 홍수를 내지 않을게. 그때 딱 한 번뿐이었어, 진짜야. 오빠 못 믿어?** (그러더니 나중엔 협박질을 한다: 이 씹새끼들아, 다음 번엔 불이다.) 이 이상론의 기능부전을 인정하는 건, 그 점에 있어선 우리도 이성애자들과 마찬가지라는 걸 인정하는 것만큼이나 뼈아프다. 우리도 딴사람들과 다를 바 없이 똥밭을 구른다. 그 모든 판타지는 지극한 낙관주의에서 비롯됐거나, 혹은 관용을 베풀 기분이 아니라면, 오만에서 비롯된 행위다.

언젠가는 바뀔지도 모른다. 언젠가, 퀴어가 너무 평범하게 받아들여져 퀴어를 알게 되는 게 낙원에 들어가는 느낌이라기

---

39 "그러한 폭력의 존재를 인정하면 우리의 유토피아 속 다이크는 어떻게 될까?"(에이미 에징턴, 1988년 아칸소주 리틀록에서 열린 제1회 레즈비언 관계 내 폭력 콘퍼런스 취재 기록)

40 레즈비언 폭력에 관한 1987년 희곡「커튼 뒤에서」리뷰: "희곡을 씀으로써, 우리 삶의 기쁨과 고통을 묘사함으로써, [마거릿 내시는] 레즈비언들이 우리가 태어난 사회를 극복하고 초월하여 일종의 신화적 유토피아에 살고 있다는 자동반사적 추측을 거부한다."(트레이시 맥도널드, 〈Off Our Backs〉, 1987)

보다 자신의 몸을 주장하는 느낌이 될 때쯤엔. 완전하진 않지만, 이게 나야.

꿈의 집 — 목록

여자는 너에게 넌 뭐가 문제인지 말해보라고 해. 그건 네가 몹시 좋아하는 취미활동이야. 여자가 너의 문제점을 지적하는 것보다 훨씬 낫지. 몇 년 뒤엔 아예 습관으로 굳어져 좀처럼 버리기 힘들어지지.

너는 구제불능의 스노브야. 지능과 재치를 그 어떤 훌륭한 자질보다 더 중시하지. 너는 사람들이 멍청한 말을 하면 싫어해. 자존심이 강해. 네가 일을 썩 잘해낸다고 생각해. 신경증이 있고 걱정이 많으며 자기중심적이야. 사람들이 너만큼 이해가 빠르지 못할 때 참을성이 없어져. 성적 흥분 탓에 미련한 짓—당혹스러운 짓—을 한 적이 분명히 있어. 다른 사람 앞에서 자기 비하를 한 적이 한 번 이상 있어. 너는 남몰래 남자가 되고 싶어하는데, 젠더 정체성이 의심스러워서가 아니라 사람들이 너를 좀더 진지하게 받아들여주길 원하기 때문이야. 너는 여드름 짜는 게 너무 좋아. 오르가슴을 느끼는 것보다 더 하고 싶은 일은 별로 없어. 이따금—종종 예고도 없이—타인에 대한 관심과 배려심이 뚝 떨어져 제로가 되고, 너를 필요로 하는 사람들에게 전혀 쓸모가 없어져. 너는 네 친구들 대다수에게 성적 판타지를 품어봤어. 천재 소리를 듣고 싶어해. 보드게임을 할 때 속임수를 썼어. 헤르페스에 걸린 줄 알고 크리스마스 날 응급실에 갔는데 그냥 여드름이었지. 어릴 때 너는 고자질쟁이였고, 지금도 굽힐 줄 모르는 원칙주의자야. 마약에 대해선 고상한 척 내숭을 떨지. 너는 건강염려증이야. 명상 시간이 길어질 때 네가 주의력을 잃지 않는 유일한 방법은 난교 파티를 상상하는 거야. 너는 멋진 승부를 아주 좋아해.

꿈의 집 — 공유지의 비극

여자는 항상 이겨먹으려 들어.

너는 여자에게 이렇게 말하고 싶어. 네가 이런 식이면 우리는 함께 나아갈 수 없어. 사랑은 이기거나 지는 게 아니야. 연애는 점수를 매기는 게 아니라고. 우린 파트너고, 세상에 맞서 싸우는 한 쌍이야. 우리가 서로 으르렁대면 성공할 수 없어.

대신 너는 이렇게 말하지. 왜 이해를 못해? 이해가 안 되는 거야? 이해한다고? 그럼 나는 뭘 이해 못한 건데?

꿈의 집 — 에피파니

각종 가정 폭력은 대부분 완전히 합법이다.

꿈의 집 ─ 전례

여자는 부모와 함께 콜로라도에 스키를 타러 갔고, 너한테 같이 가자는 말은 없었어. 네가 집에서 글을 쓰고 있는데 여자가 산장에서 너에게 전화해.

"지금 뜨거운 목욕물에 몸을 푹 담그고 있어. 진토닉 마시면서. 네 생각 하고 있어. 손으로 할 거야. 보고 싶어."

"나도 보고 싶어."

"나랑 같이 손으로 할래?" 여자가 물어. 혹하긴 하지만─네 보지가 꽉 죄었다 풀려, 반사작용이지─방문에서 몇 발짝 떨어지지 않은 부엌에 룸메이트들이 있고, 네가 조용히 해낼 수 있을 리가 없잖아.

"될지 모르겠네, 지금은."

"저기," 여자의 음성이 전화기에서 가스처럼 새어나와. "네가 나로 흥분이 안 된다면, 그냥 그렇게 말해도 돼."

"내가? 뭐라고?"

"네가 나한테 매력을 못 느낀다면, 아예 함께하지 말아야 할지도."

너는 벌떡 일어나. "헤어지겠단 소리야?"

"나한테 푹 빠지지 않은 사람하고 사귀는 건 너무 힘들다는 얘기를 하는 거야, 내가 그래야 할 이유도 없는 것 같고."

"나랑 헤어지겠단 소리구나." 갑자기 가슴이 벅차오르며 공황과 환호 사이 어디쯤에 이르러. 너는 전화를 끊어. 여자가 곧장 다시 걸지만 너는 수신을 거부해. 연거푸, 거듭거듭. 너는 눈물이 터지고, 존이 네 방에 들어와. 존이 너에게 무슨 일이냐고 물어.

"나 방금 차인 것 같아."

전화기가 계속 울어대. 존이 네 손에서 살며시 휴대폰을 빼내면서 말해. "이거 꺼버리는 게 어때?" 너는 전원을 끄려 하지만 어떻게 하는 건지 생각이 안 나서 뒤판을 열고 배터리를 빼버려. 화면이 꺼지고 자비로운 정적에 휩싸이지. 너는 믿기지가 않아서 오열하고, 통화가 그렇게 느닷없는 방향으로 급발진해버린 탓에 온몸이 저리고 아파. 존이 너를 얼싸안고, 너는 그렇게 존과 함께 앉아 있어.

한 시간 후 너는 휴대폰 배터리를 다시 끼워. 그러자 거의 곧바로 휴대폰이 울려. 너는 전화를 받아. 여자가 엉엉 울고 있네.

"왜 내 전화 안 받았어?" 여자가 흐느껴.

"네가 나랑 헤어지겠다며."

"난 너랑 헤어지지 않아!" 여자가 울부짖고, 그때 뒤쪽에서 여자 아버지의 성난 목소리가 들려. "그 씨발년이냐? 빌어먹을 전화 당장 끊어—"

이어서 여자가 아버지한테 나가라고 고래고래 소리지르더니, 전화가 뚝 끊겨.

존이 너를 빤히 바라보고 있지만 뭐라 말을 얹지는 않아.

결국 너는 이런 식으로 여자가 너와 헤어진 게 몇 번인지 헤아릴 수 없게 되지.

꿈의 집—문장제

자, 그러니까 이런 여성이 있어. 아이오와시티에 살다가 408마일 떨어진 인디애나주 블루밍턴으로 이사를 갔어. 그리고 여성의 여자친구는 이 여성을 무척 사랑해서 장거리 연애를 하기로 해. 심지어 일말의 주저함도 없어, 그건 아주 쉬운 문제no-brainer라면서. (뇌가 없는 게 왜 쉽다는 뜻이 될까, 그때 그 말장난이 이해가 되지 않았지.) 여친은 대학원을 다니는 2년 내내 블루밍턴까지 왔다갔다해. 기꺼이 하는 거야. 편도로 가는 시간에만 오디오북 한 권의 75퍼센트를 들을 수 있어. 여자가 시속 65마일로 운전한다 치고 오디오북의 평균 길이가 열 시간이라면, 닷새 동안 고함과 구박을 들으러 애인의 집에 가기 위해 문예창작 석사과정의 절반을 날려버렸다는 사실을 깨닫기까지 몇 달이 걸릴까? 실질적으로 제 스스로 그런 짓을 했다는 사실을 받아들이기까지 몇 달이 걸릴까?

III

그리고 너도 비슷한 유라서, 그 집은 알아
너를. 네가 울면,
불빛들이 깜박거려, 유령처럼 퍼렇게 너덜너덜.
여자가 너는 **고립됐다**고 말하니까,
전등 스위치들이 *끄덕끄덕* 작고 하얀
고개를 주억거려. 여자의 포고에 타일이 맞다고
삐그덕거려―분명 무서운 일이 벌어졌던 거야,
너를 이렇게 만들려고, 네가 여자를 원하지 않게
만들려고. 그런데 창문들이
덜컹덜컹 반박해. 저 달콤한
맹목 없는 빛 속에서 창문들은 보고 있었거든―무서운 일은
지금 벌어지고 있어.

　　　　　　　　　　　　―리아 홀릭, 「유령의 집」

꿈의 집 — 자기와의 싸움

　예전에 네가 대학에 다닐 때 네 어머니는 온몸을 바들바들 떠는 조그만 푸들-슈나우저 믹스견을 보호소에서 데려와 그레타라는 이름을 붙이고 키웠어. 통통한 회색 개였는데 그렇게 신경이 예민한 개는 생전 처음 봤어. 권태와 불안으로 자꾸 발작을 일으켰지. 집에서 원래 키우던 코커스패니얼-미니어처푸들 믹스견 기비가 비닐이 목에 걸려 죽었을 때 그레타는 집안을 돌며 봉제인형 ─ 제 몸집보다 큰 것도 있었어 ─ 을 물어다 정성스럽게 탑을 쌓으면서 애도하더군. 개가 왜 저러냐고 물으니 어머니는 대수롭지 않게 말했어. "그냥 계속 그러네."

　한번은 어머니가 집을 오래 비울 일이 생겨 그레타를 봐줬는데, 개가 힘겨워하는 모습이 너무 답답하고 불안하더라고. 그레타는 거의 하루종일 소파 한자리에 누워 천에 얼굴을 딱 붙인 채 가만히 있었어―자고 있는 건 아니었지. 까만 눈을 뜨고 있었지만 어디에도 초점을 맞추지 않았어. 개는 죽은 것처럼 보였어. 네가 개를 들어 옮길 때마다 사지를 축 늘어뜨리고 바닥에 내려놔도 다리를 뻗지를 않아. 배변 때문에 밖에 데리고 나오면 시종일관 너만 주시하며 가장 가까운 곳으로 갔고, 네가 십대 시절을 통틀어 경험했던 무기력보다 더 힘 빠진 모습으로 오줌을 누었지. 산책줄을 채워 나가면 땅바닥에 널브러져 움직이길 거부하는 바람에 안아서 집으로 돌아온 적이 한두 번이 아니었어.

그러던 어느 날 너는 개를 들어 문 앞에 내려놓고 문을 열었어. "그레타, 가! 넌 자유야! 뛰어!" 그레타는 세상에서 가장 슬프고 쓸쓸한 표정으로 너를 쳐다봤어.

그레타는 달려나갈 수 있었어. 문은 열려 있었으니까. 하지만 그레타는 자기가 지금 보고 있는 게 뭔지도 모르는 것 같더군.

꿈의 집 — 현대미술

　그해 겨울 너는 브루클린미술관에서 열린 '술래잡기'라는 제목의 전시회를 보러 가. 너는 본인 의사에 반해 강압적으로 이 도시에 머무는 상태지. 뉴욕에 오고 싶지 않았고, 단 며칠도 머물고 싶지 않았지만, 여자가 고집을 피웠어. 미술관에 가기로 한 건 네 정신의 균형을 잡는 데 언제나 예술이 효과적이었기 때문이야. 예술은 네가 일개 몸뚱이 이상이며, 몸뚱이에 수반되는 거대한 슬픔에 불과하지 않다는 것을 일깨워주거든.
　미술관에서 너는 여자보다 앞서, 아주 멀찍이 앞서 돌아다녀. 얼굴 위 베개처럼 너를 짓누르는 여자의 존재를 느끼지 않으려고. 너는 쿠바계 미국인 작가 펠릭스 곤살레스토레스의 〈무제(LA에 있는 로스의 초상)〉를 발견해. 처음 그 설치미술―색색깔 셀로판지로 싼 사탕이 한쪽 귀퉁이에 무더기로 쌓여 있더라―을 보고는 웃음이 나올 뻔해. 희한하게 이 공간에 어울리지 않고 위화감이 들어서. 그러나 가까이 다가가 설명을 읽으니 이해가 가는군. 그건 작가의 연인이 세상을 떠나기 전 에이즈로 시들어가기 시작했을 때의 체중이야. 안내문에 의하면 관람객들은 사탕을 한 개씩 가져가야 하고, 어느 시점에 이르면 사탕은 다시 채워진대. 1991년 이후로 없어진 사탕을 누군가 계속 다시 채워넣고 있는 거지.

1991년에 너는 다섯 살이었네. 넌 네가 퀴어인 줄도 몰랐지. 펜실베이니아의 교외 주택가에 살고 있었고 에이즈가 뭔지도 몰랐어. 저 혼자 이야기를 지어내서 종알거리며 다녔지. 너는 남동생이 미웠고, 이쁨받는 여동생이 태어났고, 그 여동생도 미웠어. 너는 풍선이 너무 무서워서 탄산음료 병과 빨대를 동원해 그 라텍스 주머니가 네 허파로 빨려들어가지 않도록 막아줄 장치를 고안했어. 너는 모든 게 다 걱정이었지. 불안은 너의 활력소이자 연료였어. 너는 어렸어. 네 걱정이 조력자인 동시에 감옥이 될 수 있다는 것을 몰랐어. 누군가 그 힘을 빼앗아 너를 향해 쓸 수도 있다는 것을 몰랐어.

2012년 새해에 사탕더미 앞에 선 너는 이 작품 속 절망감, 분노, 비탄과 곧장 연결된 느낌이야. 너는 벽에 붙은 설명을 읽어. '성찬식.' 사탕을 하나 집고 빙글 돌려 껍질을 벗긴 다음

입에 쏙 넣어.

그때 여자가 네 옆에 나타나.

"뭐하는 거야?" 여자가 쇳소리를 내.

너는 전시 안내판과 설명을 가리켜. 여자는 쳐다보지도 않네. 여자가 너에게 바싹 다가붙는 게 귀에 입을 맞추려는 것같지만 실은 나직이 숨죽여 너를 닦아세우며 분노의 욕설을 줄기차게 쏟아내. 주변 사람들에겐 사랑의 밀어를 속삭이는 것과 구별이 되지 않을 거야. 너는 여자의 눈을 볼 수가 없어. 로스에게서 눈을 뗄 수가 없어. ⟨무제⟩이기도 한 로스, 죽었으면서 동시에 불사로서 언제까지고 살아 있을 로스. 너는 사탕을 빨고 빨고 빨면서 설탕 맛 외에는 딱히 이렇다 할 향이 없음을 알아차리고, 여자는 계속 너더러 최악이라고, 최악보다 더 악질이라고, 널 괜히 데려왔다고 퍼부어. (이 전시회에? 이 미술관에? 이 도시에? 제 침대에? 넌 영원히 알지 못할걸.) 사탕은 조약돌에서 얼음 부스러기가 되더니 이내 사라져버리네—로스의 붕괴를 향한 한 걸음. 부활을 향한 한 걸음.

꿈의 집 — 재시도

어느 날 꿈의 집에서 너희 둘이 숙취에 시달리며 낮잠을 자고 있는데 여자가 말짱히 깨서—네가 생각했던 것보다 훨씬 말짱한걸—네 쪽으로 몸을 돌리더니 물어봐.

"내가 아이오와대학원에 다시 원서를 넣으면 어떨 것 같아? 그럼 아이오와로 돌아가서 너랑 같이 지낼 수 있잖아."

네 가슴속의 이 감각, 설렘과 흥분으로 펄쩍 뛰어올랐는데 동시에 공황이 목줄을 잡아 뒤로 홱 끌어당기는 이 느낌은 뭐라 꼬집어 말하기 어렵군. 너는 얼른 미소를 짓지만 여자는 네 표정을 이미 읽었고, 얼굴이 불쾌감으로 일그러져.

"뭐야, 내 머리가 그 정도는 안 된다는 거야? 아님 내가 아이오와에 있는 게 싫다는 거야?"

"아니, 난 그냥―네가 블루밍턴까지 오느라 쓴 시간과 돈이 얼만데, 그리고 여길 아주 마음에 들어하잖아. 여기 친구들도 좋아하고―왜 이걸 다 버려? 여기 대학원도 아주 훌륭해. 장거리 연애도 나름 잘해나가고 있다고 생각하는데, 넌 아냐?"

여자는 침대에서 몸을 일으켜 나가버려. 그날 내내 여자는 네게 말을 걸지 않아. 네가 온갖 감언이설을 총동원하여 여자의 재도전을 도와주겠다고 약속하기 전까지는. 너는 여자의 논리를 두 번 다시 따지지 않아.

하지만 너는 알고 있어. 마음속 깊은 곳 어딘가에서는, 여자의 결정에 네가 전혀 고려 대상이 아니라는 걸 알아.

너는 여자가 쓴 소설을 편집하는 작업을 도와줘. 그중 하나는 소유욕과 질투심이 너무 강한 나머지 모든 관계를 파탄내버리는 남자에 대한 이야기야. 이거 상당히 괜찮은데.

꿈의 집 — 체호프의 총

    겨울방학 동안 너는 꿈의 집에서 몇 주째 지내는 중이야, 차도 없이, 경솔했지. 이렇게까지 미련하게 굴지 말았어야 했는데. 이미 수차례 경고 표시가 떴지만, 라벤더색 침대에서 몇 시간씩 섹스하고 허랑방탕하게 먹고 마시며 애인과 함께 지내는 끝없는 나날이 너무 솔깃했거든. 너는 원래 쾌락주의자였고, 여자는 네 굶주림에 맞먹는 짐승 같은 허기로 함께 탐닉하기 위해 그곳에 있었지.

    마지막 주에 너희는 여자의 작가 친구들과 함께 동네 볼링장에 가. 갈 때는 네가 여자의 차—부모가 사준 날렵하고 호화로운 녀석—를 운전했고, 돌아올 때는 여자가 운전하기로 했어. 너는 페일 맥주를 여러 잔 마음껏 들이켜. 평소 마시는 종류는 아니지만 여자 옆에서는 더이상 취할 기회가 없다보니 사지가 풀리는 듯한 이런 나른함이 너무 간절하네. 여자는 맥주 한 잔을 천천히 홀짝이며 너를 보고 싱긋 웃어. 너는 항상 하던 대로 볼링을 쳐. 네 차례는 대개 핀을 하나도 쓰러뜨리지 못하고 끝나는데, 너무 들떠서 던진 공을 거터가 후르륵 들이마시기 때문이야. 하지만 가끔은 스트라이크에 성공해. 몹시 아름답고 파괴적인 그 충돌에 너는 뭔가에 능숙해졌다는 기분과 한 조각의 자신감을 얻지. 공을 잡은 손을 뒤로 젖히고, 진줏빛 광택이 도는 복숭아색 공을 아름답게 뿌려 휘잉—텅.

여자가 부치스럽게 앉아서 제 무릎을 두드리네. 너는 그 무릎에 앉아. 남자친구나 여자친구를 많이 사귀어본 건 아니지만 그런 제스처로 너를 부른 사람은 아무도 없었어—확실히 너의 과거 애인들은 시시덕거리는 걸 좋아하지 않았지. 너는 느긋한 만족감에 젖어 약간 붕 뜨는 기분이야. 여자친구의 무릎에 앉은 여자일 뿐인데.

여자의 두 손이 네가 미처 어쩌기 전에 네 가슴을 덮치고 어루만져. 너는 그 손을 붙잡아 부드럽게 내려놔. 여자가 다시 손을 올려. 두번째로 그 손을 잡아 내리니 여자의 화난 기운이 느껴지는군. 여자가 보이지는 않지만, 불 켜진 핫플레이트에 놔둔 싸구려 행주처럼 여자의 냄새가 변해. 여자는 파리지옥 풀처럼 너를 휘감아 네 양팔을 네 몸통에 딱 붙여놔.

여자가 네 귓속에 대고 말해. 지금 뭐하는 거야. 말로도, 질문으로도 들리지 않아. 그르렁거리는 것 같아.

"하지 마." 네가 말해.

여자가 네 양팔을 움켜쥐고 더욱 세게 조여. "난 니가 존나 싫어." 여자의 말투가 갑자기 취한 것처럼 들려. 너는 여자를 쭉 지켜보고 있었고, 그래서 여자가 맥주 한 잔밖에 마시지 않았다는 걸 아는데도. 하지만 너도 맥주를 마셨고, 어떻게 해야 될지 모르겠어. "니가 존나 싫다고." 여자가 거듭 말해. 볼링장 소음이 저멀리 아득해지더니 심장이 멎을 것만 같아. 너는 아이를 키운 적이 없으니 네 면전에 대고 네가 싫다고 말한 사람은 지금껏 없었지.

너는 일어나서 허둥지둥 딴사람들을 둘러보지만 다들 열심히 딴전을 피워. "저희는 이만 가봐야 할 것 같아요." 네가 사람들에게 양해를 구해.

그런데 여자가 자리에서 일어나는 모습을 보니 취한 사람 같아. 집에 어떻게 가지? 지갑을 열어보지만 현금은 없고, 잠시 후 시인 한 사람이 너에게 다가와서 말해. "정말 미안합니다." 시인은 혀 꼬부라진 소리로 몇 번씩 사과를 하는데 무엇이 미안하다는 건지 구체적으로 말하진 않는군―그러다 택시비 하라며 네 손에 20달러짜리 지폐를 쥐여주네. 너는 나중에 갚겠다고 하지만, 지금 생각해보니 안 갚았어.

택시가 볼링장을 떠날 때 주차장에 어슴푸레 빛나는 여자의 차가 보이고, 너는 내일 아침까지 차가 견인되지 않기를 빌어. 택시 뒷좌석에서 여자는 눈을 감은 채 중얼거리기 시작하는데, 그 독백은 집에 가는 내내 이어져. 씨발년아 난 니가 존나 싫어 젠장 카먼 재수없어 씨발 니네 엄마도 뒈져 다 뒈져 씨발년아 빌어먹을 개잡년 재수없어⋯⋯

침대에서 이불을 끌어내는 기분은 엉망진창이야. 너는 소파에서 잘 거야. 별일 없었다면 나란히 누워 잤을 상대에게 엄청 화가 났을 때 다들 보통 그러지 않아. 한 번도 그래본 적은 없지만 그런다는 얘기는 들었어. 영화에서 봤어. 잠옷이 어디 갔지. 너는 거실로 나가 옷을 다 벗고 속옷 차림으로 스프링에 옆구리가 배기는 망가진 소파에 웅크리고 누워. 이불을 당겨 돌돌 말아. 부드럽고 신축성이 뛰어난 저지 소재인데 대학 때 쓰던 것과 똑같은 종류야.

여자가 이불을 네 몸에서 벗겨내. 너는 벌벌 떨어.[41] "너 지금 뭐하는 거야?" 여자가 너를 내려다보고 서서 물어. 너는 아무 말도 하지 않지. 여자가 움직이지 않아서 네가 말해. "나 화

---

41 톰프슨, 『민속문학 사전』, 타입 E279.3, 자는 사람의 이불을 끌어당기는 귀신.

났어. 그리고 혼자 자고 싶어, 부탁이야."

여자는 공물을 바치며 탄원하는 사람처럼 소파 옆에 무릎을 꿇고 앉아. 너는 여자가 너에게 입맞추거나 섹스하려 들 거라고 생각해. 하지만 어림없어, 어림없지, 어림없지, 어림—

여자가 고개를 숙이더니 네 귀에 대고 고래고래 소리를 지르기 시작하는데, 입으로 염산을 쏟아붓는 것 같아. 너는 기어서 빠져나오려 하지만 여자가 네 몸을 꽉 누른 채 상처 입은 곰처럼, 고대의 신처럼 울부짖고 있어. (고대의 곰, 상처 입은 신인가.)

뭔가 툭 끊긴 듯 풀려났어. 너는 소파에서 굴러나와 벌떡 일어나서 거실 반대편으로 뛰어가. 방으로 사라진 여자는 네 여행 가방을 들고나와. 무시무시한 괴성을 지르며 여행 가방을 내팽개치고, 여행 가방이 벽에 쾅 충돌해. 여자가 뭔가 집어들어서—엄청 비싼 너의 모드클로스 부츠, 신발 한 켤레에 그렇게 많은 돈을 쓴 건 처음이었는데—너한테 던져. 휘리릭 돌더니 빗나가. 여자는 다른 짝도 던지고, 이번에도 빗나가지만 벽에 걸린 액자가 부츠에 맞아 떨어져. 나중에 너는 여자가 아무것도 못 맞힌 이유가 네가 날쌔게 잘 피했기 때문인지 여자의 조준 실력이 형편없기 때문인지 고민해보지만, 결국 답은 얻지 못하겠지.

여자가 또 뭔가를 집어들고, 너는 깊은 무의식의 우물 속에서 어릴 적 경험을 길어올려. 네 머리카락에 뭔가 역겨운 것을 붙이려고 달려드는 남동생을 피해 신나게 달렸지. 꿈의 집은 원형이므로 너는 여자를 피해 부엌으로 달아나고, 일곱 살짜리 남동생이 그랬듯 여자가 너를 쫓아오고, 너는 서재와 복도를 날래게 통과해 욕실로 뛰어들어. 욕실 문을 쾅 닫아 걸어잠그고, 1000분의 1초 후 여자가 온몸을 던져 부딪친 듯 문 전체가 흔들리자 너는 손잡이에서 화다닥 비켜나. 여자는 여전히 괴성을 지르고 있어. 너는 반대편 벽으로 물러나 주르륵 바닥에 내려앉아. 여자는 문을 아예 부수려나봐.

너는 한동안 그렇게 앉아 있고, 휴대폰이 없어서 시간이 정확히 얼마나 지났는지 모르겠어. 마침내 소리가 그쳐. 으스스하게 고요하군. 너는 일어나 문을 열어. 껙껙 울고 부들부들 떨며 욕실에서 나와. 여자는 인형처럼 초점 없는 눈으로 소파에 앉아 있어. 여자가 고개를 들어 멍한 표정으로 너를 쳐다보네.

"왜 그래?" 여자가 말해. "왜 그렇게 기분 상한 표정이야?"

그날 밤, 벽난로 선반 위에 총이 놓여. 은유로서의 총이지, 당연히. 진짜 총이었다면 십중팔구 넌 죽었을걸.

꿈의 집 — 여자들 잉크의 냄새

　소설가 노먼 메일러는 이런 말을 했다. "여자들 잉크에서 나는 냄새는 언제나," 갖가지 언어로 표현했지만 그중에서도, "몹시 다이크스러운 정신병자"란다. 요컨대 여자가 쓴 글은 미쳤고, 여자를 사랑하는 여자가 쓴 글은 제곱으로 미쳤다는 거다. 복리 이자처럼 쌓이는 히스테리와 성도착. 끝도 한도 없이 불어나는 빚. 메일러가 다이크스럽다는 말을 사용한 데서 알 수 있듯, 그가 보기에 좆에 대한 무관심은 보나마나 일종의 정신병이다.

　정신건강과 레즈비언에 대한 서사는 언제나 호모포비아의 향을 풍긴다. 학부 시절 〈걸프렌드〉—볼리우드 영화로는 드물게 퀴어 여성들을 다룬다—를 봤는데, 거기서 스패너를 휘두르는 부치 레즈비언이 아름다운 펨을 유혹하지만 결국 펨은 부치와 멀어져 웬 남자와 사랑에 빠지고, 분기탱천한 부치는 독점욕에 불타 폭력을 휘두르다 창문에서 떨어져 죽는다.

내가 성인이 됐을 때는 동성혼에 대한 사회 분위기가 말도 안 되는 비현실에서 법률상 필연적 결론으로 나아가고 있었다. 성적 지향을 밝힌 지도 거의 10년이 되었다. 그런데도 나는 뚜렷한 이유 없이 광기어린 레즈비언이라는 유령에 시달린다. 나는 내 애인이 정신질환이나 인격장애나 분노조절장애로 고생하지 않기를 바랐다. 나는 내 애인이 지치지도 않고 비이성적인 행위를 하지 않기를 바랐다. 질투에 빠지지 않기를, 무자비하지 않기를 바랐다. 세월이 흐른 후 내가 그 여자에게 뭔가 얘기할 수 있다면 이렇게 말할 것이다. "빌어먹을, 우리가 밉보일 짓 좀 그만하라고."

꿈의 집 —귀신 들린 집

귀신 들렸다는 건 정확히 무슨 뜻일까? 전형적인 공식은 본능적으로 알지. 비극이 철철 넘치는 장소. 최소한 누군가의 죽음이 있겠지만, 그에 선행한 끔찍한 사건들이 숱하게 있을 수 있고, 그중 어떤 것은 죽음에 필적하는 성취도 이룬다고 보는 게 타당하겠지. 너는 꿈의 집 담장 안에서 숱한 시간을 벌벌 떨며 지냈어. 여자의 몸과 네 몸의 거리나 위치나 각도에 지나치게 예민해졌고, 잠도 제대로 못 잤고, 여자의 발소리에 귀기울이고 여자의 어조에 스며드는 경멸에 귀를 쫑긋 세웠고, 네 평생 두 눈으로 보리라 생각지도 못한 장면들을 믿기지 않아 하며 넋을 잃고 바라봤어.

그게 무슨 뜻이겠어? 은유가 풍부하다는 얘기지. 공간은 4차

원으로 존재하고, 네가 어느 장소에 자주 드나들면 그곳에 네 에너지가 주입되고, 우리는 절대 과거에서 벗어날 수 없고, 장소에는 늘 고려해야 할 기운이라는 게 있고,[42] 육신에 상처를 입힐 수 있듯 공간에도 뚜렷한 상처를 입힐 수 있다는 뜻이야.

그런 의미에서, 꿈의 집은 귀신 들린 집이었어. 너는 흉흉한 사건이 일어났던 공간에 무심코 불쑥 들어간 세입자였고. 그러던 어느 날 거실에 서 있는데 문득 이런 생각이 드네, 네가 이 집 귀신이야.[43] 까닭 없이 이 방 저 방 배회하는 사람이고, 결코 열리지 않는 이삿짐 상자들을 바라보며 어쩌야 할지 몰라 입만 뻐끔거리는 사람이야. 아무튼, 정신적 고통의 흔적을 남기기 위해 꼭 죽어야 하는 건 아니지. 지금 꿈의 집에 살고 있는 사람이 있다면 너의 자취를 보게 될지도 몰라.

---

42 베넷 심스의 「집 봐주기」라는 멋진 공포소설이 있어. 그중 네 머릿속에 콕 박혀 절대 잊히지 않는 단락이 있지. "너는 미신을 믿는 게 아니라 생각 자체를 안 하는 거야. 이치를 따져보면 당연하잖아. 일가족이 몰살당한 집에서 자는 거랑 마찬가지일 테니까. 네가 귀신을 믿든 안 믿든, 고려해야 할 기운이라는 게 있어." 이 단락이 네게 말을 걸었어. 어느 폐쇄된 공간의 기운이 수상하다는 것쯤은 감지할 수 있는 불가지론자처럼.

43 톰프슨, 『민속문학 사전』, 타입 E402.1.1.1, 귀신이 부른다; E402.1.1.2, 귀신이 구슬프게 한탄한다; E402.1.1.3, 귀신이 울며 소리지른다; E402.1.1.4, 귀신이 노래한다; E402.1.1.5, 귀신이 코를 곤다; E402.1.1.6, 귀신이 흐느껴 운다.

꿈의 집 ─체호프의 방아쇠

볼링장 사건이 있고 며칠 후, 네가 아이오와로 돌아가기 바로 전날, 여자가 콘서트를 보러 동네 술집에 가자고 해. 너는 가고 싶지 않지만─라이브 뮤직을 싫어한 지 꽤 됐거든, 체력과 수면시간을 너무 많이 뺏겨서─그렇게 털어놓기 무서워서 간다고 말해. 그게 그날의 첫번째 실수였지. 너는 거기서 친구들을 만나. 맥주를 한 잔 주문하긴 했지만 이따금 홀짝일 뿐이야. 언제라도 바로 여자의 차를 운전해서 집에 갈 수 있도록. JC 브룩스 앤드 업타운 사운드라는 시카고 밴드인데, 사실 밴드는 제법 괜찮아. 너는 1부 내내 자리를 지켰지만 이내 피곤해져버렸어. 피곤해진 게 너의 두번째 실수야.

"나 집에 가야겠어." 너는 몸을 기울여 여자의 귓가에 대고 부드럽게 말해. "너무 피곤하고, 내일 이른 비행기라서."

여자는 기분좋게 나른해 보여. "나도 같이 갈까?"

너는 마음을 놨어—여자의 반응이 너무나 정상적으로 보였거든. 그게 세번째 실수야.

"상관없어." 네가 말해. "더 즐기다 오고 싶으면 내가 네 차를 가져가고 택시비를 줄게. 아니면 나랑 같이 가도 되고. 자기 하고 싶은 대로 해."

"넌 상관없어?" 여자가 말해.

"응, 어느 쪽이든 괜찮아."

"그러니까 넌 나한테 관심이 없구나. 내가 같이 가든 말든 상관없는 거구나."

"그런 말이 아니잖아. 난 그냥—"

"넌 내가 죽든 살든 관심없구나."

네 속에서 뭔가가 벼랑 끝으로 굴러가더니 추락해.

차 앞에서 여자는 자신이 운전하겠다고 하네.

"안 돼." 네가 말해. "안 돼. 너 취했어. 그렇겐 못해."

"차 키 내놔, 안 그럼 죽일 거야." 여자의 이 말은 아마 농담이겠지. 넌 그런 농담이 더이상 재미있지 않은데.

"열쇠를 너한테 주면 넌 우리 둘 다 죽일 거야."

여자가 조수석에 타. 집으로 오는 내내 너는 여자가 휙 넘어와 핸들을 덥석 움켜잡을까봐 만반의 태세를 갖추지. 하지만 여자는 눈을 감았어.

너는 여자의 고함소리를 뒤로하고 집안으로 들어가. 이젠 차분해졌어. 지난번 사건에서 배웠거든. 넌 이미 더 강해졌지.

침실에서 옷을 벗고 욕실로 들어가 문을 잠갔어. 샤워기 물이 못 견디게 뜨겁네. 금방 몸이 데워지고, 물소리를 들으니 폭풍우가 떠올라.

그때 여자가 나타나. 네가 문을 제대로 잠그지 않았거나, 어쩌면 아예 안 잠갔을지도―여자는 여태 고래고래 소리를 지르고 있어. 샤워 커튼을 확 잡아 고리에서 뜯어내. 너는 뒤로 물러서. 안경을 안 써서 여자가 허연 덩어리로 흐릿하게 보이고, 여자의 입은 빨간 구멍일 뿐이야. 너희 둘 사이로 물줄기가 떨어져.

"난 네가 싫어." 여자가 말해. "네가 늘 싫었어."

"나도 알아."

"당장 이 집에서 나가주면 좋겠어."

"그럴 수 없어. 나는 차가 없잖아. 비행기는 내일 뜨고."

"이 집에서 나가, 아니면 내가 나가게 해주지."

"바닥에서 잘게. 아침에 눈뜨자마자 나갈게. 넌 내가 여기 있었는지도 모를 거야."

너는 울면서 욕조 바닥에 주르륵 미끄러져 앉고, 여자는 뚜벅뚜벅 나가버려. 네 몸을 때리는 물이 얼음처럼 차가워질 때까지 그대로 앉아 있어. 그렇게 몇 분이 지나고, 벌벌 떨면서 손을 뻗어 수도꼭지를 돌려 물을 잠그지.

　여자가 다시 욕실에 들어와. 너에게 다가와 손을 내미는데, 옷을 다 벗고 있어.
　"왜 울어?" 여자의 말투가 너무 달콤해서 네 심장은 복숭아처럼 둘로 쪼개져.

꿈의 집 — 통속극

　기억나지 않는다고, 잠자리에 들기 전 여자는 네게 말해. 술
집에 있었던 것까진 기억나는데, 그다음엔 벌거벗고 네 위로
몸을 숙이고 있었다고. 그사이는 완전 캄캄이라고.

꿈의 집 —실수 연발

이튿날 너는 여자 옆에서 눈을 떠. 짐을 싸면서 너는 여자를 깨우고 준비하라며 재촉하지. 여자는 차가 있고 넌 타야 할 비행기가 있으니까. 여자는 기분이 뚱하니 안 좋고, 네가 공항까지 한 시간 넘게 걸린다고 일깨우자 화를 내. 여자는 꾸물거려. 화장까지 하고. 평생 처음으로 아주 느릿느릿 서행 운전을 하네.

공항에 도착하니 보안검색대 줄이 길게 늘어섰고, 교통안전국 요원이 네가 깜박 잊고 안 비운 금속제 물병을 압수해. 무거운 여행 가방을 끌고 공항을 통과하는데 그 물병 때문에 눈물이 나고, 실은 물병 때문이 아닌데, 크림핑 헤어스타일[44]의—2012년에!—친절한 직원이 너를 붙잡고 괜찮냐고 물어봐. 직원의 헤어스타일에 대해 그렇게 생각했던 게 무척 미안해지면서 꼬옥 안아주고 싶군. 너는 엉엉 울면서 교통안전국 요원이 네가 제일 좋아하는 물병을 빼앗았다고 설명하고 싶어. 내용물을 다 마셔 비우겠다는데도 안 된다더라고요. 그 교통안전국 요원은 내 물병에 액체 폭탄이 담겨 있어서 그걸 마시면 나도 똑같이 폭탄으로 변할 거라고 생각했나봐요. 아니면 그냥 갑질이었을지도요. 왜냐면 원래 내 거니까 갖고 가게 해달라고 사정사정해도 눈썹 하나 까딱하지 않았거든요. 게다가 난 비행기를 놓칠까봐 겁이 났어요. 아침에 여자친구가 얼굴에 분칠을 하면서 꾸물거렸어요. 분칠을 한다는 표현이 항상 좀 웃기고 은근 성차별적이라고 생각했는데 이제는 막 소름 끼치게 불길하다는 생각도 드네요. 얼굴이 이미 있는데 거기에 다른 걸 한 겹 더 칠한다는 뜻이잖아요. 어젯밤에 난 그 밑에 있는 얼굴을 봤어요. 그때 난 너무 무서워서 웅크리고 있었고 여자친구는 고래고래 소리를 질러댔어요. 난 여자친구를 피해 숨어 있었죠. 한때 나를 사랑한다고, 나와 아이를 갖고 싶다고, 자기가 만난 사람들 중 내가 제일 아름답고 섹시하고 총명하다고 말해주던 여자를 피해 욕실에 들어가 문을 잠가야

44 1980년대~2000년대 초 유행했던 머리카락에 잔물결을 내 볼륨을 살리는 스타일을 일컫는다. (역주)

했어요, 만약 우리 엄마 아빠가 알았다면 그분들이 레즈비언에 대해 갖고 있던 모든 선입견이 증명됐다고 생각하겠죠, 차라리 여자친구가 남자였으면 좋았을걸, 그럼 적어도 사람들이 남자에 대해 갖고 있는 선입견이 강화될 테니까, 당신은 아마 이해하지 못하겠지만 퀴어 여성들에게 제일 불필요한 게 보기 흉한 연인 관계를 떠벌리는 거거든요, 앗 이런, 미안해요, 모르긴 몰라도 당신이 퀴어일 수도 있겠군요, 그럼 이해하겠네.

너는 출발을 몇 분 남기고 꼴찌로 탑승해서 비행기 좌석에 무너지듯 털썩 내려앉아. 뛰어오느라 땀이 줄줄 흐르고 눈물도 줄줄 흐르고, 연신 콧물을 훌쩍훌쩍 들이마시지. 네 옆 좌석은 진회색 정장 차림의 사업가인데 분명 일등석으로 승급하지 않은 것을 후회하고 있을 거야. 너를 계속 훑어보는 폼이 그래. 땅이 점점 더 아련히 멀어질 때 너는 이 연애가 얼마나 형편없는지 누군가에겐 꼭 말하리라 다짐하고, 그런 사건들이 하나도 일어나지 않은 척하는 짓을 그만두리라 맹세하지만, 땅이 다시 너를 향해 다가올 무렵 너는 이미 네 이야기를 윤색하는 중이지.

꿈의 집 — 악령 빙의

너는 늘 악령과 빙의 이야기에 관심이 많고, 그게 아무리 저급하고 우스꽝스러워도 상관없어. 너의 병적인 호기심과 종교교육의 잔존물이 완벽히 교차하는 지점이지. 네가 그런 종류의 괴담을 진짜로 믿었던 시기가 생각나네.

여자가 그런 밤들에는 필름이 끊긴 일종의 기억상실 상태였다고 주장한 후 시무룩하게 서성거리는 동안, 너는 조사에 착수해. 여자는 후회한다고, 정말 미안하다고 해. 그 말에는 후회와 진정한 뉘우침이 담겨 있지만, 여자가 부러 처량한 표정을 짓는 게 네 눈에 딱 걸릴 때도 있어. 너는 구글에서 기억 손실, 분노와 폭력의 급발진에 관해 검색해. 유전적 요인이 있을 경우 마리화나 과용이 이론적으로 조현병 발현의 계기가 될 수 있음이 밝혀졌다는 기사 하나 외엔 건진 게 없네. 그건 좀 섬찟하군. 너는 여자에게 깊은 연민을 느껴. 너는 다양한 가설을 제시하려 노력하지만 여자는 비웃기만 해. 대마초 그렇게 많이도 안 피웠어, 여자가 말해. 난 조현병이 아니야. 하도 경멸조로 말해서 블루밍턴에서 벌어진 사건들을 네가 너무 부풀린 게 아닌가, 어쩌면 네가 잘못 기억하고 있는 게 아닌가 의심이 들어.

진심으로 악령에 빙의된 게 아닐까 고민했다는 얘기가 아니야. 너는 현대 여성이고, 신은 물론 그에 별첨된 어떤 신화도 믿지 않아. 하지만 귀신 들린 얘기의 가장 좋은 점은, 빙의된 자가 실컷 끔찍한 말과 행동을 해놓고도 다음날이면 면책특권으로 용서받는다는 거 아닌가? "내가 뭘 했다고? 십자가로 자위를 했어? 목사님한테 침을 뱉었다고?"

그게 바로 네가 원하는 거야. 여자의 책임을 면하게 해줄, 너희의 연애가 꿋꿋하게 지속될 수 있게 해줄 그럴싸한 설명을 원해. 여자가 했던 짓을 다른 사람들한테 얘기할 때 경악으로 일그러지는 그들의 표정을 안 봐도 되기를 원해. "하지만 귀신 들린 상태였거든, 그럴 만하지." "아 뭐, 누구나 한 번쯤 그런 일을 겪잖아, 안 그래?"

밤이면 너는 여자 옆에 누워서 잠든 여자를 지켜봐. 저 속에 뭐가 숨어 있는 걸까?

꿈의 집 — 동물에 이름을 붙이다

아담이 해야 할 일은 사실 하나였다. 신이 말했다. "여기 솜털 보송보송한 것들 보이지? 저기 저 물속에 있는 비늘 덮인 것들하고? 그리고 하늘을 날아다니는 이 깃털 있는 것들도? 네가 얘네들 이름 좀 지어줘야겠다. 일주일 동안 세상을 만들었더니 너무 피곤하네. 그럼 다 되면 얘기해줘."

그리하여 아담은 자리를 잡고 앉았다. 정말 난감한 일 아닌가? 지금의 우리한테야 저건 다람쥐고 저건 물고기고 저건 새라는 게 명확하지만, 아담이 무슨 수로 그걸 알겠는가? 아담은 방금 막 새로 태어났을 뿐 아니라, 새로 창조되었다. 그에겐 이 창의적 활동을 뒷받침할 다년간의 인생 경험도 없고, 뭘 가르쳐줄 스승도 없었다. 방금 생긴 주먹으로 방금 생긴 턱을 받친 채 막연히 심란하고 난처하고 불안한 표정으로 거기 앉아 있는 아담을 생각하면, 공감이 밀려온다. 표현할 언어가 없는 무언가에 언어를 부여한다는 건 쉬운 일이 아니다.

꿈의 집 — 다의성

에세이 『폭력에 이름을 붙이다』 — 레즈비언 커뮤니티 내 가정 폭력을 고찰한 퀴어 여성들의 첫 산문집 — 에서 인권운동가린다 저레이시는 동료 레즈비언이 이성애자 지인에게 팻 파커를 인용해 바꿔 말하던 장면을 회상한다. "나랑 친구가 되고 싶다면 반드시 해야 할 일이 두 가지가 있어. 첫째, 내가 레즈비언이라는 사실을 잊어. 둘째, 내가 레즈비언이라는 사실을 절대 잊지 마."[45] 이것은 퀴어 여성에게 내려진 저주다 — 영원

---

45 법학자 루샌 롭슨은 이를 두고 "이론상 이중적 요구"라 칭하며 덧붙인다. "당연히 이 요구는 많은 경우 이중을 넘어 다중적이다. 흑인 레즈비언 시인 팻 파커가 「나와 친구가 되는 법이 알고 싶은 백인들에게」라는 시에서 썼듯, '첫째로 할 일은 내가 흑인임을 잊는 것 / 둘째, 내가 흑인임을 절대 잊지 말 것.'"

한 경계인. 이중적이고, 어쩌면 삼중, 사중을 넘어 다중적일지도 모른다. 그러면서 어느 것도 아니다.

이성애자들은 퀴어들을 어떻게 받아들여야 할지 통 알지 못했다, 퀴어의 존재를 생각해보기나 했다면 말이지만. 특히 여성의 경우엔 거의 그랬다—근데, 이론상 퀴어가 죄인은 맞는 것 같은데, 페니스도 없이 어떻게, 있잖아, 그걸 하지? 이런 혼란은 다양한 형태로 불거졌고, 여성 간 섹스가 가능하다는 것을 전면 부정하는 사태에까지 이르렀다. 1811년 스코틀랜드 여자 교사 두 명이 연애한 죄로 기소됐을 때, 판사 로드 메도뱅크는 이들의 외음부가 "서로 삽입 가능한 형태가 아니며, 삽입 없이는 성교에 의한 오르가슴이 가능할 리 없다"고 주장했다. 1921년 영국 의회는 '여성 간 중대한 외설 행위'를 불법으로 규정하는 법안을 부결했다. 20세기 초반의 정부가 어떻게 그렇게 진보적이었을까? 재니스 L. 리스톡 교수는 이렇게 썼다. "현대 역사에서 나타난 이러한 결과는, 여성 동성애는 입에 담지 못할 것일 뿐 아니라 '법적으로 상상할 수도 없는 것'이었다고 해석하는 편이 타당하다."

그러나 레즈비언을 상상하지 못하는 그 무능력은 한층 암울한 되풀이를 낳기도 했다. 1892년 흙먼지 자욱한 멤피스 거리의 마차 안에서 앨리스 미첼이라는 여성이 여자 애인 프리다 워드의 목을 그었을 때—프리다가 가족들의 성화에 연애를 끝

내려 하자 앨리스는 격분했다―신문들은 그 사건을 어떻게 다
뤄야 할지 거의 알지 못했다. 리사 더건은 저서 『레즈비언 슬
래셔』에서 이렇게 썼다. "기자들은 사건의 줄거리를 깔끔하게
설명하거나 일관되게 윤리적 자세를 취하기가 왠지 쉽지 않았
다. 앨리스는 안쓰럽고 가여운 정신질환의 피해자였나, 아니
면 남성적 색정과 공격 성향적 동기에 휩쓸린 실로 극악무도
한 여성이었나?…… 두 여성이 연루된 치정 살인은 가해자와
피해자의 성 역할 구분이 잘못되었음을 밝히는 놀랍고도 혼란
스러운 반전을 가져왔다."[46] 그 이야기는 외설스러운 동시에
극도로 당황스러웠다. 두 사람이…… 결혼을 약속했다고? 앨
리스는 프리다에게 반지를 주며 사랑과 헌신과 물질적 지원을
약속했다. 그렇다면 앨리스를 살인죄로 처형해야 하나, 아니
면 부자연스러운 색정을 교정하기 위해 병원에 입원시켜야 하
나? 거절당한 연인이었나 아니면 미친 여자였나? 하지만 거절

---

46 앨리스 미첼이 색욕과 충격적 폭행이라는 두 측면 모두에서 성별에 대한 대
중의 혼란을 불러일으킨 최초의 여성은 아닐 거라는 점은 짚고 넘어가야겠다.
1879년 릴리 두어가 자신의 사랑을 거절했다는 이유로 친구 엘라 헌을 총으로
쐈을 때, 〈내셔널 폴리스 가제트〉의 표제 중 일부는 이러했다. "여성판 로미오:
자신과 같은 여성으로 추정되는[강조 처리는 작가] 특별한 친구를 지독히 사랑한
치명적 열정." 한 목격자가 사건 이전에 두 사람이 나눈 대화를 제보했고, 거기
서 릴리는 이렇게 말했다. "엘라, 왜 나와 사귈 수 없다는 거야? 나를 사랑하지
않아?" "오, 아냐, 너를 사랑해." 엘라가 대답했다. "하지만 네가 무서워."

당한 연인이 되려면 그 여자는 반드시—그 두 사람은 반드시—?

"나는 프리다를 죽이기로 결심했습니다. 왜냐면 그애를 너무 사랑해서 그애가 나를 사랑하면서 죽기를 바랐으니까요." 앨리스의 변호인단이 언론에 제공한 진술서에 앨리스는 그렇게 썼고, 어구 하나하나가 라이프타임 케이블 채널에서 제작된 영화에 나오는 독점욕에 사로잡힌 남자친구의 대사 같다. "그래서 죽는 순간의 프리다는 지구상의 그 어떤 인간보다 나를 더 사랑했다는 걸 알아요. 나는 아버지의 면도칼로 프리다를 죽이기로 마음먹었고, 이젠 그애가 행복하다는 걸 압니다."

배심원단은 미친 여자를 선택했고, 앨리스는 테네시주 볼리버의 웨스턴주립정신병원에서 여생을 보냈다.

여성 간 섹스가 그 나름대로 인정되었을 때조차 그것은 일종의 탈젠더로서 기능했다. 레즈비언은 남자처럼 행동하지만 여전히 여성이었고, 그럼에도 기본적인 여성다움을 박탈당했다.

레즈비언 연애에서 일어나는 가정 폭력에 관한 논의는 1980년대 초부터 퀴어 커뮤니티 내에서 있어왔지만, 1989년 웨스트팜비치에서 애넷 그린이 핼러윈 파티 후 자신을 학대하던 여성 파트너를 총으로 쏴 죽인 후에야 처음으로 법정에 오르게 되었고, 과연 그러한 일이 가능한가라는 질문이 배심원단에게 주어졌다.

　그린은 자신의 범죄를 정당화하기 위해 '매맞는 여자 증후군'을 사용한 최초의 퀴어 중 한 명이었다. 매맞는 여자[47]라는 개념은 아주 새로운 것—1970년대에 만들어진 용어다—이었지만 **학대**와 **피학대자**는 모두 단 하나만을 의미했다. 전자는 물리적 폭력, 후자는 백인 이성애자 여성(그린은 라틴계였다). 난감해하던 판사는 학대자와 피학대자 둘 다 여성이라는 사실에도 불구하고 '매맞는 사람 증후군'이라고 재명명해야 한다고 역설한 후에야 결국 그린의 변론을 인정했다. 어쨌든 그와 별개로 변론은 성공하지 못했다. 그린은 2급 살인죄로 유죄판결을 받았다. (그린의 변호인측 관계자는 기자에게 "만약 이성애 관계였다면" 그린은 무죄 방면되었을 거라고 말했다.)

---

47 매맞는(매맞는 아내, 매맞는 여자, 매맞는 레즈비언)이라는 단어가 통탄스러울 만큼 부정확하고 다양한 학대 경험의 극히 일부만 다루고 있음에도, 이 분야에서 선호되는 용어라는 점은 짚고 넘어가야겠다. 물론 그것은 특정한 법률적 함의를 담은 특정한 법률 용어이며, 나는 나 자신을 '매맞는' 사람이라 생각해본 적은 한 번도 없다. 레즈비언들의 논의가 유독 명시적인 물리적 학대가 아닌 다양한 종류의 학대에 초점을 맞춰왔음에도 불구하고 이 표현이 그토록 오래 지속됐다는 사실은 관련 논의가 얼마나 부족한지에 대한 완벽한 반증이다—유의미하고 미묘한 차이들이 뭉뚱그려지는 것이다.(다른 여러 면에서도 논의는 여전히 부족하다. 비백인 피해자의 서사를 평가절하하고, 모노섹슈얼이 아닌 사람들에 대한 언급은 불충분하며, 시스젠더가 아닌 사람들을 고려하는 경우는 거의 없다.)

이 모든 것이 학대당한 이성애자(대체로 백인) 여성들의 이 야기 전개 방식과 선명한 대조를 이룬다. 1992년 프레이밍햄 에이트—폭력적인 파트너를 살해하고 복역중인 여성들—가 세간의 주목을 받았을 때, 흑인 여성이자 그들 중 유일한 레즈비언인 데브라 리드를 보고 사람들은 비슷하게 불분명한 태도를 보였다. 감형 자문회의가 소집되어 심리가 열렸을 때, 데브라의 변호인단은 파트너 관계에서 데브라를 '여성'으로 묘사함으로써 자문위원들이 원래 가지고 있던 편견과 가정을 최대한 이용했다. 데브라가 요리와 청소를 했고, 아이들을 보살폈다고 말이다. 당연히 변호인들은 사람들이 이해할 수 있는 전통적인 가정 폭력 서사에 데브라가 들어맞아야 한다고 생각했다. 피학대자는 '여성적' 인물—유순한 이성애자 백인—이어야 했고, 가해자는 남성적 인물이어야 했다.[48] 심리에서는 데브라가 흑인이라는 점이 불리하게 작용했다. 고정관념에 어긋났기 때문이다. (여자친구의 양쪽 눈에 검게 빛나는 멍을 선사한 또다른 초기 레즈비언 폭력 사건에서 가해자에게 유죄가 선고

48 1991년 한 신문기사를 보면 아이다호주 보이시에서 학대자 여자친구를 살해한 백인 레즈비언이 '매맞는 아내 증후군'을 성공적인 방어 전략으로 활용했다. 기자는 피고인이 "키 147센티미터의 왜소한 체구"임을 강조했다. 사건을 맡은 검사는 무죄판결의 이유에 대해 피학대자인 아내가 "좀더 이성애자로 보였"고 가해자가 "좀더 '레즈비언'으로 보였"기 때문인 것 같다고 추측했다.

됐을 때, 담당 검사는 놀라고 반가워하면서도 피고가 부치이
자 흑인이라는 사실이 배심원단의 흔쾌한 유죄 평결에 확실히
영향을 미친 것 같다고 인정했다.)

퀴어 여성의 성 정체성은 힘이 없고, 둘 중 한 집단에 속해
야만 한다면 언제든 박탈될 수 있다. 그리고 그러한 일이 일어
났을 때 그 결과는 암담할 정도로 뻔하다. 대부분의 프레이밍
햄 에이트가 감형을 받거나 석방됐지만, 데브라는 예외였다.
(자문단은 데브라와 여자친구가 "쌍방 폭행에 관여"했다―퀴
어 가정 폭력에 대한 흔한 오해다―고 말했는데, 심리가 진행
되는 동안 그런 얘기는 한 번도 언급되지 않았다.) 데브라는
1994년 가석방됐고, 프레이밍햄 에이트 중 꼴찌에서 두번째로
얼마간의 자유를 얻었다. 프레이밍햄 에이트에 대한 ABC 〈프
라임타임〉 뉴스에서 데브라는 다른 여자들에 비해 인터뷰나
언급 분량이 극히 적었다. 프레이밍햄 에이트를 소재로 아카
데미상을 수상한 단편 다큐멘터리 영화―〈우리의 삶을 옹호
하다〉―에서는 데브라가 아예 빠졌다.

애넷과 데브라가 경험한 것과 같은 잔인한 물리적 폭력이나
프리다가 경험한 폭력―살해―은 분명 내게 일어났던 일과는
비교할 수도 없다. 그들을 내 경험과 같은 맥락에 놓고 그들에
관해 쓰는 건 이상하게, 심지어 음흉하게 보일 수도 있다. 이

글에 등장하는 가정 폭력 피해자들 중 상당수가 가해자를 살해한 여성들이라는 점 또한 의아할 수도 있을 것이다. 내심 이런 의문을 품을지도 모른다. 대체 연인을 찌르거나 쏘지 않은 학대받은 퀴어 여성들은 다 어디 있는 거야? (장담하는데, 우린 아주 많다.) 그러나 아카이브의 침묵이 가진 본질은, 특정 사람들의 서사와 뉘앙스를 역사가 삼켜버린다는 것이다. 우리는 구멍난 틈새로 삐져나온 것만 본다. 왜냐하면 다수가 주목할 만큼 충분히 외설스러운 것만 삐져나오니까.

가장 많은 종류의 학대—언어적, 정서적, 심리적 폭력—에 법률제도가 보호를 제공하지 않는다는 사실 또한 단순하지만 끔찍하다. 더욱 나쁜 것은 **맥락**을 고려하지 않는다는 점이다. 특정 부류의 피해자는 취급조차 하지 않는다. 2004년 법학 교수 리 굿마크는 이렇게 썼다. "법률제도는 매맞는 여성을 판단하는 기준을 설정한다. [법으로 규정된] 폭행이 아니라면, 당사자의 경험이 얼마나 피폐한 것이든, 얼마나 철저히 고립되었든, 얼마나 끔찍한 정서적 학대에 시달렸든 간에 피해자가 아니다. 가정 폭력의 본질에 대해 이런 종류의 근시안을 형성함으로써 법률제도는 매맞는 여성을 지극히 부당하게 대우한다." 결국 영화 〈가스등〉에서 그레고리가 저지른 실질적 범죄 행위는 폴라의 이모를 살해하고 보석을 훔치려 한 것밖에 없다. 그 영화 속 공포의 핵심은 집요한 가정 내 학대인데, 그 학대는 정서적이고 심리적인 것이어서 철저하게 법의 테두리 밖에 있다.

그와 마찬가지로 퀴어 연애에서 일어나는 학대―극도로 폭력적이든 아니든―를 이야기하기란 까다롭다. 설명하려고 노력해도 어처구니없는 난관에 부딪히고, 폭력이 극단으로 치닫지 않는 경우에는 더욱 그렇다. 우리 문화는 자신이 겪은 일들의 의미를 이해하려는 퀴어들에게 도움을 주는 데 대단히 인색하다.

고등학교 2학년 때 같이 영어 수업을 듣는 여자애가 있었다. 눈은 녹회색으로 반짝였고 콧잔등에 옅은 주근깨가 살짝 뿌려진 아이였다. 약간 자신만만한 선머슴 같았지만 나랑 영화 취향이 잘 맞아서 〈물랑루즈〉라든가 〈프라이드 그린 토마토〉 같은 영화를 좋아했다. 우리 자리는 서로 대각선 맞은편이었고, 맨날 수다를 떨어서 선생님이 우리를 떨어뜨려놓겠다고 을러대기도 했다.

그애가 좋아서 수업에 가는 게 설렐 정도였지만 이유는 알 수 없었다. 너무 멋지고 재밌고 똑똑한 친구였고, 난 자리를 박차고 일어나 "헤밍웨이 따위 알 게 뭐야!" 외치면서 그애 손을 잡아끌고 교실 밖으로 뛰쳐나가고 싶었다. 그 행동의 결말을 선명히 그려낼 수는 없었지만. 곁눈질로 그애의 주근깨를 흘끔거리며 그애와 입을 맞추는 상상을 했다. 그애를 생각하면 몹시 괴로워 안절부절못하고 꼼지락댔다. 이게 무슨 의미일까 고민했다.

나는 그애한테 반했던 것이다. 하나도 복잡할 건 없었다. 하지만 그때 난 내가 그애한테 푹 빠졌다는 사실을 깨닫지 못했다. 2000년대 초반이었고, 믿을 만한 인터넷 세상도 없었고, 난 그냥 교외 주택가에 사는 어린애에 불과했다. 퀴어라곤 한 사람도 몰랐다. 나는 나 자신을 이해할 수 없었다. 여자한테 입맞추고 싶다는 게 무슨 뜻인지도 몰랐다.

세월이 흐르고 나서 그 부분은 이해하게 됐다. 근데 이번엔 여자를 겁낸다는 게 무슨 뜻인지 그걸 모르겠다.

너는 이제 알까? 이해할까?

꿈의 집 ― 언데드

사면받지 못하고 교도소에 수감된 데브라 리드가 자꾸 생각난다 ― 얼마나 무력감을 느꼈을까. 재키가 세상을 떠난 후에도 데브라는 여전히 재키에게서 벗어나지 못했다. 살해 혐의로 재판을 받을 당시 데브라의 오빠는 드레스를 입으라고 갖다줬다. 그 드레스를 보고 데브라가 맨 처음 한 생각은 이거였다. "맙소사, 내가 이걸 입은 꼴을 재키가 보면 날 죽이려 들 텐데."

꿈의 집 ─ 피난처

꿈의 집에서 여자한테 쫓기다가 욕실에 들어가 문을 잠갔던 그날 밤, 벽에 등을 기대고 앉았을 때 여자가 문에서 손잡이를 뜯어내는 기술이나 도구를 갖고 있지 않기를 온 우주에 빌었던 게 생각난다. 여자의 기술적 무능이 나의 행운이었고, 그 문에 일격이 가해질 때마다 경첩의 강도가 시험에 드는 장면을 욕실 안에 앉아서 지켜볼 수 있다는 것이 나의 행운이었다. 나는 욕실 바닥에 주저앉아 엉엉 울면서 내 맘대로 지껄일 수 있었다. 그 순간만은 그곳이 나만의 작은 공간이었으니까, 그 후론 절대 다시 내 것이 되지 못할지라도. 그 사건 이후 꿈의 집에서 지내는 동안 그 욕실에 들어가기만 하면 내 몸은 온통 경고음을 왱왱거리게 된다. 하지만 그 순간에는, 거기서 그나

마 가장 안전한 내가 될 수 있었다.

　데브라 리드는 마침내 가석방되지만, 석방 조건이었던 일정한 주거를 확보하는 데 애를 먹었기 때문에 필요 이상으로 오래 교도소에 머물러야 했다. 데브라는 어느 인터뷰에서 말했다. "난 그저 방 하나 얻어서 나만의 하찮은 문손잡이를 돌리고 나만의 욕실을 쓰고 나만의 음식을 먹고 싶을 뿐이었어요."

　데브라와 그 문손잡이가 내 머릿속에서 떠나지 않는다. 모쪼록 데브라가 필요한 것을 얻었기를.

꿈의 집 — 배신

아마도 최악은 이 부분일 거야. 온 세상이 너희 둘을 죽이려 들었어. 너희의 몸은 처음부터 비루했지. 너희는 세상이라는 배에서 떨어졌고, 함께 유목 조각에 기어올랐는데, 쾌락과 안전의 맛보기 기간이 끝난 후 여자는 너를 물에 빠뜨려 죽이려 했어. 그러니까 너는 단지 미치거나 마음이 아픈 게 아니야. 너는 배신을 당해 애통한 거야.

꿈의 집—믿을 수 없는 화자

어렸을 때 내 부모는—그다음엔 부모의 본을 보고 배운 내 동생들이—자꾸 날 보고 '멜로드라마틱'하다는 둥 한술 더 떠 '드라마 퀸'이라는 둥 신나게 놀려댔다. 그 두 가지 표현에 나는 당황했고, 마음속 응어리로 꽤 오래 남았다. 나는 매사를 강렬하고 민감하게 느꼈고, 종종 세상의 극심한 불공정함에 맹렬한 시적 반응을 터뜨렸다. 꼬마 때야 그게 귀여웠겠지만, 나이들어서는 둘 다—느낌, 느낌에 대한 반응—무뎌졌다. 격정은 나의 성격이 되지 못했다. 그런데 나중에 이 역학 관계에 대해 내 아내이자 심리치료사이자 가끔 친구도 되는 이에게 다시 얘기하다보니 새삼 화가 치밀었다. "왜 딸들에겐 제 자신의 시각과 관점이 본래 믿을 만하지 못하다고 가르치는 거야?" 나는 꽥 소리질렀다. 나는 그 단어들—암튼 멜로드라마는 멜로스melos에서 온 거고, 그건 '음악'과 '꿈'을 뜻한다. 드라마 퀸은, 어찌됐든 여왕은 여왕이잖은가—을 되찾고 싶은데, 아직까진 만지면 델까봐 겁이 난다.

내가 계속 되묻게 되는 원점이 바로 여기다. 사람들은 어떤 이가 믿을 수 없는 화자인지 아닌지를 어떻게 판단하는가. 그리고 그 판단이 내려진 후에, 정의에 대한 자신만의 시각을 구축하려는 이들을 어떻게 받아들이는가?

꿈의 집 —싱글 곡

내가 태어나기 한 해 전, 에이미 맨이 이끄는 밴드 틸 튜스데이는 싱글 〈Voices Carry〉를 발표했다. 연인 사이의 학대에 대한 곡인데 공기 반 소리 반 음색의 노래는 한번 들으면 머릿속에서 계속 맴돌고, 미국에서 차트 10위권 안에 드는 인기를 누렸다. 뮤직비디오—MTV 초창기에 정말 무한반복으로 틀어줬다—에 나오는 남자친구는, 더 적당한 말이 생각이 안 나는데, 어이가 없다. 금목걸이를 차고 민소매 티를 입고 뇌까지 살덩어리인 남자가 사춘기 드라마 같은 데 나올 법한 예민하고 공격적인 태도로 시시한 대사를 읊는다.

뮤직비디오 내내 남자는 에이미 맨을 잘근잘근 씹어서 분해한다. 처음엔 맨의 음악과 새로운 머리—백금발로 탈색하고 꽁지머리만 길게 내린 펑키한 스타일―를 칭찬한다. 그러다 시트콤 세트장에서 빌린 듯한 레스토랑에서 남자는 맨의 화려한 귀걸이를 빼내고 대신 고루한 구식 디자인의 귀걸이를 걸어주더니 재미삼아 맨의 턱을 툭툭 친다. 엷게 비치는 커튼 뒤에 선 맨이 절망에 빠져 커튼에 얼굴을 대고 누르는 장면에 이어 밴드 연습을 하러 집을 나서는 장면이 나온다. 적갈색 사암으로 지은 고급 주택의 현관 앞에서 남자가 계단을 내려오는 맨을 막아선다. 남자가 맨의 기타 케이스를 잡고, 맨은 남자의 손을 뿌리친다.

맨이 집에 돌아오자 남자는 귀가가 늦다고 야단이다. "알잖아, 너의 그 시시한 취미활동은 선을 넘었어. 한 번이라도 나를 생각해줄 순 없어?" 뮤직비디오에서 맨이 처음으로 말을 하고―도전하듯 턱을 치켜들며 이렇게 묻는다. "뭘 어떻게?"―남자는 맨한테 덤벼들어 계단으로 밀어붙이고 억지로 키스하려 든다.

비디오 끝부분에서 두 사람은 카네기홀 객석에 앉아 있다. 남자친구는 이번엔 격식에 맞춰 차려입은 맨―진주 목걸이를 하고 다소곳이 앉아 있다―의 어깨에 팔을 두르다가 꽁지머리가 그대로 있는 걸 발견하고 불쾌하다는 듯 입술을 샐쭉거린다. 그때 맨이 노래를 부르기 시작한다―처음엔 나직이, 세련된 머리장식을 뜯어내면서 점점 더 크게. 그다음엔 벌떡 일어나서 소리를 지른다. 소리지르듯 노래하고—"그가 '입 닥쳐'라고 말했어/ 그가 '입 닥쳐'라고 말했어"—주변 사람들이 다 고개를 돌려 맨을 쳐다본다. 맨은 몇 년 후 어느 인터뷰에서 그 마지막 장면은 히치콕 감독의 〈나는 비밀을 알고 있다〉 중 도리스 데이의 캐릭터가 암살을 막기 위해 교향악 공연 도중 소름 끼치는 비명을 지르는 장면에서 영감을 얻었다고 말했다.

뮤직비디오가 나오고 한참 뒤인 1999년, 〈Voices Carry〉의 프로듀서는 처음 데모 버전에서는 가사가 여성 대명사로 쓰였다고 밝혔다—오리지널 버전에서 에이미 맨은 여자에 대한 노래를 하고 있었던 것이다. 프로듀서는 이렇게 썼다. "예상했다시피 음반사는 그 가사에 불만을 표했다. 〈Voices Carry〉는 매우 강렬하고 상업적인 노래였으므로 음반사에서는 곡의 많은 요소들이 되도록 무던히 대세를 따라가는 편을 선호했다. 연애 상대의 성별을 바꾸라는 압력에 어떻게 해야 할지 난감했지만, 결국 곡 자체의 파급력에는 아무런 문제가 되지 않을 거라고 생각했다. 유사 레즈비언을 소재로 한 노래가 레즈비언들의 해방운동에 영향을 끼쳤을까. 그때나 지금이나 레즈비언들의 폭넓은 사회적 수용을 향한 노정은 게이들보다 험난하고 한참 뒤처져 있다. 개인적으로는 회의적인데, 어쨌든 당시로선 판단하기 어려웠다.

사회적으로 얻을 이득이 없다면, 지엽적으로 느껴질 수도 있는 사안 때문에 혼란을 자초하고 본줄기를 놓치는 위험을 무릅쓰는 것은 별 의미가 없다. 최고의 대중음악이 그러듯, 대중을 불온한 편으로 자연스럽게 끌어들이는 게 나을 수도 있다. 현재 게이 이슈에 공감하는 사람들이 얼마나 많아졌는가, 게이 아티스트들이 보란듯이 깃발을 휘날리는 대신 모두에게 호소하는 보편적이고 인간적인 감성을 표현하니까 사람들이 거기에 반응한 것이다. 우리는 노래의 휴머니티에 먼저 반응하며, 그게 핵심이다."

그로부터 27년 후—솔로로 활동한 지 스무 해가 넘어—에 이미 맨은 그런 겉치레를 집어치운다. 맨은 〈Labrador〉라는 곡이 담긴 앨범 〈Charmer〉를 발표한다. 그 노래의 뮤직비디오는 〈Voices Carry〉를 한 장면 한 장면 그대로 리메이크했고, 희극적 효과를 위해 그 진부함을 한껏 부각시켰다. 도입부—천박하고 느끼하게 생긴 감독이 싫다는 맨을 속여 리메이크를 만들게 됐다고 밝힌다—부터 엄청 웃긴다. 하지만 곡 자체는 〈Voices Carry〉 못잖게 서글프다. 화자는 학대하는 연인에게 자꾸자꾸 돌아올 수밖에 없다, 강아지처럼.

맨은 노래한다. "나는 또 돌아왔어 / 넌 나를 대놓고 비웃으며 어루만졌어 / 난 래브라도니까 / 그래서 난 달려 / 그 총이 / 다시 비둘기를 떨어뜨릴 때." 노래는 맨이 '데이지'라고 부르는 누군가에게 말을 거는 것으로 시작된다.

제대로 표현되지 못한 억눌린 가사, 뮤직비디오의 진부한 1980년대식 어색함에도 불구하고 〈Voices Carry〉는 언어적, 심리적 학대를 알기 쉽고 명쾌하게 묘사한다. 학대의 광증—사납게 날뛰는 감정 변화, 광증의 주기적 순환—이 그 음악의 골수에 있다. 명확한 조성 없이 밋밋한 억양의 풀죽은 벌스는 차츰 일렁이며 장조의 코러스로 변했다가 다시 나직이 잠겨든다. 크리스틸스의 〈He Hit Me (and It Felt Like a Kiss)〉— 1963년에 이 곡을 프로듀싱한 필 스펙터는 나중에 배우 래나 클라크슨에게 수작을 걸다가 거부당하자 클라크슨을 살해했다—처럼 얄궂게 신나고 경쾌한 예쁘장한 곡은 아니지만, 그건 그것대로 음악적 은유다. 두 곡 모두 주제가 암울한데도 자꾸 떠오르고 끝없이 부를 수 있다.

내가 그런다. 그 두 노래를 끝도 한도 없이 부른다. 이 책을 쓰면서 이 챕터를 다시 읽을 때마다 〈Voices Carry〉가 내 머릿속에—그리고 내 목소리에—있었고, 그후로도 며칠씩 그랬다. 마지막 퇴고 작업을 하면서 나는 잠시 리우데자네이루의 바닷가로 휴가를 가서 해변에 밀려드는 녹청색 파도를 바라보았다. 주위에서 사람들은 축구를 하고 개들은 막대기를 쫓아 달리다 흰 물결 속으로 풍덩 뛰어들고 햇빛은 주황색으로 부드럽게 물드는데, 무심결에 나는 그 노래를 부르고 있었다. 누구에게랄 것 없이 혼자서. 쉿 조용히 해 이젠 소리 좀 낮춰.

꿈의 집 — 50점

어릴 때 아버지는 내게 말했다. 시험 볼 때 혹시 답을 잘 모르겠거든 그 주제에 대해 아는 대로 그냥 다 쓰라고. 나는 아버지의 조언을 진지하게 받아들였다. 긴가민가할 때면 그냥 기억나는 것들, 사실이라고 알고 있는 것들, 내가 이야기할 수 있는 것들로 답안지를 꽉꽉 채웠다. 생각이 잘 나지 않는 장면들을 떠올리려고 분투하기보다는 또렷이 묘사할 수 있는 소설 속 장면들에 대해 장황하게 늘어놓았다. 시험 문제의 등식 계산이 정확히 맞아떨어지지 않으면 특정 연구 실험에 대해 내가 아는 것을 모조리 적었다. 특정 역사적 순간들이 세계사의 주요 사건 흐름을 어떻게 변화시켰는지 설명할 수 없을 때는 내가 제대로 기억하는 잡다한 얘기들을 꾹꾹 눌러 적었다.

내가 노력하지 않았다는 말은 절대 하지 말자.

꿈의 집—문체 연습

꿈의 집 시절에 네 글쓰기가 힘겨웠다고 해도 그럴 만해. 왜
아니겠어? 넌 아주 비참했는걸. 다 더하면 몇 주 내지 몇 달에
이르는 시간을 눈물콧물 범벅으로 괴로워하며 끙끙 앓았잖아.

하지만 너의 창작력은 폭발했지. 아이디어가 넘쳐흐를 만큼
많아서 석사 마지막 학기엔 워크숍 여섯 군데를 등록했어. 너
는 해체와 분열 실험에 착수해. 너그럽게 봐줘서 '실험'이란
거지, 사실 제대로 된 줄거리를 엮기엔 집중력이 부족할 따름
이야. 네가 쓰는 이야기는 하나같이 조각조각 박살나고 규칙
속에 꾸역꾸역 밀어넣어져, 울리포[49]의 몽정이랄까—목록과
TV 드라마 각 화의 시놉시스, 장면들을 쪼개서 역으로 재구성
한 것이지. 이 아이디어에서 저 아이디어로 메뚜기처럼 옮겨

다니면 뭔가 총체적 의미가 나올 것 같아. 부수고 옮기고 풀어 헤치고 기어를 없애면, 이전에는 불가능했던 방식으로 진실에 접근할 수 있을 거라는 걸 넌 알아. 게슈탈트를 뒤바꾸면 얻을 게 정말 많거든. 후진하면서 눈을 감아. 거기 뭔가가 있어.

향후 몇 년 동안 너는 당시 네가 쓴 소설의 구조를 정교하게 합리화하는 방법을 모색하게 될 거야—그걸 교실의 어린 학생들과 서점에 모인 독자들, 그리고 한번은 테뉴어 심사위원회 앞에서도 설명하게 돼. 너는 이렇게 말하지. "단 한 가지 방식으로만 이야기를 말하는 건 각 이야기의 요점을 놓치는 일입니다." 차마 진짜 속마음을 꺼낼 수가 없거든. 이렇게 말이야. 내가 부서졌기 때문에 이야기를 부쉈고, 달리 어떻게 해야 할지 몰랐습니다.

---

49 '잠재문학실험실'이라는 뜻으로, 수학과 문학을 어우르고자 한 프랑스의 작가 집단을 일컫는다. 특정 규칙을 정하고 그 제한 내에서 작품을 썼다. (역주)

꿈의 집Traumhaus — 리포그램

  핵심이 되는 부분을 빼고 이야기하는 것은 참 어렵다. 원하는 것을 원하는 대로 말할 수 있는데, 단 한 가지 제한이 있다고 가정해보자. 특정 문장부호의 기능 상실—이건 곤란하다. 치명적 손실이다. 단지 도색이 별로인 자동차라거나 금이 간 램프, 시큼한 우유 같은 게 아니다. 멈추지 못하는 차. 불꽃이 튀는 램프. 똥 섞인 우유. 어떤 여자가 내 것을 숨겼는데 다시 찾을 수가 없다. 맞아, 바로 그렇게 된 거다. 잃어버린 것을 찾을 수가 없는 거다. 안간힘을 쓰고 또 쓰는데도 찾을 수가 없다. 실패하면 나는 쭈그러든다. 쭈그러들어 흙이 된다, 나무가 된다, 벌레가 된다.

  오싹한 일이다, 부호를 잃어버린다는 것은. 사람들은 알아본다. 사람들은 돌덩이 같은 말을 알아차린다. 사람들은 네 상처와 잃어버린 살갗으로 너를 알아볼 것이다. 사람들은 **왜 가지 않았어/ 왜 도망치지 않았어/ 왜 말하지 않았어**라는 말만 한다.

(또 있다: **왜 거기 그대로 있었어?**)

나는 얘기하려 애쓰지만, 실패하고 실패하고 실패한다. 그게 바로 내가 지금까지 알지 못했던 것이다. 그 제한에서 비롯된 오염. 그게 독이다. 도망쳐나오기 전까지 나는 밤낮없이 독을 마시고 있었다.

꿈의 집 ─건강염려증

너는 여자에게 상담 치료를 받아라, 안 그럼 헤어지겠다고 말했어. 여자는 시무룩해져서 그러겠대.

한동안은 잘 다니더군. 첫날 아침, 너는 세상 속으로 나갈 채비를 하는 여자를 위해 커피와 아침식사를 차려줘. 학교 첫날 아이를 보내는 엄마의 심정이지. 속옷과 가운 차림으로 꿈의 집 부엌에 앉아서 창문의 판유리 너머 겨울 아침을 음미해.

여자는 또다른 커피를 손에 들고 명랑한 기분으로 돌아와. 겨울바람에 코와 귀 끝이 새빨개졌어.

"상담사가 뭐래?" 네가 물어봐. "물어보면 안 된다는 건 알지만 그냥—"

"아직 서로를 알아가는 중이라. 뭐라 말하긴 너무 일러."

상황이 좀 나아지네. 진짜로. 여자는 친절해지고 배려와 인내가 생겼어. 너한테 줄 선물—네가 좋아하는 주전부리나 이런저런 소스—을 가져와서 네가 아침에 눈을 뜨면 볼 수 있게 갖다놔. 그런데 몇 주 후에 여자가 전화로 말하길 상담을 그만둘 거래. "시간을 너무 잡아먹어, 나 진짜 존나 바쁘거든."

"일주일에 한 시간이야." 너는 속상해서 말해.

"게다가 상담사가 나 완전 멀쩡하대. 난 상담 같은 거 필요 없다는데."[50]

"넌 나한테 물건을 던졌어. 나를 쫓아서 달려왔다고. 내 주변에 있는 걸 다 망가뜨렸고. 그러고선 기억이 없대. 넌 그게 불안하지도 않아?"[51]

여자는 말이 없어. 그러다 하는 말이, "할일이 잔뜩 있어. 넌 내가 얼마나 힘들게 일하는지 몰라".

넌 여자가 상담 치료를 받지 않으면 헤어지겠다던 네 다짐을 기억하지. 하지만 그 문제로 계속 다그치진 않아. 넌 두 번 다시 그 얘기를 꺼내지 않을 거야.

---

50 톰프슨, 『민속문학 사전』, 타입 X905.4, 거짓말쟁이: "오늘은 거짓말할 시간 없어." 그럼에도 거짓말을 한다.

51 톰프슨, 『민속문학 사전』, 타입 C411.1, 금기: 평소와 다른 행동에 이유를 묻는 것.

꿈의 집 — 사적인 치부

    어느 날 여자가 물어, 우리에 대해 누가 알아? 그리고 그게 점점 타령이 되어가네. 참 이상하지 — 예전 세대의 경우엔 그 말에 무수한 의미가 담겼을 거야. 우리가 함께하는 걸 누가 알아? 우리가 연인이라는 걸 누가 알아? 우리가 퀴어라는 걸 누가 알아? 하지만 여자가 물으면, 행간의 이유가 무시무시하게 다가오고 고결함도 낭만도 빠진 질문이 되는군. 내가 이렇게 너한테 고함을 지르는 걸 누가 알아? 크리스마스 때 사건을 누가 들었어?

    물론 그렇게 콕 집어 얘기하진 않지. 여자는 그냥 네가 누구랑 얘기하는지, 누굴 피해야 하는지, 호감을 얻으려 수고를 들일 필요가 없는 사람이 누군지 알고 싶은 것뿐이니까. 여자는 네가 뭐라고 대답하든 화만 내. 네가 "아무도 없어"라고 했더니 여자는 너더러 거짓말쟁이래. 네가 "내 룸메이트들만 알아"라고 했더니 여자의 눈빛이 부싯돌처럼 납작하고 딱딱해지네.

꿈의 집 ─ 다섯 개의 전등

　〈스타트렉: 넥스트 제너레이션〉 시즌 6에서 비밀 임무를 띠고 셀트리스 III에 잠입한 장 뤽 피카드 선장은 카다시안 종족에게 포로로 잡힌다. 두 편으로 나뉜 에피소드의 두번째 화 첫머리에서 카다시안은 피카드의 임무를 낱낱이 확인하기 위해 진실의 약물을 써서 피카드를 심문한다.

　걸 마드레드는 표면적으로는 협력을 원한다며 미노스 코바 행성계의 방어 전략에 대한 정보를 실토하라고 한다. 그러나 약물로는 원하는 결과가 나오지 않자, 버튼을 누르면 극심한 고통을 가하는 장치를 피카드의 체내에 이식한다. 마드레드가 피카드에게 말한다. "지금부터 나는 당신을 '인간'이라고만 부르겠소. 그 외에 다른 정체성은 없는 거지." 카다시안들은 피카드를 발가벗겨 양 손목을 위로 매단 채 밤새 내버려둔다.

다음날 아침, 마드레드는 싹싹하고 빈틈없는 태도로 예의를 차린다. 피곤에 찌든 관료처럼 보온병에 든 음료를 마신다. 마드레드가 머리 위에 주르르 매달린 전등을 켜자 흘러넘치는 불빛이 피카드를 환히 밝힌다. 피카드는 움찔하며 상처 입은 벨로키랍토르처럼 양팔을 엉거주춤 구부린다. 마드레드가 불빛이 몇 개가 보이냐고 묻는다.

"네 개." 피카드가 말한다.

"아니, 다섯 개지." 마드레드가 답하며 반문한다. "정말 네 개라고 확신하나?"

마드레드는 손에 든 장치의 버튼을 누른다. 피카드는 고통 속에 몸을 뒤틀며 비틀거리다가 바닥으로 무너져내린다. 이 장면은 『1984』의 패스티시지만, 〈프린세스 브라이드〉에서도 아주 살짝 분위기를 빌려왔다. 마드레드는 그 장치를 과도하게 좋아한다. 방금 건 가장 약하게 해본 거야.

"난 미노스 코바에 대해 아무것도 몰라." 피카드가 말한다.

"저런, 난 당신을 믿는다고 얘기했잖소. 나는 미노스 코바에 대해 물은 게 아니오. 여기 보이는 불빛이 몇 개냐고 물었지."

피카드는 눈을 가늘게 뜨고 고개를 들어 쳐다본다. "네 갠

데."

걸 마드레드는 실망한 부모처럼 한숨을 내쉰다. "어떻게 그
걸 틀릴 수 있는지 모르겠네."

피카드는 불빛을 마주보며 실눈을 뜨고 말한다. "무슨 불빛
을 말하는 거지?" 피카드는 격렬한 발작을 일으키고 몸뚱이가
의자에서 튀어나가 바닥을 때린다.

바닥에 누운 채 피카드는 어릴 때 부르던 프랑스 민요를 중
얼중얼 노래한다. "Sur le pont d'Avignon, on y danse, on y
danse." 아비뇽다리 위에서 우린 모두 춤춘다 우린 모두 춤춘다.
"당신은 어디 있었지?" 마드레드가 묻는다.
"집. 일요일 저녁식사. 그다음에 다 같이 노래를 부르곤 했
어."

마드레드는 문을 열고 피카드에게 이만 가도 좋다고 말한
다. 그러나 피카드가 떠날 채비를 하자 마드레드는 대신 크러
셔 박사를 고문할 거라고 말한다. 피카드는 다시 의자로 돌아
와 앉는다.
"나랑 같이 남기로 한 건가?" 마드레드가 묻는다.
피카드는 묵묵히 고개를 끄덕인다.

"아주 좋아." 마드레드가 말한다. "지금 내가 얼마나 기쁜지 모를 거요."

그후 마드레드는 피카드에게 식사를 갖다준다. 삶은 타스파 알인데, "별미"라고 마드레드는 말한다. 껍질을 깨니 출렁이는 젤라틴 덩어리 한가운데 눈알이 있다. 피카드는 안에 든 것을 호로록 삼킨다. 마드레드도 제 몫의 알을 먹으며 카다시안 고향 행성의 도시 라카트에서 거리의 부랑아로 살던 어린 시절 얘기를 한다.

"나한테 저지른 짓이 있긴 해도," 피카드가 분명한 발음으로 말한다. "당신도 참 측은한 사람이군."

마드레드의 우호적 태도가 싹 자취를 감춘다. "미노스 코바에 대한 연방의 방어 전략은?"

"불빛은 네 개야!" 피카드가 말한다.

걸 마드레드는 장치를 켜고, 피카드는 몸부림치기 시작한다. "이젠 몇 개가 보이지?"

피카드는 비명을 지르고 눈물을 흘리며 노래한다. **아비뇽다리 위에서 우린 모두 춤춘다 우린 모두 춤춘다.**

엔터프라이즈호에서는 선원들이 피카드의 석방을 위해 협상을 진행중이다. 피카드와 마드레드의 마지막 장면에서, 피카드는 고통을 제어하는 장치를 집어들어 테이블에 쾅쾅 내리친다. 마드레드는 태연하게 여벌이 많이 있으니까 상관없다고 말한다.

"그래도, 기분은 좋군." 피카드가 말한다.

"즐길 수 있을 때 즐겨둬. 아마 앞으론 기회가 많이 없을 테니." 마드레드는 전투가 벌어졌으며 엔터프라이즈호가 '우주에서 폭발했다'고 얘기한다. 다들 당신이 선원들과 함께 전사했다고 추정할 테니, 이제 당신은 여기서 영원히 있게 될 거라고. "하지만 당신에겐 선택권이 있소. 여기 붙잡힌 채 나의 변덕에 휘둘리며 죽을 때까지 비참하게 살 수도 있지. 아니면 좋은 음식과 따뜻한 옷, 원한다면 여자들과 함께 안락한 생을 살수도 있고. 철학과 역사를 계속 공부하면서 말이야. 나도 당신과 토론하면 즐거울 거야, 당신은 명민한 지성의 소유자니까. 당신이 선택해. 사색과 지적인 도전이 가득한 평안한 삶. 아니면 이런 삶."

"내게 바라는 게 뭐지?" 피카드가 묻는다.

"아무것도. 사실상." 마드레드는 처마 밑을 벗어나기 전에 비가 오는지 하늘을 올려다보는 사람처럼 위를 힐끔 쳐다본다. "말해봐…… 지금 보이는 불빛이 몇 개지?"

피카드는 고개를 들어 쳐다본다. 수염이 텁수룩하고 부스스한 얼굴은 땀으로 번들거린다. 당혹과 부정과 혼란과 고뇌의 표정이 스쳐지나간다.

"몇 개지? 불빛이 몇 개야?" 마드레드가 거듭 묻는다. 화면 밖에서 문이 열리고 마드레드의 표정이 허둥지둥 다급해진다. "이게 마지막 기회야. 경비병이 오고 있어. 미련하게 고집피우지 말고. 몇 개야?" 처음으로 마드레드가 나약해 보인다. 진짜 욕구를 내보인다.

피카드의 표정에서 뭔가 산산이 깨진다. 피카드가 외친다. "불빛은—네—개—다!"

이 클라이맥스 장면을 볼 때마다 깨진 머그컵의 거친 표면을 마구 쑤셔넣어 내 속의 무언가가 갈려나가는 느낌이다. 저건 승리의 외침이 아니다. 굴욕으로 망가진 외침이다. 소년의 고함처럼 갈라져나온다. 마지막 단어는 정말로 입안에서 부서져나간다.

이후 엔터프라이즈호로 무사히 돌아온 피카드는 자신이 겪은 일에 대해 심리치료사 트로이와 얘기한다. "보고서에 쓰지 않은 게 있는데, 마지막에 마드레드가 내게 안락한 삶과 모진 고문 중 고르라며 선택권을 줬던 거였어요. 나는 불빛이 다섯 개가 있다고 말하기만 하면 됐죠. 사실 네 개밖에 없었지만."

"그렇게 말한 건 아니죠?" 트로이가 묻는다.

"아니죠. 안 했죠. 하지만 말할 뻔했어요. 무슨 말이라도 할

수 있었어요. 뭐든. 하지만 그보다, 정말로 다섯 개가 보인다
고 생각했다니까요." 미디엄숏으로 잡힌 피카드는 멍한 시선
으로 허공을 바라본다.

꿈의 집—코스믹 호러

'악랄하다'는 강력한 단어지. 너는 그 단어를 딱 한 번 썼고, 입맛이 썼어. 쇠맛, 배신의 맛. 하지만 네게 극심한 무력감을 주는 사람에게 쓸 수 있는 말이 달리 뭐가 있을까?

세상엔 무력감을 주는 사람들이 숱하게 많아. 너를 괴롭히는 지극히 평범한 사람들. 부모를 비롯해 네가 어릴 때 만난 대부분의 어른이 그랬어. 교통국과 우체국의 철벽 옹고집 공무원들. 네가 아프다고 해도 믿지 않던 의사. 그로부터 대략 2분 후 너는 벽에 대고 토사물을 발사했는데. 암인 줄 알고 네 팔을 비틀어 당겨 혈액을 채취하던 간호사 군단. (너는 암이 아니었고, 네가 다니던 병원에서는 어린 네가 허구한 날 복통에 시달리던 이유를 밝혀내지 못했지.)

근데 그 사람들 중에 그걸 즐기는 것처럼 보이는 사람이 있었나? 아픈 것도 네 탓이라고 여기게 만든 사람이 있었나? 너는 이제 다 컸고, 부모와 못된 사람들 밑에서 벗어났어. 너는 친구들과 일상의 폭군들에 대해 성토했어. 시큼한 침을 진료실 바닥에 줄줄 흘리는 와중에도 의사에게 항의했어. 간호사들이 너를 살해하려 들기라도 한 듯 그들과 사납게 싸웠고.

아프다가 좀더 적절한 것 같지만 그것도 입맛이 써. 장애가 있다는 말과 비슷해. 장애는 어린 시절 이후 아주 독실한 신앙인이 된 너의 가장 오랜 절친한 친구가, 네가 커밍아웃했을 때 사용한 말이잖아. 이메일을 통해서였지만 어쨌든 너는 움찔했고, 그다음 단락을 읽기도 전에 ─ 네가 자기한테 반했다고 말하지 않아서 다행이라고 했지 ─ 너는 이미 엉엉 울고 있었어.

꿈의 집 ─ 뉴욕주 북부의 오두막

여러 해가 지난 후 나는 이 책의 일부를 고故 에드나 세인트
빈센트 밀레이의 생가에 딸린 오두막에서 썼다. 아직 이 책을
쓰게 되리라곤 알지 못하던 때였다. 이것이 집이 아니었던 집
이자 결코 꿈이 아니었던 꿈에 관한 책이라는 것을 알게 된
건 그로부터 두 해 여름이 더 지난 후의 일이다. 어쨌든 나는
거기서 몇몇 장면을 스케치했고, 간단한 아이디어를 몇 개 적
었고, 오두막 벽을 노려보며 묻혀 있던 기억을 대량으로 발굴
했다.

오두막에서 지낸 지 두어 주쯤 됐을 때 나는 숲으로 하이킹
을 나갔다가 우연히 쓰레기 무더기처럼 생긴 것을 발견했다.
좀더 가까이 가서야 그게 뭔지 깨달았다. 깨지고 버려진 모르

핀 약병과 진 술병의 거대한 무덤이었고, 당시 에드나의 가사 일꾼이 빈병을 갖고 나와 쌓아둔 것이었다.

유리병으로 쌓아올린 산에는 좀 섬뜩한 구석이 있었다. 나는 에드나의 전기를 막 다 읽은 참이었고, 에드나는 남편이 사망하고 몇 주 후 아마도 중독으로 혼미한 와중에 집안 계단에서 굴러떨어져 죽었다. 끔찍한 사고였을까? 자살이었을까? 다들 의견이 분분했다. 나는 그 전기를 읽고 기분이 나빠졌다. 에드나는 애인들을, 남자든 여자든 똑같이, 상당히 모질게 대했다. 재능은 있었지만 오만했다. 총명했지만 뼛속까지 자기중심적이었다.

그럼에도 숲속 나무 사이에서 그 고통의 분량과 고민의 규모를 목도하니, 연민으로 가슴이 저릿해졌다. 에드나와 결혼하여 사는 게 쉬운 일은 아니었겠지만, 에드나로 사는 것 역시 쉬운 일은 아니었을 것이다.

어느 날 새 한 마리가 오두막 창문에 쾅 부딪혔다. 나는 요가볼 위에 앉아 있다가 너무 놀라서 뒤로 굴러떨어졌다. 그날 이후로 창작 레지던시에서 생활할 때마다 내 작업실 근처 땅바닥에서 정신을 잃고 널브러진 새를 본 게 한두 번이 아니었다. 그리고 알게 됐다. 새들은 유리가 다가오는 것을 결코 보지 못한다. 오직 유리에 비친 하늘만 본다.

꿈의 집 — 난파선

　　그해 겨울 뉴욕 브루클린의 컨테이너 부스 행사장에서 열린 공예품 축제에서, 여자는 너무 느리게 걷는 네가 제 성미에 안 맞는지 너를 놔두고 혼자 저만치 가버려. 너는 여행 가방을 들고 벙벙한 오리털 패딩 차림으로 서 있고, 여자는 너에게 도시에 적응하지 못하겠으면 앨런타운의 부모 집으로 돌아가는 게 낫지 않겠냐고 말하곤 멀어져가네.

　　(나중에 알게 되지만 그게 여자의 패턴이야. 아는 사람 하나 없는 곳, 네가 무력해지는 곳, 솔직히 자리에서 일어나면 어디로 가야 할지도 모르겠는 곳에서 너를 혼자 놔두고 가버리는 걸 아주 좋아해. 사귀는 동안 여자는 뉴욕에서 도합 일곱 번 너를 낯선 곳에 버려.)

너는 벤치에 앉아서 추위에 곱은 손가락을 놀려 휴대폰으로 버스표를 사려 하지만 휴대폰 메모리가 부족하다고 뜨고 화면은 네 손가락에 똑바로 반응을 안 해. 고개를 들어보니 여자는 정말 가버렸고, 너는 공황 상태에 빠져. 너는 뉴욕을 잘 모르고, 모를 뿐만 아니라 뉴욕을 싫어하고, 짐은 너무 많은데 택시 탈 돈은 없고, 업타운과 다운타운의 차이도 모르겠어. 어느 방향을 봐도 뉴요커들이 걷고 있네, 너무나도 자신감 넘치게, 그야말로 국제적 감각의 세계인답게. 앙증맞은 공예품 축제에서 애인한테 버림받는 종류의 사람들은 아닌 거지.

네가 하도 서럽게 엉엉 울고 있으니까 훤칠한 레게 머리 여자가 자기 컨테이너에서 나와 너한테 다가와. 벤치에 나란히 앉더니 한 팔로 네 어깨를 감싸안고 뭐 도와줄 거 없냐고 물어. 너는 딸꾹질을 하며 코를 훔치고 아뇨, 아뇨, 그냥 오늘 좀 일진이 안 좋아서요, 하니까 레게 머리 여자가 자기 컨테이너로 가서 뭔가를 챙겨 들고 오네.

벤치로 돌아온 레게 머리 여자가 인센스 콘과 목공예 향꽂이가 든 조그만 상자를 내밀어. "새해 복 많이 받아요." 너는 그 말을 믿고 싶어—이 고난이 한없이 무자비하게 이어질 것 같아도, 희망 가득한 새해가 금방 올 거라고.

꿈의 집 — 신비한 임신

네가 이십대 때 본 TV 드라마에는 신비한 임신이 나오는 에피소드가 꼭 하나씩 있었어. 흥미로운 여성 캐릭터에게는 그게 꼭 필요한 건지, 아니면 프로듀서가 꼭 필요하다고 생각하는 건지. 뱀파이어가 마력을 지닌 인간과 아이를 갖고. 혼수상태에 빠진 여자가 신을 낳고. 감정을 읽는 스타플릿 장교가 신비한 에너지를 낳고. 시간을 여행하는 동료들이 자기들이 몇 달 동안 아바타 육신을 쓰고 있었으며 실제 몸은 멀리 떨어진 곳에서 곧 아이를 낳게 될 거라는 사실을 알게 되고. 한 여자는 결혼식 날 아침에 일어나보니 외계인 덕분에 만삭이 된 것을 알게 되고.

꿈의 집에서 임신 증상을 경험하면서 그런 에피소드들이 생각나. 화장실 변기에 토하고, 배가 부푼 것 같고 속이 울렁거려. 너희 둘은 아이에 관해 정말 오랫동안 얘기해왔으므로— 꼬마 클레먼타인, 여자를 닮아서 머리칼은 래퍼 큐팁처럼 몽실몽실하지—너는 이유 불문하고 임신이 맞는지 궁금해. 너희는 섹스를 엄청 많이 했고, 둘 사이의 농밀한 격정은 진짜 중의 진짜잖아. 너는 여자에게 말해볼까 고민하지. "세상에! 나 임신한 것처럼 속이 메슥거려, 희한하지 않아?" 하지만 너는 겁이 나—임신이라는 몸의 급격한 변화, 출산의 위험성, 모성애의 지독함, 그리고 무엇보다도, 여자가 너를 뭐라고 비난할지. 이후에 무슨 짓을 할지.

너는 진저에일을 마셔, 너는 한참을 누워 있어, 간식을 먹은 척하고 저녁을 안 먹어, 물론 간식은 안 먹었지. 너는 임신할 리가 없어, 너는 임신할 리가 없어, 모든 상황을 막론하고 너는 문자 그대로 절대 임신일 리가 없어.[52] 어쨌든 넌 바보처럼 임

---

52 톰프슨, 『민속문학 사전』, 타입 T511.1.3, 망고를 먹고 수태; T511.1.5, 레몬을 먹고 수태; T511.2.1, 맨드레이크를 먹고 수태; T511.2.2, 물냉이를 먹고 수태; T511.3.1, 통후추를 먹고 수태; T511.3.2, 시금치를 먹고 수태; T511.4.1, 장미를 먹고 수태; T511.5.2, (물을 마시다) 벌레를 삼키고 수태; T511.5.3, 이를 먹고 수태; T511.6.1, 여자의 심장을 먹고 수태; T511.6.2, 손가락뼈를 먹고 수태; T511.7.1, 연인이 준 꿀을 먹고 수태; T511.8.6, 진주를 삼키고 수태; T512.4, 성인의 눈물을 마시고 수태; T512.7, 이슬을 마시고 수태; T513.1, 다른 사람의 소망을 통해 수태; T514, 서로를 상호 욕망한 후 수태; T515.1, 호색한 시선을 통해 수정; T516, 꿈을 통해 수태; T517, 상궤를

신테스트기를 사서 확인해보고, 당연히 음성이지, 몇 년 동안 페니스 따윈 네 몸 근처에 얼씬도 안 했는걸. 너는 여자한테 테스트기를 들킬까봐 무서워서 그걸 지퍼백에 넣고 여자가 수업을 들으러 간 사이 길거리에 있는 다른 집 쓰레기통에 버려.

벗어난 성교에서 수태: T521, 햇빛을 받아 수태: T521.1, 달빛을 받아 수태: T521.2, 무지개로 수태: T522, 비를 맞고 수태: T523, 목욕에서 수태: T524, 바람으로 수태: T525, 유성으로 수태: T525.2, 혜성으로 수정: T528, 천둥(번개)에 의해 수정: T532.1.3, 양상추 잎으로 수정: T532.1.4, 조리된 용의 심장 냄새를 맡고 수태: T532.1.4.1, 뼛가루 냄새를 맡은 후 수태: T532.2, 동물을 잘못 밟아 수태: T532.3, 가슴에 던진 과일을 맞고 수태: T532.5, 다른 사람의 거들을 입고 수태: T532.10, 코브라가 쉭쉭거려서 수태: T533, 타액으로 수태: T534, 혈액으로 수태: T535, 불로 인한 수태: T536, 여자에게 내려앉은 깃털 때문에 수태: T539.2, 통곡으로 수태.

꿈의 집 ─ 내가 만드는 모험담®

아침에 눈을 뜨니 공기가 희부옇고 환합니다. 상자와 옷과 그릇이 널브러져 있긴 해도 방안은 보글보글 차오르는 만족감으로 빛납니다. 당신은 혼자 생각합니다. 이런 아침이 일상이 되려나.

몸을 돌리니 여자가 당신을 빤히 바라보고 있네요. 무구한 햇빛이 당신의 뱃속에서 딱딱하게 엉겨붙습니다. 잠에서 깨어 이렇게 순식간에 공포에 사로잡힌 적이 있나 싶습니다.

"밤새 움직이더라." 여자가 말합니다. "네 팔하고 팔꿈치가 계속 나를 건드렸어. 너 때문에 자꾸 깼잖아."

진심으로 사과한다면, 296쪽으로.
다음번에 자고 있을 때 네 팔꿈치가 닿으면

너를 깨우라고 말한다면, 298쪽으로.

괜히 호들갑 떨지 말라고 말한다면, 300쪽으로.

"정말 미안해. 진짜 고의는 아니었어. 내가 원래 잘 때 팔을 좀 많이 움직이거든." 당신은 분위기를 가볍게 띄우려 합니다. "우리 아빠도 나랑 똑같은 거 알아? 잠자는 공주인지 졸도한 여자인지. 참 희한해, 난 분명—"

"정말 미안한 거 맞아? 하나도 안 미안한 것 같은데."

"미안하지." 당신은 그날 아침의 첫인상을 도로 찾아오고 싶습니다. 그 상쾌함, 그 밝음. "진짜로 미안해."

"증명해봐."

"어떻게?"

"팔을 움직이지 마."

"내가 말했잖아, 그게 맘대로 안 된다고."

"지랄하네." 여자는 침대를 박차고 일어납니다. 당신은 여자를 졸졸 따라 부엌으로 갑니다.

302쪽으로.

"자기야, 다음에 또 그러면 언제든 날 깨워. 그럼 내가 소파로 가서 잘게, 약속해. 정말 고의가 아니었어. 전혀 기억이 없거든. 자면서 움직이는 건 내가 어떻게 할 수가 없어."

"이 염병할 씨발년아, 넌 뭐든 책임을 지는 법이 없어." 여자가 말합니다.

"그냥 날 깨우기만 하면 돼." 말도 안 되는 절박함이 당신의 두개골을 빠르게 관통합니다. "그럼 되잖아. 날 깨워서 비키라거나 소파에 가서 자라고 해. 그럼 그렇게 할게, 맹세해."

"지랄하네." 여자는 침대를 박차고 일어납니다. 당신은 여자를 졸졸 따라 부엌으로 갑니다.

302쪽으로.

여기 오다니. 여긴 당신이 오면 안 되는 페이지입니다. 당신이 여기까지 오는 방법을 자연스럽게 발견하는 것은 불가능합니다. 오직 속임수를 써야만 올 수 있죠. 속임수를 써서 오니까 기분이 좋습니까? 당신은 어떤 사람이죠? 괴물입니까? 괴물이겠군요.

끝. 314쪽으로.

장난해? 네가 그런 말을 할 리가 없잖아. 네가 단 1초라도 자신감 있게 대응할 거라고 이 사람들이 믿어주겠니, 꿈도 꾸지 마. 당장 여기서 나가.

끝. 314쪽으로.

당신은 이 페이지에 오면 안 됩니다. 당신에게 제공한 선택지로는 이곳에 올 수 없습니다. 당신은 빙빙 도는 반복에 싫증나서 여기로 건너뛰었군요. 빠져나가고 싶어서. 나보다 똑똑한데.

306쪽으로.

아침식사. 당신은 달걀을 휘저어 익히고 식빵을 굽습니다. 여자는 기계적으로 먹고 식탁 위에 접시를 그대로 두고 갑니다. "그거 다 치워." 옷을 갈아입으러 방으로 들어가며 여자가 말합니다.

시키는 대로 한다면, 304쪽으로.

네 건 네가 치우라고 말한다면, 300쪽으로.

독학으로 공부하여 간호사가 되고 사사건건 이래라저래라 하는 남자들의 모욕적 언사를 견뎌냈던, 네 어린 날의 페미니스트 우상 클래라 바턴이 생각날 뿐이고, 잔뜩 화가 나서 부모한테 달려가 무엇이 올바르고 무엇이 적절한지 여자들이 아직도 잔소리를 들어야 하는 세상인지 물었더니 엄마는 "그럼"이라고 대답하고 아빠는 "아니지"라고 대답했던 게 기억나고, 그때 처음으로 이 세상이 얼마나 복잡하고 끔찍한지 얼핏 깨달음을 얻었는데, 그래서 지금 지저분한 접시를 말없이 노려본다면, 306쪽으로.

설거지를 하면서 당신은 혼자 생각합니다. 팔을 어떻게 잡아매는 방법이 없을까? 이마에 압정을 올려놓고 잘까? 더 나은 사람이 되어야 할까?

306쪽으로.

이 페이지에 오면 안 된다니까. 너한테 준 선택지로는 이곳에 올 수가 없어. 이 챕터를 휘리릭 넘겨 보면 좀 마음이 놓일 것 같았어? 이해가 안 되니? 이 거지같은 일은 이미 다 벌어졌고, 네가 무슨 짓을 해도 없던 일로 만들 수는 없어.

어린 사슴의 사진이 있으면 좋겠어? 그럼 도움이 될까? 알았어. 여기 어린 사슴 한 마리가 있어. 몸집이 작고 털은 얼룩무늬고 가녀린 다리로 서 있어. 사슴이 어떤 소리를 듣고 순간 얼었다가 잽싸게 달아나. 사슴은 뭘 해야 하는지 알지. 더 안전한 곳이 있다는 걸 아는 거야.

306쪽으로.

그날 밤, 여자는 너와 섹스해. 너는 쥐죽은듯 누워서 그게 끝나기를 빌고, 정신이 딴 데 있는 걸 들키지 않기를 빌어. 그즈음 너는 네 몸을 하도 자주 비워서 습관이 됐고, 한숨 쉬듯 반사적으로 그래. 포르노를 보면서 너와 섹스했던 첫 남자친구가 생각나네─발정나고 또 나고, 자꾸 리모컨을 들어 화면을 되감는데 너는 볼 수가 없고. (한번은 침대 가장자리에서 고개를 들었더니 화면에 거꾸로 뒤엉킨 팔다리가 보였고 네 두뇌는 그게 뭔지 이해할 수 없었어. 넌 두 번 다시 쳐다보지 않았지.) 너는 말없이 가만히 누운 채 네 위에서 남자친구의 얼굴이 왔다갔다하는 걸 지켜봤어. 어릴 때 플라네타륨 천장이 열리며 천체가 펼쳐지는 것 같았어. 점점 빨라지는 지구의 자전, 머리 위 별들의 움직임, 융해되고 생성되는 별자리들, 그동안 육체에서 이탈한 듯한 아득한 목소리가 그 모든 것의 이해를 돕기 위해 오래된 이야기를 들려줬지.

너는 정확히 타이밍을 맞춰 몸을 떨고 신음을 내. 여자가 불을 꺼. 너는 어둠이 너를 떠날 때까지 어둠을 지켜보지. 혹은 네가 어둠을 떠날 때까지.

잠을 잔다면, 311쪽으로.

과거에 대한 꿈을 꾼다면, 308쪽으로.

현재에 대한 꿈을 꾼다면, 310쪽으로.

미래에 대한 꿈을 꾼다면, 309쪽으로.

처음 그런 일이 있었을 때―여자가 처음 너한테 소리를 질
러댔을 때 넌 아침에 눈 뜨고 30초 만에 울음을 터뜨렸고, 그
건 기록이었지―여자가 말했어. "아침의 첫 10분 동안은 내가
한 말에 대해 난 책임이 없어." 시적으로 느껴졌지. 심지어 넌
그걸 적어두기까지 했어, 그 문장을 써먹을 데가 있을 거라고
확신했거든. 가령 책에 넣는다든가.

311쪽으로.

다 괜찮아질 거야. 어느 날엔가 밤중에 네 팔이 아내의 얼굴을 건드리면 네 아내는 달래듯 네 팔을 살며시 들어 제자리에 돌려놓고 네게 키스할 거야. 너는 비몽사몽 그걸 알아차릴 때도 있어. 아니면 아내는 아침에 대수롭지 않게 너한테 얘기해. 그런 아침이 일상이 되기도 할 거야.

311쪽으로.

넌 이 페이지에 오면 안 되지만, 괜찮아. 이건 꿈이거든. 여기 있으면 그 여자는 널 찾을 수 없어. 잠시 후 잠에서 깨면 달라진 게 하나도 없는 것 같겠지만, 그렇지 않아. 나가는 길이 있어. 내 말 듣고 있는 거야? 깨어나서 잊어버리면 안 돼. 잊어버리면 안—

311쪽으로.

아침에 눈을 뜨니 공기가 희부옇고 환합니다. 상자와 옷과 그릇이 널브러져 있긴 해도 방안은 보글보글 차오르는 만족감으로 빛납니다. 당신은 혼자 생각합니다. 이런 아침이 일상이 되려나.

몸을 돌리니 여자가 당신을 빤히 바라보고 있네요. 무구한 햇빛이 당신의 뱃속에서 딱딱하게 엉겨붙습니다. 잠에서 깨어 이렇게 순식간에 공포에 사로잡힌 적이 있나 싶습니다.

"밤새 움직이더라." 여자가 말합니다. "네 팔하고 팔꿈치가 계속 나를 건드렸어. 너 때문에 자꾸 깼잖아."

진심으로 사과한다면, 296쪽으로.

다음번에 자고 있을 때 네 팔꿈치가 닿으면

너를 깨우라고 말한다면, 298쪽으로.

덮고 있던 이불을 걷어차고 두 발로 바닥을 탁 딛고 그 집이

팜플로나[53]라도 되듯 부리나케 뛰쳐나와 진입로에 세워둔 차까지 오니

차 열쇠는 이미 네 손에 있고 영화에서처럼 끼익 바퀴로 노면을 긁으며

차를 몰고 떠나 두 번 다시 돌아가지 않는다면, 313쪽으로.

---

53 스페인 북부의 소도시. 축제 기간 동안 투우장의 사나운 황소를 길거리에
풀고 사람들이 함께 질주한다. (역주)

일이 그렇게 된 건 아니지만, 괜찮아. 그런 척하면 되니까.
이번 한 번만 내가 선심 쓰지.

314쪽으로.

꿈의 집 — 라펠 뒤 비드[54]

　수렁에 빠진 너는 죽음에 대한 환상을 품어. 인도를 걷다 발이 걸려 넘어져 달려오는 차 앞으로 굴러떨어진다든가. 자다가 가스가 새서 조용히 숨이 끊긴다든가. 대중교통에서 웬 미친놈이 벌목도를 휘두른다든가. 계단에서 떨어지는데 술에 취해 있다든가. 그러면 꼭두각시 인형처럼 팔다리를 허우적거리며 우당탕 나뒹굴어도 고통이 없겠지. 하여간 뭐든 이걸 멈춰줄 수 있는 것. 헤어지는 것도 선택할 수 있다는 걸 넌 까맣게 잊고 있었어.

---

54 L'appel du Vide. 직역하면 '허공의 부름'. 겁이 나면서도 위험한 짓을 하고 싶은 충동. 가령 높은 곳에서 불쑥 뛰어내리고 싶다는 생각이 드는 현상. (역주)

꿈의 집 — 리브레토[55]

중학교 때 음악 선생님이 수업시간에 영화판 〈카르멘〉을 보여줬다. 줄리아 미게네스가 계속 치맛자락을 추어올리며 〈하바네라〉를 부르는 진짜 유명한 영화였다. 선생님은 문화 체험을 좀 시켜줄 요량이었겠지만 반 애들은 다들 화면은 거들떠보지도 않았고, 카르멘Carmen이 겨드랑이 털을 제모하지 않은 창녀이며, 열세 살짜리의 논리로 밀어붙여 나 카멘Carmen도 겨드랑이 털을 깎지 않았을 것이고 창녀가 틀림없다는 논쟁이 이어졌다. 애들은 그 두 가지에 대해 내게 자꾸만 물어봤다. 이미 10여 년 간 카르멘 산디에고[56] 농담에 시달려온 나는 언

---

55 오페라 등 가극의 대본. (역주)

제든 내 이름을 버릴 준비가 되어 있었다.

카르멘은 노래를 부르며 자신을 둘러싼 남자들에게 사랑은 변덕스러운 것이니 조심하라고 말한다. 돈 호세는 카르멘에게 푹 빠져 헤어나오지 못한다. 마지막에 떠나는 카르멘에게 돈 호세는 가지 말라고 애걸하고, 카르멘은 자유롭게 태어났으니 자유롭게 죽겠다고 말한다.

그러자 돈 호세가 카르멘을 칼로 찌르고, 카르멘은 죽는다.

모여든 사람들에게 자신의 범죄를 자백한 돈 호세는 카르멘의 시체 위에 자신의 몸을 던지며 울부짖는다. "아아, 카르멘! 카르멘, 내가 사랑한 여인이여!" 마치 방금 제 손으로 그 여자를 죽이지 않은 것처럼.

---

56 시공을 초월해 전 세계와 우주를 누비는 대도 카르멘 산디에고를 찾아다니는 내용의 교육용 비디오 게임. (역주)

꿈의 집 —SF 스릴러

　어느 날 저녁 존과 로라가 같이 영화를 보자네. 줄리아 로버츠, 키퍼 서덜랜드, 올리버 플랫, 케빈 베이컨 주연의 〈유혹의 선〉이라는 영화야. 네 명 모두 생사의 경계에서 줄타기놀음을 하는 의대생으로 나와. 너는 무척 신이 났어. 십대 시절 TV에서 그 영화를 봤던 기억이 나서, 기꺼이 향수에 잠길 생각이야. 너희는 각자 마실 것을 만들어와서 모여 앉아.

　영화가 시작되자마자 너는 두 다리를 소파 팔걸이에 걸친 채 잠이 들지.

　피곤했나봐. 피곤한데다 방안은 어둡고 따스하고, 존과 로라가 네 옆에서 새근새근 숨을 쉬고. 오프닝은 기억나—석양빛에 어스름히 물든 동상들의 윤곽. 압도적 기세로 울려퍼지는 극적인 합창곡, 오늘은 죽기 딱 좋은 날이군, 하고 선언하는 키퍼 서덜랜드. 그러고 나서 너는 기절. 꿈도 꾸지 않아. 눈 떠보니 영화가 끝났어. 통째로 다 못 본 거야. 그래도 그 공간에서 넌 너무 만족스러워, 잠에서 깨고 잠시 동안은. 휴대폰을 떠올리기 전까지.

헐레벌떡 방으로 달려가니 휴대폰은 충전기 끝에 그대로 달려 있어. 꼼짝 않고 배신자처럼. 화면을 보니 부재중 전화와 문자 메시지가 여러 통이야. 너는 벌벌 떨며 여자에게 전화를 걸고, 큰가슴근이 비틀리고 꼬여서 불안의 주먹으로 변해.

"여보세요." 여자의 어조에서 끓어오르는 분노가 들려.

"정말 미안해." 너는 숨도 쉬지 않고 설명을 시작하지. "우린 그냥―"

"누구한테 대주고 있었냐?"

가슴이 안으로 조여드는 느낌이야.

"아무도. 잠깐, 잠깐만, 증명할 수 있어―"

너는 존과 로라가 고양이들처럼 느긋하게 뻗어 있는 거실로 달려가. 존이 네 표정을 보고 벌떡 일어나네.

"증명할 수 있어." 네가 여자에게 말해. "존과 로라가 여기 있고, 내가 전화기를 넘겨서 너한테 얘기하라고 할게, 내가 딴 사람하고 있지 않았다는 걸 증명해줄 거야, 우린 그냥 영화를 보고 있었고―"

네가 영원토록 산다 해도, 태양이 지구와 충돌할 때까지 산다 해도, 그때 존의 표정은 결코 잊지 못할 거야. 그 참담한 얼굴과 힘없이 도로 주저앉던 모습. 존이 아주 살짝 고개를 흔드는데, 그 임무를 거부하는 건지 아니면 그런 임무가 자신에게 주어진 현실을 거부하는 건지는 확실치 않아.

"아니." 여자가 말해. 그 목소리에 엉겨 있던 연기가 바로 걷히네. "아냐, 그럴 필요 없어."

분명 그다음에 여자와 얘기를 했을 텐데 내용은 전혀 기억이 안 나. 거실 소파에서 눈을 뜬 그 순간—네가 휴대폰을 기억해내기 전, 너의 온 생애를 기억해내기 전—은 그해 가장 달콤했던 순간 중 하나였지. 무사와 망각의 아주 작은 안전지대. 위스키, 숨결, 몸뚱이들. 어둠을 타고 올라가던 크레디트 시퀀스.

꿈의 집 — 데자뷰

여자는 너를 사랑한다고 말해, 가끔은. 여자는 너의 자질들을 알아보고, 그럼 너는 그걸 부끄러워해야 해. 네가 여자에게 이 세상에 하나밖에 없는 존재라면 좋을 텐데. 여자는 너를 안전하게 보호하고 너와 함께 나이들 거래, 너를 신뢰할 수만 있다면. 너는 섹시하지 않지만 여자는 너랑 섹스할 거야. 가끔 네가 휴대폰을 들여다보면 여자가 보낸 놀랍도록 잔인한 메시지가 와 있고, 그러면 네 견갑골 사이에서 공포가 발길질을 해대지. 가끔 너를 바라보고 있는 여자를 알아차리면 너는 여자가 너를 해체할 제일 좋은 방법을 찾고 있는 것 같은 기분이야.

꿈의 집 ─살인사건 수수께끼

번개가 치고, 불이 나간다. 전기가 다시 들어오고, 저녁 초대 손님 중 한 명이 등에 단검이 꽂힌 채 디저트 접시 위에 얼굴을 박고 있다. 단검의 칼자루에는 귀한 보석이 주르륵 박혀 있지만, 손님의 티아라가 사라졌다. 몰래 잠입한 탐정이 자신의 정체를 밝히자─당연히 용감한 여자 기자다!─수수께끼는 더욱 난해해진다. 칼자루에 박힌 보석이 도난당한 티아라보다 훨씬 값지다. 티아라의 다이아몬드는 그냥 유리였으니까. 그들 중 누가 그런 하찮은 것을 훔치려고 이런 헤아릴 수 없이 값진 도구를 포기한단 말인가? 그것도 이토록 겁없이, 이렇게 많은 사람들 앞에서?

용감한 기자는 용의자들 앞에서 페르시아산 카펫을 밟으며 왔다갔다한다. 범인은 부두 노동자였다가 갱단의 두목이 된 근육질의 히스클리프인가? 머나먼 화성의 광채 같은 눈빛을 한 멋쟁이 야심가 이선? 정체를 알 수 없는 어두운 과거를 지닌 실험예술가 샘슨? 기자는 한쪽 구석에 앉아 있는 가냘픈 금발머리 여자 앞을 수십 번은 왔다갔다하지만 절대 그 여자를 용의선상에 올리지 않는다. 금발머리 여자는 무표정한 얼굴로 태연히 등을 기대고 앉아 기자를 따라 시선을 옮긴다. 여자는 귀를 기울이며 고개를 끄덕이고, 때때로 용감한 기자를 향해 턱을 치켜들고 눈부신 미소를 흘린다.

용감한 기자는 장갑 낀 손을 들어 떨리는 손가락으로 샘슨을 지목한다. 샘슨이 벌떡 일어나 반박하며 자신을 변호한다. 이선이 소리치기 시작하고, 히스클리프가 쏘아본다. 아무도 금발머리 여자한테 신경쓰지 않고, 여자는 자리에서 일어나 초대 손님의 시체 쪽으로 걸어간다. 여자는 아서왕이 바위의 순결을 빼앗듯 두 손으로 단검을 움켜쥐고 뽑아낸다.

그 바람에, 배신감으로 촉촉이 젖은 눈을 휘둥그레 뜬 손님의 시체가 들썩이더니 다시 상차림 위로 쿠당탕 엎어지고, 시체의 가슴 밑에서 레몬 케이크가 뭉개진다. 금발머리 여자는 칼날에 묻은 피를 시체의 드레스에 스윽 닦고 제 가방에 단검을 집어넣는다. 다들 언성을 높이는 사이 여자는 정문으로 걸어나가 어둠 속으로 사라진다.

IV

네 최악의 모습을 딴사람들이 봤을 때 곤란한 점은 그 사람들이 기억할 거라는 게 아냐. 네가 기억할 거라는 거지.

—세라 망구소

꿈의 집 —미봉책

여자는 네가 다니는 대학원에 합격하고, 꿈의 집을 떠나 아이오와시티로 올 거래. 여자는 너랑 한집에 살 거라며 수다를 떨어. 전화로는 설렌다며 달콤한 속삭임을 나눴지만, 전화를 끊고 나자 어릴 적 남동생이 던진 야구공에 코를 정통으로 맞았을 때와 똑같은 느낌이 드네. 목구멍으로 넘어오는 뜨듯한 피. 젖냄새와 쇠맛.

꿈의 집 ─ 요한계시록

　일부 종말론자들에 따르면 2012년에는 세상이 끝날 예정이었다. 그리고 끝났다, 어떤 면에서는.

　종말은 불이나 홍수로 오지 않았다. 이글거리는 혜성이 우리 행성과 충돌하지 않았다. 대륙에서 대륙으로 바이러스가 퍼져 길거리에 시체가 널리지 않았다. 세계 각지에서 식물군이 자라나 우리의 건축물을 뒤덮지 않았다. 산소가 동나지 않았다. 우리는 사라지거나 불에 타서 재가 되지 않았다. 모두가 아침에 베개를 피로 적시며 눈을 뜨지 않았다. 외계 비행선이 쏜 광선에 지구의 지각이 길게 파이는 장면을 목격하지 않았다. 우리는 동물로 변하지 않았다. 굶어죽지 않았고, 마실 물이 몽땅 없어지지 않았다. 새로운 빙하기를 유발해 얼어죽지 않았다. 저절로 생겨난 스모그에 숨이 막혀 죽지 않았다. 웜홀에 빨려들어가지 않았다. 태양이 우리를 집어삼키지 않았다.

세상이 끝날 때, 공원은 뜨겁고 아름다웠다. 풀이 제법 자랐다. 새들이 나무를 쪼았다.

꿈의 집 — 뜻밖의 결말

"나 딴사람을 사랑하게 됐어." 여자가 말해. 너희 둘은 친구의 베이비 샤워에 갔다 돌아오는 길에 야구장 옆 아이오와시티공원에 앉았고, 어쩌다 얘기가 거기까지 갔는지는 모르겠어. 풀밭은 민들레 천지고, 문득 어릴 때 턱을 노랗게 물들이며 사랑을 점치던 놀이가 생각나네.

"뭐라고?" 네가 말해.

"앰버와 사랑에 빠졌어." 앰버, 기억난다 — 여자의 인디애나 석사과정 동기, 버들가지처럼 가녀린 몸에 부드럽고 소심한 목소리의 붉은 머리. "술에 취해서 딱 한 번 키스했는데, 사랑한다는 걸 깨달았어."

너는 여자를 물끄러미 쳐다보고, 기억의 필름을 빠르게 감아서 네가 다른 사람을 제 맘에 안 들게 바라본다는 이유만으로 매번 여자가 너를 얼마나 들들 볶았는지 떠올려. 여자는 너와 눈을 마주쳤다가 이내 시선을 돌리네. 한 팔을 벤치 등받이에 걸치길래 너를 가까이 끌어당기려나 했는데, 그러지 않는군.

차에 올라탄 너는 좀 멀리 떨어진 동네에 와서 차를 세워. 너의 뇌 속에는 울음을 터뜨릴 공간이 없어. 휴대폰을 보니 온라인 중고 나눔 사이트에 문 닫은 도서관의 색인 카드를 나눔한다는 글이 올라왔네. 너는 그 동네 파네라 빵집에서 아주 멋진 여자분을 만나 카드 한 무더기를 받아. 그분은 네 표정을 보고 누가 너한테 총구를 겨누고 억지로 개똥이라도 먹인 건가 싶었을 거야. 집으로 돌아온 너는 평온하게 그 카드더미를 스크랩 컬렉션에 추가해. 콜라주를 만들면 좋을 것 같거든.

그날 밤늦게 네 애인이—애인 맞나?—너의 집 앞에 와서 블루밍턴으로 돌아가야 한다고 말해. 여태 내내 어디 있었던 건데? 여자는 어디 있었는지는 말하지 않고, 그저 너한테 키스해. "우린 이 상황을 헤쳐나가야 하는 운명인 거야." 여자가 말해. "걱정하지 마. 걱정하지 않겠다고 약속해줘."

꿈의 집 — 자연재해

심한 속쓰림이 생겼다. 졸로푸트 때문인데, 불안장애를 완화하는 약이지만 나쁜 애인을 버리지 못하는 착한 친구처럼 지독한 부작용이 한 보따리 따라온다. 저녁 약을 삼키면 몇 분 후 식도에 뜨거운 부지깽이를 쑤셔넣은 느낌이 들 때가 종종 있다. 나는 제산제를 씹으며 욕실로 간다. 이따금 통증 때문에 혹은 중화작용 때문에 속엣것을 게우기도 한다. 실질적으로 나는 과학탐구대회 제출용으로 누구나 선호할 만한 실험체가 되어간다.

변기에 대고 고개를 숙이면서 칼릴 지브란의 말처럼 내 심장은 화산이라고 거듭 생각한다. 바보 같지만 나름 울림이 있어서—움직이는 나의 지각판에 말을 걸었달까—포스트잇에 적어 책상 앞에 붙여놨다. "네 심장이 화산인데 어떻게 두 손에서 꽃이 피길 기대하지?" 그 쪽지는 계속 거기 붙어 있다가, 이 책을 쓰던 어느 일진 안 좋은 날 불현듯 내 안의 모든 불씨가 그 문구에 염증을 느낄 때 구겨 던져버렸다.

독자들이여, 토미 리 존스가 나온 그 말도 안 되는 영화 〈볼케이노〉를 기억하는가? 그들이 어떻게 로스앤젤레스 시내 한복판에서 화산 폭발을 막았는지 기억하는가? 시멘트 도로 분리대로 용암을 막고, 소방 호스로 물을 뿌리고, 용암이 바다로 흐르도록 우회시켜 다 잘 끝났다고? 귀여운 독자들이여, 용암은 그런 물질이 아니다. 길 가는 사람 아무나 붙잡고 물어봐도 말해줄 것이다. 진실은 이러하다. 나는 분노가 휴지기에 들어가길 기다리지만 도무지 그럴 기미가 보이지 않는다. 누군가나의 분노를 바다로 우회시켜주길 기다리지만 아무도 그러지못한다. 나의 심장은 〈단테스 피크〉의 단테스 피크에 가깝다. 나의 분노는 산성화된 호수에 할머니들을 녹여버리고 고색창연한 퍼시픽 노스웨스트의 마을들을 화산재로 휩쓸고 비행기의 제트엔진을 화산모래로 질식시킨다. 용암은 나의 비탈을 타고 계속 새어나간다. 그러게 과학자들 말에 귀를 기울였어야지. 그러게 좀더 일찍 대피시켰어야지.

그래, 칼릴 지브란. 그 사람이 무슨 말을 하는지는 알겠는데, 수사학적으로 봐도 핵심을 완전히 헛짚고 있다. 사실상 사람들이 화산 근처에 정착하는 이유는 화산활동의 결과로 생긴 토양이 화산재에서 나온 양분 덕분에 유난히 비옥하기 때문이다. 그 위험한 곳에서 과일은 더 달콤하고 작물은 더 크고 꽃은 더 화사하며 수확은 훨씬 풍요롭다. 실제로, 아름답고 광포한 산의 그늘보다 더 살기 좋은 곳은 없다.

꿈의 집—눈물 웅덩이

너는 여자와 전화로 얘기해. 하지만 얼마 안 가서 여자는 네 전화를 받지 않고, 문자 메시지에 답도 안 해. 여자가 마침내 전화를 받자 너는 이렇게 얘기해. "내가 걱정하지 않기를 바란다며, 내가 안정감을 느끼길 바란다며. 그렇다면 넌 지금 그리 잘하고 있다고는 할 수 없어." 네 몸이 거대하게 부풀어 방의 네 귀퉁이를 누르고 팔다리는 창밖으로 뻗어나가.

"어쩔 수 없지." 여자의 나긋나긋한 음성에 너는 그 말이 진심임을 깨달아.

"지금도 그 여자 만나?" 네가 물어.

너는 울고 또 울어.[57] 전화기에 대고 울어서 소금물에 침수된 휴대폰이 고장나버려.[58] 그래서 여자는 스카이프로 결별을 통보해. 여자의 얼굴은 초췌하고 후회가 가득해.

"난 여전히 너랑 친구이고 싶어." 여자가 말해.

얘기가 다 끝나고 너는 까맣게 죽어버린 휴대폰을 응시해. 네모난 검은 유리. 그게 네 손안에서 자꾸자꾸 커져, 근데 알고 보니 전화기가 커지는 게 아니라 네가 줄어드는 거였어. 그걸 깨달았을 때 네 키는 90센티미터야. 30센티미터. 15센티미터. 이윽고 소금물이 네 턱밑까지 차올라. 어쩌다 바다에 빠진 걸까, 너는 생각해. "이렇게 된 나를 아무도 구하러 오지 않을 거야." 하지만 이내 알아차리지, 이건 네 키가 3미터까지 커졌을 때 흘린 눈물이 고여 생긴 웅덩이였어.[59]

"그렇게 펑펑 울지 말걸!" 너는 빠져나가는 길을 찾으려 이리저리 헤엄치며 말하지. "그래서 지금 벌을 받는 거야. 내가 흘린 눈물에 빠져 죽다니! 그럼 진짜 별난queer 일이 되겠지! 하지만 요즘은 죄다 퀴어잖아."

---

57 톰프슨, 『민속문학 사전』, 타입 C482, 금기: 우는 것.

58 톰프슨, 『민속문학 사전』, 타입 C967, 금기를 어긴 대가로 귀중한 물건이 쓸모없는 것이 되다.

59 톰프슨, 『민속문학 사전』, 타입 A1012.1, 눈물로 생긴 홍수.

꿈의 집 — 댈러웨이 부인

    여자와 헤어진 그날 저녁, 너는 교수님 한 분의 낭독회 뒤풀이를 주최하기로 되어 있었어. 다이닝룸에 크리스마스 전구를 달려고 중고로 산 책장을 벽 쪽으로 끌고 와서 딛고 올라섰어. 위로 위로 손을 뻗는데 파티클 보드 내려앉는 소리가 들리네. 너는 위에서 넘어진 게 아니라, 책장 선반을 **무너뜨리며** 바닥으로 곧장 떨어지고, 바로 거기서 존과 로라가 너를 발견하지. 피가 뚝뚝 떨어지는 다리로 책장의 잔해 한가운데 서서 봇물 터진 듯 흐느껴 울고 있는 너를.[60] (네 발치의 대양에서는 도도새가 물장구치고 지나가며 너에게 손을 흔들지.) 거지같은 싸

---

60 톰프슨, 『민속문학 사전』, 타입 C949.4, 금기를 어긴 대가로 피를 흘리다.

구려 책장이 네 몸무게를 감당할 수 있을 거라고 생각했다니 난감하군. 피가 나서, 너무 시뻘게서, 사람들 기분에 대한 배려라곤 눈곱만큼도 없이 줄줄 흘러나와서 난감하네. 이런 상태로 뒤풀이 파티를 열어야 한다니 난감해, 살아 있다는 게 난감한걸.

"무슨 일이야?" 존의 물음에 네가 대답하지 않자 존은 또다시 물어보고, 너를 소파로 데려가 앉히고는 로라한테 응급처치를 부탁해. 로라가 네 레깅스를 말아올리고 상처를 과산화수소수로 깨끗이 소독해. 존이 네 옆에 앉아서 그 커다란 손을 네 견갑골 사이에 가만히 얹고 부들부들 떨리는 네 뼈마디를 단단히 붙잡아주네.

존이 친구를 부르고, 그 친구가 또다른 친구를 부르고, 네가 1년 반 동안 속내를 털어놓지 않고 지냈던 사람들이 금방 너의 집 문 앞으로 모여들어. 그들은 소파에 누워 있는 너를 보고 〈신데렐라〉의 생쥐들처럼 작업에 착수하지—쓸고 닦고 치우고 장 볼 목록을 만들어.

누군가 너한테 밥은 먹었냐고 묻고, 누군가 너 대신 대답하고("못 먹었지"), 누군가 피자를 주문해. 네가 한 손에 물컵을 들고 소파에 앉아 있는 동안 다들 분주히 네 앞을 왔다갔다하고, 너는 너무 과분한 친절을 받고 있다는 생각이 들어.

초인종이 울려. 누군가 나가서 피자를 받을 때, 뭔가 흐리터 분한 빛깔이 스치더니 갑자기 네 무릎 위에 작고 따스한 게 올라와 있어. 강아지야, 거대한 앞발과 헬리콥터처럼 돌아가는 꼬리, 조그만 꼬물이 하운드 강아지네. 잘 들여다보니 이웃집 개야, 이웃에는 우연히도 네 담당 심리치료사가 살고 있어(아이오와시티란 정말이지!). 네가 안아올리니까 강아지는 말도 못하게 신나서 몸부림치며 네 얼굴을 질펀하게 핥고 뽀뽀를 퍼부어. 너는 엉엉 울면서 강아지를 데리고 밖으로 나가고, 밖에서 심리치료사 부부가 강아지 이름을 부르며 찾는 소리가 들려. 네가 울타리 쪽으로 가니까 심리치료사가 너한테 사과해─차에 짐을 싣는 와중에 강아지가 빠져나갔다고. 심리치료사는 너의 새빨개진 코와 눈물로 얼룩진 얼굴에 대해 아무 말도 하지 않아. 온몸을 뒤흔드는 생명체를 울타리 위로 넘겨주며 너는 조그만 목소리로 말해. "다음주에 뵐게요." 주인에게 넘어간 강아지는 네게 마지막으로 뽀뽀하고는 비밀 연애하는 애인처럼 담 너머에서 휙 달려가.

원기를 회복한 너는 옷을 갈아입고 촛불을 켜. 파티는 네 주위에서 웅웅거리며 돌아가, 너를 전혀 필요로 하지 않는 자동 기계랄까. 그렇게 대성공.

꿈의 집 —시카고의 아파트

    너는 친구들과 같이 시내를 벗어나 바람을 쐬기로 하고 시카고 여행 계획을 세워. 망가진 휴대폰은 놓고 가지만, 혹시나 여자한테 전화가 올까봐 반사적으로 주머니를 만지는 버릇은 어디 가지 않더군.

    너무 슬프지만 여행은 제대로 즐기는 중이야. 너는 함께 빌린 숙소의 소파에서 잘 자다가 네 친구 토니가 담요 밑으로 삐져나온 네 발을 슬쩍 꼬집는 바람에 잠에서 깨. 방안을 둘러보니 친구들이 다들 새끼 고양이처럼 서로 몸을 포개고 자고 있고, 너도 그들 사이에 파고들고 싶어져.

    여전히 밥을 먹다가 울고 길을 걷다가 울어. 목적지를 나눠 삼삼오오 흩어질 때 너는 벤과 베넷과 같이 가. 너는 둘 다 무

척 좋아하는데, 대체로 그들이 너에게 감정을 과도하게 드러
내지 않고 네 감정을 알려고 하지도 않는다는 점이 아주 마음
에 들어. 너희 셋은 시카고미술관에 가서 두 장소에서 많은 시
간을 보내. 손Thorne 미니어처 룸과 이반 올브라이트의 〈내가
했어야 했고 하지 않았던 것(문)〉. 둘 다 너에게 별난 기쁨을
안기고, 또 울게 해. 한 곳에서는 불사신이 된 느낌을 알 것 같
아. 시간을 여행하는 혼령처럼 19세기 영국의 응접실과 16세
기 프랑스 침실과 18세기 미국의 다이닝룸 한 귀퉁이에 웅크
린 채 미니어처 디오라마에서 펼쳐지는 인간의 삶을 지켜보는
거야. 다른 하나에서는 나부끼는 사신의 망토 앞에 엎드린 것
처럼 왜소해진 느낌이 들어. 작고 또 작아져서 어느새 또다시
네 눈물 속에서 허우적거리고 있어. 웅덩이 저쪽에서 첨벙 물
튀는 소리가 들리길래 뭔지 알아보려고 헤엄쳐 가. 처음엔 분
명 바다코끼리나 하마일 거라고 생각했지만 아니지. 지금 네
가 엄청 작아졌다는 게 기억나고, 곧 너처럼 실수로 물에 빠진
쥐에 불과하다는 걸 알게 돼.

　'지금 이 쥐한테 말을 거는 게 소용이 있을까?' 너는 생각하
지. '제1차 독립전쟁 때 건너온 쿠바 쥐일 거야.'(역사를 제법
아는데도 무슨 일이 언제쯤 일어난 건지 감이 없어.) 그리하여
너는 이렇게 말문을 열어. "¿Dónde está el gato malo?"[61]
그게 네 머릿속에 제일 처음 떠오른 완전한 스페인어 문장이

거든. 쥐는 갑자기 겁에 질려 바들바들 떨면서 수면 위로 펄쩍 뛰어올라. "앗 죄송합니다!" 너는 저 가여운 동물의 마음에 상처를 입혔을까봐 걱정돼서 외쳐. "당신이 착한 고양이든 나쁜 고양이든 고양이를 좋아하지 않는다는 걸 깜박했어요."

"고양이 안 좋아해!" 쥐가 외쳐. "당신이 나라면 고양이를 좋아하겠소?"

"음, 아니겠죠." 너는 달래듯 말해. "너무 화내지 마세요. 그래도 내 고양이를 만나주면 좋겠어요. 만나보기만 하면 호감이 생길 텐데. 정말 사랑스러운 아이거든요." 너는 웅덩이 속에서 느긋하게 헤엄치며 반쯤은 독백하듯 얘기를 계속하지. "정말 귀엽게 가르랑거리며 난롯가에 앉아서 발을 핥고 세수를 하고—또 완전 쥐 잡는 데 선수—앗, 죄송합니다!" 쥐가 야단법석을 떨며 전속력으로 헤엄쳐 네게서 멀어지는 바람에 너는 또 외쳐. 상냥하게 소리쳐 불러. "쥐님! 쥐님! 돌아와요, 고양이 얘기는 안 할게요!"

쥐가 그 말을 듣고 뒤돌아서 천천히 헤엄쳐 네게 돌아와. 쥐는 얼굴이 핼쑥하고(화가 났나봐) 떨리는 목소리로 나직이 말해. "해변으로 갑시다, 가서 내 얘기를 들려주겠소. 그럼 내가 왜 고양이를 무서워하는지 이해할 거요."

---

61 나쁜 고양이는 어디 있습니까? (역주)

어쨌든 마침 나가기에 딱 좋은 때인 게, 물에 빠진 새와 동물들로 웅덩이가 점점 북새통이 되어가네. 오리와 도도(에이미 파커의 "사람을 너무 쉽게 믿어서 멸종된 새")와 호주 앵무와 새끼 독수리. 그리고 네가 남들 앞에서 엉엉 울 때 그 모습을 봤던 낯선 이들도 다 평영으로 헤엄치고 있어. 너는 그들의 연민을 뒤로하고 앞장서지. 모두가 해변을 향해 헤엄쳐. 물가로 나오니 동물들과 낯선 이들은 시카고 거리로 뿔뿔이 흩어져.

집으로 돌아오니 네 받은편지함에 메시지가 하나 있어. "내가 실수했어."

꿈의 집 ― 소돔

롯의 아내처럼 너는 뒤를 돌아봤고, 롯의 아내처럼 너는 소금 기둥이 됐지,[62] 그러나 롯의 아내와 달리 신은 너에게 두번째 기회를 주고 다시 인간으로 되돌렸어. 그런데 너는 또 돌아보고 소금이 되어버려. 그러자 신이 가엾게 여기고 세번째 기회를 주고, 또다시 너는 여러 번의 집행유예와 과오를 거치며 비틀비틀 나아갔어. 한순간 정지했다가 다음 순간 흐느적거리며 보잘것없는 팔다리를 휘둘러 휘청이는 몸뚱이로 진창을 걷고, 이윽고 흙먼지가 일며 다시 나뭇등걸처럼 뻣뻣해지고, 불

---

62 톰프슨, 『민속문학 사전』, 타입 C961.1, 금기를 어긴 대가로 소금 기둥이 되다.

덩이가 네 뒤로 비처럼 쏟아질 때 다시 허우적대며 길을 내려
가지. 너처럼 만화 같은 여자는 처음이었어―동물이 광석이
됐다가 또 동물이 되네.

꿈의 집 — 아이오와시티의 호텔방

　여자가 네게 이메일을 보내. 난 지금 아이오와시티의 호텔에 묵고 있어, 와줄래? 너는 싫어, 안 가, 라고 했지만 어쨌든 가는군.

　여자는 너를 보러 왔다면서 너랑 같이 있고 싶다 하고, 너는 여자의 물건이 든 상자를 갖다주고 나올 생각이었지만 그냥 거기 눌러앉고 말아. 너는 여자에게 고함을 지르고 엉엉 울어. 그러다 어느 순간 누가 문을 두드리네. 문을 여니 말이 느리고 생긴 것도 답답한 아이오와시티 토종 백인 남자가 문 앞에 서 있어. 이상하게 으스스한 미소를 지으며 하는 말이 자기 친구들 파티에 꼭 오라는군. 건너올래? 술이랑 딴것들도 좀 있는데. 너는 그 딴것들이 뭔지 알아보지도 않고 문을 닫아버려.

잠깐 그렇게 서 있다가 보조잠금장치도 걸어.

여자가 네 뒤로 다가와 너를 껴안아. 너는 얼른 몸을 빼내려다 문에 쾅 부딪혀. 네가 뒤로 돌아 바닥으로 주르륵 미끄러져 내려앉으니 여자가 말해. "쉿 가만, 가만 있어." 너는 여자에게 손대지 말라고 부탁하지만 여자는 귓등으로도 안 들어. 네 머리에 고개를 얹더니 "샴푸 바꿨네?" 묻고, 너는 고개를 끄덕여, 샴푸를 바꾼 건 맞으니까. 너는 여자와 섹스를 해, 달리 뭘해야 할지 알 수가 없는걸. 자포자기의 언어만 입에서 흘러나와. 여자는 너를 어루만지며 말해. "이번엔 잘될 거야. 앰버는 나한테 아무 의미 없어. 앰버를 생각하면 속이 메슥거려. 이번엔 잘될 거야, 내가 약속할게. 정말 사랑해."

이튿날 아침 너는 호텔 바로 옆 식당에 가. 맞은편 칸막이자리에서 예쁘장한 아기가 귀엽게 옹알거리는 모습을 보고 엉엉 울어버리고, 네가 하도 오열하니까 서빙하는 직원이 스티로폼 용기에 남은 음식을 싸주면서 파란 펜으로 이렇게 적어주네. **멋진 하루 보내요! 마리아.** 네 미들네임이 적혀 있다니 너는 깜짝 놀라서 직원이 네게 뭔가 신호를 보내는 거라고 혼자 생각해, 그게 그 직원 이름이라는 걸 깨닫기 전까진. 너는 여자의 물건이 든 상자를 도로 차에 넣고 집으로 돌아와.

일주일 후—다 잘될 거라고 굳게 믿고 휴대폰도 새로 장만

한 다음에—한 여자와 우연히 마주쳤는데 네게 여자친구가 아직도 아파트를 못 구했는지 물어보네. 여기 와서 계속 집을 구하러 다녔다면서. 너는 어리둥절하지만, 그날 저녁 한 친구가 대학원에 암암리에 퍼진 소문을 들었다면서 말해주고—네 여친이 인디애나에서 앰버와 버젓이 열애중이라고—너는 단번에 너무 많은 것을 깨달아. 네 애인은 네 집에 들어와 너와 같이 살 계획이 아니었어. 너는 또 미련한 선택을 한 거지.

너는 여자에게 전화를 걸어 네가 알게 된 얘기를 따져 물어. 이 순간에도, 이렇게 빼도 박도 못하게 딱 걸렸는데도 여자는 너무나 매끄럽게 상황을 얼버무리고 동요의 빛을 전혀 보이지 않아. 여자가 설명하길, **너무 복잡한 것뿐**이래. 단지 인생에 멋진 것들이 너무 많고, 그걸 다 소화하기가 쉽지 않다는군. 마침내 여자는 이렇게 말해. "난 다른 사람을 사랑하는 동안에는 배려심 많은 애인이 될 수 없어." 그리고 완전히 끝났지.

꿈의 집 ─ 얼버무리기

   도러시 앨리슨의 단편 「여성을 향한 폭력은 집에서 시작된다」에서는, 일군의 레즈비언 친구들이 모여 술을 마시며 그들 커뮤니티 내 가십을 두고 토론을 벌인다. 여자 둘이 다른 여자의 집에 침입해 유리와 접시를 박살내고 자기들이 포르노라고 여기는 여자의 작품을 망가뜨리는 등 집안을 온통 엉망진창으로 만들었더라, 그리고 소설 제목과 동일한 문구를 벽에 스프레이로 휘갈겨써놨더라. 친구들은 경찰에 신고해야 한다는 파와 우리 내부에서 분쟁을 해결해야 한다는 파로 나뉘어 갑론을박을 벌인다. 그러나 모두가 헤어지는 소설 말미에 이 간결하고 적나라한 대화를 통해 문제는 투명하게 집약된다.

"저기, 우리가 집세 마련 파티 같은 거라도 열어서 재키 집 고치는 데 좀 보태주면 어떨까?"

폴라는 짜증난 얼굴로 소지품을 챙기기 시작한다. "아, 그럴 필욘 없을 것 같은데. 아직 중재가 진행중인 동안에 는. 그리고 어쨌든 올봄엔 모금이 필요한 주요 안건이 너무 많아―다 커뮤니티 일이고."

"재키도 커뮤니티의 일부잖아." 내 목소리가 말한다.

"뭐, 그야 그렇지." 폴라가 일어선다. "우리 다 그렇잖 아." 그 표정에 나는 폴라가 정말로 그렇게 생각하는지 궁금해지지만, 폴라는 내가 뭐라 대꾸하기도 전에 가버렸다.

퀴어 동네 사람들도 서로를 실망시킨다. 이건 말하기도 입 아픈 명백한 사실일 것이다. 가령 커뮤니티 내부를 향한 충정 은 유독 국가의 헤게모니에 맞서야 할 때에만 발휘된다는 것 은 비백인 퀴어들이나 트랜스 퀴어들에겐 놀랄 일도 아니다. 그럼에도, 표면적으로 동일한 성질의 권력 역학 내에서도 체 면을 세우고 단일한 윤리적 서사를 보여주려는 욕구가 다른 모든 이해관계에 우선하기도 한다.

퀴어 커뮤니티는 가정 폭력에 책임이 있는 퀴어 여성들에게 면죄부를 주는 용도로 성 역할이라는 레토릭을 오랫동안 사용 해왔다. 활동가들이나 학계가 노력을 하지 않았다는 얘기가 아니다. 동성 가정 내 폭력에 대한 논의가 생겨난 1980년대 초 활동가들은 퀴어 학대에 대한 그릇된 통념을 불식하기 위해 학회와 축제에서 각종 자료표를 배포했다.[63] 학자들은 문제의 규모를 대략적으로나마 파악하기 위해 설문지를 돌렸다.[64] 퀴어 정기간행물 지면에서는 치열한 논쟁이 벌어졌다.

그러나 일부 레즈비언들은 학대의 정의를 남자들의 행위로 국한하려 했다. 부치가 펨을 학대할 수도 있겠지만, 그건 단지 그들이 차용한 남자다움 때문이었다. 가해자들은 '남성 특권' 을 이용하고 있었다. (레즈비언 비평가 앤드리아 롱 추의 문장 을 빌리면, 그들은 "[가부장제를 밀수하여] 레즈비언 유토피 아에 들어온" 죄를 범했다.) 상호 합의된 S&M이 문제의 한 부 분이라고 주장하는 이들도 있었다. 여자인 여자들은 애인을 학

---

63 샌타크루즈 여성호신교육 협동조합에서 문제를 제기한 그릇된 사회통념: "그건 정서적/심리적 문제일 뿐이니까 중요하지 않다." "내가 알아서 할 수 있 다—내 여자친구가 이전에 사귄 세 사람과는 상황이 다를 것이다." "함께 살 면서 문제를 풀어나가는 게 가장 중요하다." "같이 상담 치료를 받고 있으니까 이제 다 해결될 것이다."

64 연구자 앨리스 J. 매킨지가 실제로 작성한 설문지: "당신을 학대한 사람이 이 축제에 나와 있습니까? 만약 가해자가 이 축제 행사장에 있다면, 당신이 이 설문지를 작성하는 동안 옆에 있습니까? 만약 이 설문지를 작성하는 동안 가해 자가 옆에 있지 않다면, 가해자는 당신이 이 설문지를 작성하고 있다는 것을 알 고 있습니까? 만약 위의 질문에 아니요라고 답했다면…… 나중에 가해자에게 얘기할 계획입니까?

대하지 않았다. 올바른 레즈비언이라면 절대 그런 짓을 하지 않았을 것이다.[65] 단순히, 복잡한 문제일 뿐이라는 발언도 나왔다. 이성애 사회의 압력에 짓눌렸다! 레즈비언들은 서로를 학대한다!

많은 이들이 그 사안은 커뮤니티 내부에서 다뤄져야 한다고 주장했다. 피해자 중심주의에 반하는 글들이 적잖이 쓰였고, 가해자들은 종종 처벌을 면하고 넘어갔다. 초기 레즈비언 가정 폭력 재판에 참여한 한 변호사는 기이하고 심란한 내용을 자세히 언급했는데, 재판 당시 배심원단이 평결 토론을 하면서 시간을 다 어디에 썼냐 하면—변호사의 우려와는 정반대로—배심원단 중 유일한 레즈비언 배심원한테 이성애자 배심

---

65 '진짜 스코틀랜드 사람이 아니다'라는 식의 이런 오류는 상상할 수 있는 모든 방향으로 이야기를 왜곡한다. 일종의 움직이는 골문을 생성하여 해명을 무한대로 비틀 수 있게 허용하는 것이다. 1988년 〈게이 커뮤니티 뉴스〉에서 한 생존자는 자신의 학대 경험을 직접 설명하면서 이렇게 썼다. "나는 십대 이후로 쭉 레즈비언들에 둘러싸여 살았고, 일부 삐걱거리는 연애를 보긴 했지만 구타에 대해서는 전혀 알지 못했다. 레즈비언들은 때리지 않는다는 통념이 위로가 됐고 거기에 기댔다. 훨씬 나중에, 내가 나를 어느 정도 '드러내고서' 꽤 진보적인 도시에 있는 게이 바에 드나들 때, 거기서 정말로 때리는 레즈비언들을 보긴 했지만 그들은 모두 한 종류라고 생각했다—주정뱅이, 성차별주의자 부치 또는 정치에 관심 없는 레즈비언들. 그래서 나는 **페미니스트 레즈비언은 때리지 않**는다고 판단했다." 활동가 앤 루소는 저서 『우리 삶을 되찾아오기』에서 이것을 더욱 간결히 표현했다. "레즈비언 연애에서 학대를 구조적으로 뿌리깊은 정치적 문제라고 명명하는 것이 쉬운 일은 아님을 깨달았다."

원들이 피고인의 유죄를 설득하느라 오래 걸렸다는 것이다. 나중에 변호사가 그 레즈비언 배심원에게 물었더니 "〔퀴어〕 자매에게 유죄를 선고하고 싶지 않았다"면서 마치 학대당한 당사자는 동료 퀴어 여성이 아닌 것처럼 말했다.

얘기가 돌고 돌았는데, 반복되는 근원적 진실은 아무도 똑바로 직시하고 싶어하지 않는다는 것이다. 마치 그게 태양이라도 되는 것처럼. 여자들은 다른 여자들을 학대할 수 있다. 여자들은 다른 여자들을 **학대해왔다**. 그리고 퀴어들은 이 문제를 심각하게 받아들여야 한다. 안 그럼 누가 신경이나 쓰겠는가.

꿈의 집—여왕과 오징어

이건 내가 오징어한테 들은 얘기다.

어느 왕국에 여왕이 있었는데, 여왕은 또다시 외로웠다. 그래서 자문위원들을 몽땅 불러들였고, 자문위원들은 여왕과 찰떡궁합인 벗을 구하기 위해 나라 안의 모든 저명인사를 불러들였다.

자문위원들은 사흘 밤낮 머리를 맞대고 심사숙고한 끝에 오징어를 낙점하고, 장엄하고 화려한 축제를 벌이며 모셔왔다. 여왕은 심히 기뻐했다. 오징어야말로 여왕이 바라 마지않던 이상형이었다. 오색찬란하게 빛나며 촉촉하고 늘씬한 근육질에다 지적이고 총명했다. 오징어 또한 새롭게 맞이한 상황에 기뻐했다. 먼발치에서 여왕을 흠모해왔던 오징어는 여왕의 찰떡궁합 벗으로 자신이 선택됐다는 사실을 좀처럼 믿을 수 없었다.

처음에 여왕과 오징어는 최고의 우정을 나눴다. 왕국의 끄트머리까지 함께 여행했고, 오징어는 해안의 조그만 해식 동굴에서 아름다운 장신구를 가져와 여왕에게 선물했다. 여왕은 머나먼 고관대작의 집을 방문할 때 오징어를 데려갔고, 밤에는 둘이 야식을 찾으러 어두운 연회실을 샅샅이 훑고 다녔다. 다정과 애정으로 빚은 우정이었고, 둘은 형언할 수 없이 행복했다.

그러나 얼마 후 여왕은 벗에게 싫증이 났다. 몇 번의 힘든 시기가 있었다. 여왕은 가끔 오징어를 서재 밖에 놔둔 채 문을 잠가버렸고, 오징어는 차갑고 메마른 돌 위에 앉아서 피부가 종잇장으로 변하기 전에 자신의 어항으로 되돌아갈 수 있기를 기도하곤 했다. 여왕과 오징어가 함께 있을 때에도 여왕은 정신이 딴 데 가 있었고 종종 잔인하게 굴었다. 오징어를 뒤집어 놓고 이를 악물고 있는 입속에 자잘한 쓰레기를 떨어뜨렸다. 또 오징어의 몸이 닿았던 곳마다 박박 문질러 닦으며 넌 왜 이렇게 생각 없이 더럽히고 다니니, 하고 야단쳤다. (알다시피 오징어한테는 심장이 세 개 있는데, 여왕과 함께 지내는 동안 하나씩 차례로 전부 부서져버렸다.)

어느 날 밤 여왕이 자고 있을 때 오징어는 궁전 곳곳을 돌아다니며 놀기로 했다. 오징어는 바퀴 달린 양동이를 찾아 타고 적막을 즐기며 복도를 굴러다녔다. 한참을 돌아다니다보니 어느 막다른 복도에 다다랐고, 그 끝에는 몹시 수상하고 육중한 문이 있었다. 오징어가 뒤돌아서 그냥 가려는 찰나 무슨 소리가 났다.

오징어는 문을 열고 살금살금 어둑한 방안으로 들어갔다.

냄새가 지독했다. 유기체의 죽음에서 나는 악취가 아니라 검붉은 포도주처럼 농축된 진하고 쓰디쓴 비탄이었다. 그리고 그 소리—오징어는 그런 소리를 생전 처음 들어봤다. 욕실 배수관으로 빠져나가는 물의 나직한 신음. 활기찬 새들처럼 쏜살같이 달려드는 애끊는 통곡.

오징어의 커다란 눈이 어둠에 적응하기 시작했다. 자기가 무엇을 보고 있는지 깨달은 순간, 오징어는 최대한 빠르게 양동이를 뒤로 굴려 복도를 빠져나와 여왕의 방으로 돌아갔다.

얼마 후 오징어가 창밖을 내다보니 여왕이 웬 곰이랑 방방 뛰어놀고 있었다. 곰은 아름다웠다. 커다랗고 털이 덥수룩하고 눈부시게 빛났다. 상심한 오징어는 감히 비교해볼 엄두도 내지 못했다. 여왕과 곰이 소풍을 떠나자 오징어는 시녀에게 마을까지 데려다달라고 부탁했다.

오징어가 가버린 것을 안 여왕은 격노했다. 그러나 일단 화가 가라앉고 나자 자신이 해야 할 일이 무엇인지 알았다. 그래서 여왕은 자리에 앉아 오징어에게 편지를 썼다.

"나의 친애하는 생명체여, 서두를 열기에 앞서, 원컨대 부디 이 서한을 열린 마음과 열린 가슴으로 읽어주길 바라오.

사랑하오, 나는 **언제까지나 그대를 사랑할** 것이오. 그대가 내 방에 오기를 거부한다는 현실이, 연인이 아닌 그저 벗으로서 도 그러하다는 현실이, 나의 심장을 멈추게 만드는구려. 그대는 우리의 사랑이 끝났다는 사실이 우리가 절대 지근거리에 있지 못함을 의미한다고 생각하는 모양인데, 부디 재고해주길 간청하오. 나는 평생 수많은 생명체를 사랑했고—염소, 꿀벌, 부엉이—그 사랑이 오래가지 않았음에도 불구하고 여전히 그들과 정기적으로 만나고 있소. 우리는 아직도 친구라오. 내가 곰과의 우정에서 행복을 찾았다고 해서 우리가 함께한 시간들이 아무 의미가 없었음을 뜻하지는 않소.

우리 사이가 잘 풀리지 않았던 것은 유감이오. 그대도 동의 할 거라 기대하오만, 나는 **나무랄 데 없이 훌륭하게** 처신해왔소. 그대가 원만한 이별을 믿지 않으니 몹시 구슬프고 애통하오. 그대라면—그대처럼 총명한 생명체라면—그토록 미련하진 않으리라 생각했는데.

실로 그대는 내 인생에서 몹시 힘든 시기에 나와 함께 있어 주었고, 당시 내가 행동을 조심하지 못했음은 양해를 바라오. 허나 사랑이란 원래 그런 것이 아닌가! 우리가 함께 나눈 사랑은 작금의 혼란한 사태를 초월할 것이고, 우리는 서로의 삶에 영원토록 존재할 것이오. 기쁘지 아니하오? 이것은 질투도 배신도 아니오. 상호 신뢰에 기반한 우정일 따름이니. 언젠가 우리의 고통이 분별 있게 그려질 때 모든 것을 뒤로하고 중립지대에서 만날 수 있기를 희망하오. 그대의 답신을 성심으로 기다리겠소."

오징어가 답신하지 않자 여왕은 또 편지를 보냈다.

"귀여운 오징어야! 내가 저지른 잘못이 수천을 헤아릴 것 같네. 몇 날 며칠 동안 사색하고 단식하고 금주하고 보니 내가 너를 얼마나 깊이 실망시켰는지 이제야 알겠어. 진심으로, 넌 나의 과거이자 미래야. 보고 싶어. 네 촉수에 젖을 물리고 네 차가운 외피에 입맞출 수 있다면 얼마나 좋을까, 예전처럼 함께 여행할 수 있다면 얼마나 좋을까. 그 곰에 대해선 정말 미안해. 그 곰도 나름 아름답고 꽤나 특별하지만 절대 너 같진 않아. 곰이 아직 여기 왕궁에 있기는 한데, 그 곰 옆을 지날 때면 나는 몸을 돌려 정반대 쪽으로 뛰어가고 싶은 욕구가 치밀어. 내가 원하는 건 오직 너뿐이야, 나의 귀여운 양배추 씨. 너를 먹고 싶다는 건 아니고, 하하! 너를 내 뱃속에 영원토록 간직하고 싶은 거지. 제발 돌아와줘. 네가 돌아오면 난 너에게 굳게 맹세할 거야, 여러 달 전에 그렇게 했어야 했어. 난 정말 바보였어, 하지만 제발, 내가 더이상 바보가 되지 않게 도와줘. 나와 결혼해줘. 그리고 우리가 죽으면 우리의 몸은 쌍둥이 별자리처럼 하늘에 흩뿌려질 거야, 여왕과 오징어 자리, 아무도 우리와 같은 행복을 누리지 못할 거야. 사랑해, 사랑해, 나의 귀여운 자기야, 사랑해. 진심과 성심을 담아, 여왕 씀."

이 두번째 편지를 받고 나서 오징어는 답장을 구상하기 시작했다. 편지 초안을 작성했다 폐기했다 하면서 몇 시간을 허비했고, 유독 오래 걸린 문장도 있었다. 이런 의미 없고 소모적인 일에 쓰이는 먹물이 아까웠다. 결국 오징어는 만족스러운 문구를 짜냈다. 편지를 인편에 부친 다음 오징어는 근처 농장으로 갔다. 거기서 주화를 건네고 말 한 마리와 안장에 매다는 방수 주머니를 얻었다. 오징어는 주머니 속으로 호로록 들어갔고 그토록 고생했던 마을과 작별을 고했다.

답신이 도착하자 여왕은 떨리는 손으로 편지를 열었다.
"나의 여왕님, 여왕님의 말씀은 아주 근사하네요. 그래도 그 말씀으론 내가 여왕님의 동물원을 목격했다는 간명한 사실을 지울 수 없어요."

　이건 내가 곰한테 들은 얘기다.
　어느 왕국에 여왕이 있었는데, 여왕은 또다시 외로웠다.

꿈의 집 — 고마워요, 오바마

너희가 헤어지기 직전에 버락 오바마가 아이오와시티를 방문해. 학자금 대출에 대해 학생들과 얘기한다는데, 너도 학생이고 온갖 대출이 있으니까 가보기로 해. 피딱지가 떨어진 상처가 감염된 것처럼 네 심장이 뜨거워지네. 늦게 도착하는 바람에 이미 인파로 넘치는 어느 강당에 떠밀리듯 들어가고, 거기서는 오바마의 연설을 스크린으로 보여줄 거래. 너는 늦은네 자신에게 화가 나고, 엉뚱한 곳으로 밀려와서 너무 아쉬워. 요즘 아주 많은 것들이 그렇듯 이것도 하나의 징조 같거든.

그때, 연설이 시작되기 직전에 네가 마음 졸이고 있는 바로그 강당으로 오바마가 들어오네. 맨 뒤쪽 스탠드까지 붐비지만 계단 꼭대기에 공간이 좀 있어. 하지만 분명 거긴 사람이 서 있으면 안 되는 곳이야, 뒤는 아무것도 없는 허공이니까. 그래도 힘센 친구들이 거기로 기어올라가 너를 끌어올려줘. 사람들 머리 위로 시야가 확보되고, 군중 앞에서 대통령이—네가 뽑은 대통령이—걸어나오는 게 보여. 이렇게 가까이에서 대통령을 본 건 생전 처음이야. 오바마가 손을 흔들고 웃으며 연설을 시작하고, 네 앞의 허공은 스마트폰 화면들로 번쩍거려.

너는 눈을 감아. 계단의 철제 받침대가 네 발밑에서 시시각각으로 소리굽쇠처럼 휘어지는 게 느껴지고, 너는 생각하지, 난 지금 땅에서 2미터 높이에 있다. 까딱하면 저세상일걸. 순간 졸도하면. 일시적으로 몸에서 힘을 빼면. 네 앞에 선 남자의 셔츠에 이렇게 써 있어. "오바마 2008 준비 완료!" 그래, 너는 생각해. 그래, 그 여자는 준비 완료야. 나도 알아.

너희가 끝끝내 헤어진 그날은 오바마가 동성혼 지지를 공개적으로 선언한 날이지. 2012년 5월의 어느 수요일. 네 남동생의 스물세번째 생일날. 그 며칠 전엔 조 바이든이 대본도 없이 즉흥적으로 공개 지지 발언을 했고.

"어느 시점에 이르자 저로서는, 개인적으로, 앞으로 나아가는 것이 중요하며, 동성 커플이 결혼할 수 있어야 한다는 저의 생각을 단호히 밝히는 것이 중요하다는 결론에 이르렀습니다." 오바마는 예의 상냥하고 신중한 정치인다운 화법으로 말하고, 너는 그게 짜증나 죽을 것 같으면서도 오바마를 덥석 끌어안고 싶어져.

2008년에 처음 오바마에게 투표했을 때, 아침에 눈뜨자마자 그가 이겼다는 뉴스와 네가 동성과 결혼할 수 있는 길을 캘리포니아가 막아버렸다는 뉴스를 동시에 봤어. 달콤하고도 쓰라린 아침이었지. 숙취로 멍한 상태에서 너는 룸메이트와 함께 오바마의 당선 연설을 지켜봤어. "주민발의안 8호 건은 안타깝네." 룸메이트가 조용히 말했고, 너는 어깨를 으쓱하고 말았어. 당시 오바마의 동성혼에 대한 입장에도 불구하고 너는 그의 승리를 축하했어. 그땐 오바마가 최선의 선택이었으니까. 너에겐 완벽하지 않았지만 세상에는 대체로 이로웠으니. 어차피 이번 생에는 이길 수 없을 것 같은 전투였고, 그래서 네 인간성과 권리가 케이블 뉴스에서 공공연히 도마에 오르고 네 권리를 옹호하는 것이 대통령직에 필요한 조건이 아닌 이 불안정한 공간에서 잘살아보겠다고 마음먹었어. 너는 여자였고, 따라서 이미 알고 있었거든. 그 불안정한 공간에 자리잡고 사는 게 빌어먹을 너의 특기라는 걸.

몇 년 후, 슬프고 비참하고 엉망진창인 상태에서 너는 오바마의 연설에 웃고 말아. 달리 어떻게 반응해야 될지 모르겠어서. "엄청난 타이밍이네." 너는 네 노트북 화면에 대고 말해. "고맙다, 인마."

너는 알아서 문제를 해결하지. 신경안정제를 먹고 여러 날 자다 깨다 하는 것으로.

꿈의 집 —빈 공간

여자가 가버린 후 네 삶에 뻥 뚫린 공간을 뭐라 묘사하기가 쉽지 않네. 너는 되도록 휴대폰을 집에 놔두고 나가야 해. 휴대폰을 안 보는 연습을 해야 하거든. 너는 누군가에게 뭘 해명할 책임이 없다는 사실을 되새기고 또 되새겨. 다른 사람과의 섹스를 상상하고 그걸 시각화해보려고 안간힘을 써. 자위는 거의 불가능하지.[66] 앞으로 평생 다른 사람의 손길을 받아들일 수 있을지 모르겠어. 네 두뇌와 몸을 다시 연결할 수 있을지 모르겠어. 그 둘이 언제까지 이 낯설고 무서운 협곡의 양끝에서 대치하고 있을지 모르겠어.

---

66 톰프슨, 『민속문학 사전』, 타입 C947, 금기를 어긴 탓에 마법의 힘을 잃다.

꿈의 집 — 뜻밖의 호의

너에겐 골수 공화당원 삼촌이 있어. 그니까, 진짜 골수 진성 공화당원이야. 닉 삼촌의 거실 탁자에는 앤 콜터의 책이 있고, 거실에서는 폭스 뉴스가 총천연색 피해망상을 뿜어대고, 삼촌은 자신의 엄청난 총기 컬렉션을 자꾸 구경시켜주려 해. 네가 그걸 불편해한다는 걸 알고 일부러 그러는 거지. (딱 한 번 총을 쏴봤을 때 네가 느꼈던 극도의 공포감은 닉에게 절대 설명할 수 없을 거야. 당시 네가 반했던 연상의 남자가 너를 사격장에 데려갔고, 둘이서 글록 권총을 들고 낡은 하드디스크를 흙먼지 속으로 핑그르르 날려보냈어. 남자는 이렇게 말했어. "여자들은 대체로 작고 여리여리해서 이런 반동을 감당하지 못하거든. 하지만 넌 체격도 좋고 힘도 세니까. 자, 여기." 그

364

래서 총을 받았어―남자의 평가에 우쭐해진 것도 있고 그 남자랑 자고 싶기도 했고 페미니즘 때문이기도 했어. 하지만 받은 즉시 후회했지. 넌 겁에 질렸고, 그 총이 네 손안에서 폭발해 너희 둘 다 죽이고 말 것 같았어. 그후론 두 번 다시 총 따윈 잡지 않겠다고 맹세했지. 그 금속덩어리는 총탄 구멍으로 햇빛을 흘리며 오랫동안 네 창문턱에 놓여 있었어. 하지만 이사할 때 내다버렸어.)

닉은 위스콘신에 살고 너는 중서부에 살아서 가끔 닉을 보러 가. 본의 아니게 닉을 좋아하긴 해. 네가 질색하는 모든 것을 대표하고 정치적 발언을 일삼지만 커다란 곰 인형 같은 삼촌이고, 항상 너를 '내가 제일 좋아하는 민주당원'이라고 부르거든. 네가 대학 이후로 딱히 민주당원의 정체성을 가지고 있지 않은데도.

꿈의 집의 여자와 두번째로 헤어진 다음날 닉한테 전화가 와. 쾌활한 목소리로 네가 있는 동네를 지나갈 일이 생겼는데 잠깐 들러도 되겠냐는군. 너는 그럼요, 하고 전화를 끊은 다음 곧바로 너 자신을 욕해. 빌 오라일리를 칭찬하는 남자를 만나러 나가야 하다니, 지금 상태도 말이 아닌데. 며칠 동안 샤워도 안 했잖아. 너는 허겁지겁 이리 추스르고 저리 가다듬고, 한 시간 후 길에서 부릉거리는 거대한 닉의 차를 보게 돼. 닉이 차에서 내려 너에게 손을 흔들며 네가 있는 인도로 걸어오네. 몇 발짝 거리로 가까워지자 너는 주체할 수 없이 코를 훌쩍이기 시작해. 점점 가까이 다가오는 닉의 얼굴에 근심이 번지네. "왜 그래? 무슨 일이야?" 닉이 물어.

"삼촌, 난 레즈비언이고, 얼마 전에 여자친구랑 헤어졌어." 철거용 쇳덩이 공에 맞아 박살난 댐이 와르르 무너지고 너는 목놓아 울기 시작해.

"아이고." 닉이 말해. "아이고오." 너는 닉의 양팔에 감싸안겨. 닉이 너를 꽉 끌어안아. "심장이 무너진 것 같지. 안다, 알아. 사람들 심장은 다 똑같은 식으로 무너지지."

사람들 심장이 다 똑같은 식으로 무너지지는 않지만, 닉이 무슨 말을 하는지 알아. 너와 닉은 집으로 들어가 소파에 앉아. 그다음 한 시간 동안 닉은 자신의 다양한 이별담을 들려주고—닉은 세 번 결혼했거든—네게 이렇게 충고해. "모임에 들어가. 새로운 취미를 갖는 거야. 보트 타기는 어떠냐? 보트 좋아해?"

너는 웃음을 터뜨리고, 거의 일 년 만에 처음인 것 같은데, 미소가 떠오르네.

꿈의 집 — 추억

꿈의 집의 여자와 결별한 달에 너는 크리스타와 함께 비공인 크로스핏 체육관에 다녀. 크리스타는 영리하고 다정하고 아낌없이 너를 격려해주는 친구야. "타고난 운동선수네!" 크리스타는 연신 감탄에 감탄을 표하고, 타고난 운동선수와는 1만 광년 떨어진 뚱뚱한 너지만 그런 말을 들으니 기분은 아주 좋네. 어쨌든 그해의 여러 사건들 때문에 묘하게 집중력이 좋아져 운동능력이 일취월장하고 있는 건 사실이지. 이젠 쉬지 않고 1마일은 거뜬히 달릴 수 있고, 데드리프트는 200파운드를 들어.

어느 날 근육통으로 쑤시는 몸을 이끌고 탈의실에 돌아와보니 부재중 전화가 아홉 통이 와 있어. 전부 다 그 여자, 꿈의 집의 여자한테서 온 거야. 음성사서함에도 아홉 통의 메시지가 있어. 갑자기 전화기가 또 발광하는 곤충처럼 진동하는 바람에 바닥에 떨어뜨릴 뻔했네. 너는 주차장까지 한달음에 달려가. 집으로 가는 내내 전화기가 울려. 집안으로 뛰어들어가니 존은 책을 읽는 중이고, 너는 휴대폰을 존에게 보여줘.

존은 즉각 조치에 들어가서, 거실에 공들여 설치한 스피커 시스템에 컴퓨터를 연결하고 시끄럽고 정신없는 메탈 음악을 틀어. 그리고 그 굉음에 자신의 에너지를 더하여 〈마법사의 제자〉에 나오는 미키마우스처럼 정신없이 뛰어다녀. "항마력을 키워, 카먼, 맞서 싸워!" 존이 양손으로 조리대를 쾅쾅 내리치고 나무 주걱들로 냄비를 탕탕 치고 음악 볼륨을 최대한으로 키우며 소리쳐.

(「가스등」에서 런던 경시청 형사는 가스라이팅으로 괴롭힘 당하던 아내를 마침내 만나서 단호히 말하지. "당신은 인생에서 가장 끔찍한 순간에 직면했고, 이제부터 한 시간 동안 당신이 어떻게 할 것인가에 당신의 온 미래가 달려 있습니다. 말 그대로예요. 당신의 자유를 위해 맞서 싸워야 합니다. 지금 당장 일어나 싸워요, 이런 기회는 두 번 다시 오지 않을 테니까.")

돌연 너는 그 불협화음에 빠져들어 휴대폰을 향해 "지랄하네"라고 외치고(휴대폰이 무슨 죄야, 본연의 기능을 다하고 있을 뿐인데!) 여자의 전화번호를 차단하는 법을 알아봐. 마침내 구글 검색으로 번호를 차단하자 휴대폰이 조용해지네. 그러나 음성 메시지는 아직 있고, 너는 존에게 음악을 꺼달라고 부탁해.

메시지는 매번 조금씩 달라져. 어떤 건 엄청 슬퍼해. **사랑해, 보고 싶어.** 다른 건 협박이군. **씨발년아, 당장 전화 받지 못해.** (네 전화기가 유선전화가 아니라 휴대폰이라는 사실을 잊은 것 같아. 자기가 자동응답기에 메시지를 남기는 동안 네가 부엌에 가만히 서서 듣고 있는 줄 아는 걸까.) 다중인격장애 여성을 다룬 저급하고 불쾌한 영화처럼 겉보기에도 덜컹거리는 이 혼란스러운 시퀀스에 너는 완전 기겁해서, 메시지를 남기는 여자의 모습을 상상해봐—아마도 꿈의 집에서 남겼겠지. 너는 여자가 침실에서 너를 위협하고, 거실에서 네가 보고 싶다며 눈물 흘리고, 서재에서 불멸의 사랑을 맹세하는 장면을 상상해. 그러면 기분이 나아질 줄 알았는데 더러워지기만 하는군.

너는 접근금지명령을 받아내야 할 때를 대비해 음성 메시지를 저장해. 그런데 몇 달 후 휴대폰을 업그레이드하면서 다 날아갔어.

꿈의 집 — 대단원

너는 종강 바비큐 파티와 2차로 이어진 하우스 파티 사이에 밸과 통화를 하기로 했어. 그런데 바비큐 파티가 생각보다 늦게 끝나는 바람에 밸한테 전화가 왔을 때 너는 차를 길거리 후미진 곳에 세워. 전화기에서 흘러나오는 밸의 온화하고 다정한 목소리를 들으니 기분이 묘해. 한동안 안절부절못하며 얘기를 이어가다 이윽고 사과와 눈물의 도가니에 이르지.

"네가 개방적 연애에 동의했다는 게 믿기지가 않아." 네가 밸에게 말해.

"걔가 널 좋아했으니까. 난 선택의 여지가 없다고 생각했지."

"아니 그전에."

"그게 무슨 뜻이야?"

"내가 처음 만났을 때부터 자긴 원래부터 개방적 연애를 하고 있다고 했는데."

수화기 저쪽의 침묵이 천천히 길게 이어져.

"그게 무슨 말이야?" 뱁이 물어.

네가 하우스 파티에 도착하자 친구들이 다들 너를 빤히 쳐다보며 괜찮냐고 물어.

"먼저 한잔해야겠어. 너희들한테 들려줄 얘기가 있거든."

꿈의 집 ─ 슈뢰딩거의 고양이

　궁극적으로 세상은 이렇게 나아가게 되어 있었을까? 아니면 수십 세기, 수천 년 동안 잘못된 방향으로 나아간 정치가 누적된 당연한 결과였을까? 여자가 너를 찾아내는 데 숙달됐던 걸까, 아니면 네가 발견되는 데 숙달됐던 걸까? 제대로 사랑을 해본 적이 없어서, 뚱뚱한 여자는 아무거나 주는 대로 감지덕지하라는 얘기를 자주 들어서, 연애란 싸움과 불화에 대한 것이라는 희한한 메시지를 계속 받아서, 그래서 여태껏 그 이야기들에 돼지갈비처럼 연하게 재워진 상태였던 걸까? 정말 그때 한 번 심장이 부서졌기 때문에 부서지지 않은 느낌을 필사적으로 갈구했던 걸까? 너를 사랑하는 사람과 함께일 때 완전하다는 느낌은 진짜였을까? 그냥 욕망되고, 욕망하고, 항상 절정에 다다르는 게 좋았던 걸까, 정말? 그 여자의 냄새와 목소리와 몸에 중독됐던 걸까? 정말 넌 그런 취급을 받아도 싸다고 생각했을까? 섹스를 병리화하고 연애에 대해선 결코 말하지 않는 어느 종교로 말미암은 번연한 결과였을까? 고루하고 부적절한 성교육의 결과였을까? 형편없는 타이밍 때문이었을까?

답을 찾으려면 뚜껑을 열어봐야겠지만 뚜껑이 닫혀 있을 때만 이 모든 것에 대한 답이 있는 상자가 된 기분이군.

꿈의 집 ― 뉴턴의 사과

초여름에 네가 전에 알던 남자한테 연락이 와. 처음 아이오와로 이사왔을 때 그 남자가 비행기로 날아와 같이 한 침대에서 뒹굴며 주말을 보냈고, 그건 몇 년간 이어진 가벼운 인터넷 밀당의 제법 괜찮은 정점이었지. 남자는 이 동네에 업무 회의가 있어 왔다면서 같이 저녁을 먹자고 하네. 사실 별로 보고 싶은 기분은 아니지만 어쨌든 만나기로 해. 심지어 남자가 묵고 있는 호텔로 데리러 가기로 했어 ― 남자가 요청했지 ― 그것도 별로 내키지 않았지만.

호텔로 차를 몰고 가면서도 너는 어쩌다 남자가 하자는 대로 다 하게 됐는지 생각하고 있어, 네가 꿈의 집의 여자를 대할 때와 똑같이 말이야. 이 남자는 그냥 아는 사람에 불과한

데. 호텔 차양 아래 차를 세우면서, 남자를 태워 함께 레스토랑으로 가면서 내내 그 생각이야. 남자가 너에게 말을 걸고 있어. 너는 대답하면서도, 음식을 주문하고 잡담을 나누면서도, 세심하게 구축된 장기간의 학대적 연애 관계 못잖게 그의 남성성—그 일반적 특징—이 강한 영향력을 발휘한다는 사실에 놀라는 중이야. 마치 한 과학자는 사과를 땅으로 내려오게 하는 하향 추진력을 개발하느라 몇십 년을 연구했는데, 다른 과학자는 그냥 중력을 사용한 것 같잖아. 결과는 똑같은데 들어간 노력은 차원이 다르군.

너는 술을 거절하고 음식만 깨작거려. 남자는 자기가 밥값을 내겠다고 우기네. 너는 남자를 다시 호텔로 데려다줘. 호텔 입구에 차를 세우자 남자가 싱글거리며 너를 바라봐.

"주차장에 세우고 제대로 인사하고 헤어지죠?" 남자가 말해.

너는 모퉁이를 돌아 주차장에 차를 세워.

"안으로 들어가서 구경할래요? 로비에 멋진 비단잉어 연못이 있는데."

틀린 말은 아니었어. 높이 솟은 아트리움이 숨막히게 근사하네. 네가 여태 묵어본 그 어느 호텔보다 훌륭해. 너는 다리 난간 위로 상체를 내밀고 경고의 붉은빛을 발하는 근육질 잉어 몸통을 내려다봐. 그냥 이 남자랑 자버리면 얼마나 편할까

싶기도 하네. 세상 최악의 남자도 아닌데. 거부에 들이는 노력이 피곤하군.

"가야겠네요. 이따 8시에 일이 있어서." 네가 말해.

남자는 목에서 쯧쯧거리는 소리를 내고는 씩 웃어.

"같이 올라가지 않고요?" 남자가 말해.

"이만 가야 해서."

남자는 너를 차까지 바래다주고, 네가 가방에서 차 열쇠를 꺼낼 때 너에게 키스해. 놔주질 않고 계속. 네 팔을 잡고, 혀를 네 입속에 밀어넣어. 네 몸은 뻣뻣하게 굳어. 저항하진 않지만 응하지도 않아. 잠시 유체이탈해서 몸밖에서 네 모습을 보니, 엇갈린 성욕의 희극에 가깝지. 얼굴을 뗀 남자는 네가 아무런 느낌도 없다는 걸 눈치채지 못한 것 같아. 남자는 너에게 카드 키를 주면서 방 호수를 알려줘, 혹시 마음이 바뀐다면, 하면서.

집으로 오는 길에 너는 어느 주차 빌딩 근처에 차를 세우고 비틀비틀 차에서 내려 잔디밭으로 가. 거의 엎어질 듯 쭈그려 앉아 떨리는 숨을 다잡아 깊이 심호흡하고, 네 옆에서는 차에 켜놓은 비상등이 깜박깜박해. 잔디가 구릿빛 불빛을 잡았다가 놔주네. 잡았다가 놨다가 다시 잡았다가.

꿈의 집 — 섹스와 죽음

6월에 너는 UCSD 캠퍼스에서 열리는 장르소설 워크숍에 참가하기 위해 아이오와에서 샌디에이고까지 차를 몰고 가. 가는 길에 오래전에 잠시 살았던 버클리에 들렀지. 짐을 친구 집에 맡기고 예전 남자친구를 만나 저녁을 먹어.

술이 몇 잔 들어간 후 너는 전 남자친구에게 그 여자에 대해 애기해, 꿈의 집의 여자. 전 남친은 다정하고 부드러운 눈빛으로 열심히 귀를 기울여. 그를 만난 게 너무 좋아서 가슴이 저릿하네. 커플로서 너희가 무엇이 문제였는지를 워낙 냉정하고 분명하게 확인했기 때문에 오히려 너는 그가 무척 보고 싶었다는 걸 깨달아. 그가 너를 떠났다는 우주적 규모의 고통조차 그때는 다리가 부러지거나 직장에서 해고된 것처럼 평범한(괴롭긴 해도) 삶의 일부로 느껴졌는데.

식사를 마칠 무렵 너는 한잔 더 하자고 얘기해. 하지만 거리로 나오니 이 동네에선 다들 문을 일찍 닫는다는 게 기억나더군.

"우리집에 술 많은데." 전 남친이 말해. 조심스럽게 꺼낸 문장이지만 전 남친은 너를 곁눈질하며 빙그레 웃고 있어. 네 심장과 보지가 동시에 씰룩거리네. 너는 하룻밤 신세를 질 예정이던 친구에게 문자 메시지를 보내. 알았어, 친구가 답을 해. 즐거운 시간 보내. 내일 아침이나 같이 먹자.

전 남친이 길가에 세워둔 자기 차를 가리켜. 웃기게 앙증맞은 컨버터블이야. 너는 진심으로 유쾌해져서 깔깔 웃어. "네 차가 컨버터블이야?" 말이 신기하게 나와서 너는 강세를 바꿔가며 연거푸 물어. "네 차가 컨버터블이야? 네 차가 컨버터블이야?" 이때 이미 좀 알딸딸했나봐.

"지붕 열고 달릴까?" 전 남친이 물어.

"음, 그래." 네가 말해. 전 남친이 시동을 걸고, 너는 좌석 등받이를 젖혀. 버클리에서 오클랜드까지 한 바퀴 쭉 도는 동안 그렇게 편히 누워 도시를 구경해. 너의 시야가 닿는 원의 둘레에 빌딩 꼭대기가 있고, 구름 낀 하늘 틈새로 별이 보여. 차가 너무 빠르게 달려서 자유롭고 무모한 기분이 들어. 지금 당장 죽어도 괜찮을 것 같아, 이거 스릴 넘치는데. 너는 무심결에 웃음을 터뜨리고, 전 남친은 속도를 더욱 높여.

전 남친의 아파트에서 너는 그 집 고양이의 머리를 손톱으로 세게 긁어줘. 전 남친이 칵테일을 만들어 가져와. 너희는 서로 마주보고 앉아.

"보고 싶었어." 전 남친이 말해.

난 나 자신이 보고 싶었어, 라고 말하고 싶지만 그러지는 않지. "나도 보고 싶었어." 네가 말해. "그러니까 난 남자를 보고 싶어하진 않거든. 하지만 넌 정말 보고 싶었어. 이렇게 만나서 정말 좋다."

너는 전 남친의 무릎 위에 다리를 벌리고 걸터앉아 그에게 키스하고, 나중에, 네가 욕실에 서서 머리카락에서 정액을 씻어내려 최선을 다하고 있을 때 전 남친이 문 반대편에서 뭐라고 얘기를 해. "응?" 너는 문을 열고 물어.

"괜찮아질 거라고. 그러니까, 넌 괜찮아질 거라고."

이상한 녀석, 하고 너는 세면대로 돌아와 머리통의 반을 수도꼭지 밑에 들이밀어. 고개를 들어 다시 거울을 보니, 네가 슬며시 미소를 짓고 있네.

너는 친구와 아침을 먹으며 전날 밤에 있었던 일을 얘기해. 너무 기분좋다고, 너는 말하지. 마음의 평화를 찾았다고나 할까. 이튿날 네 친구의 집이 화재로 전소돼. 네 친구는 무사하지만 친구 룸메이트의 손님이 화마 속에서 절명했어. 너는 차로 버클리를 벗어나 남쪽으로 달려. 센트럴밸리를 지나는 동안 잿더미에서 너의 뜨거운 뼈를 살펴보는 화재 조사관을 떠올려. 대기가 건조하고 차가 엄청 막히지만 그래도 몇 마일씩 이어지는 과수원이 보여. 햇빛은 황금색이야.

꿈의 집 — 반전 플롯

이후 너는 샌디에이고에서 글을 쓰고 스카치를 마시고 동료들과 해변으로 긴 산책을 나가고 바다에서 생가죽 채찍 같은 해초를 대량으로 끄집어내. 밸과는 이틀에 한 번꼴로 통화를 해. 하루는 밸이 물어, 너 워크숍 끝나고 아이오와로 돌아가는 길에 같이 갈까.

너는 LA에서 밸을 태워. 바람을 맞고 선 밸은 아름답고, 너희 둘은 차에 올라타 길을 나서. 너는 그랜드캐니언을 향해 차를 몰면서 비욘세의 〈Best Thing I Never Had〉를 쾅쾅 울리게 틀어. 해질 무렵 그랜드캐니언에 도착하고, 너는 밸을 절벽 끄트머리로 안내하며 저 골짜기들의 깊이와 유장함에 대해 얘기해. 거기서 네가 가장 좋아하는 사진 중 하나를 찍었지. 비와 바람과 시간이 한 땀 한 땀 조각한 대협곡을 내다보는 밸. 활짝 벌린 입, 얼굴 주위로 휘날리는 다갈색 곱슬머리.

며칠 후, 뉴멕시코에 있는 친구 집의 접이식 소파에 앉아 너희는 어둠 속에서 서로를 향해 손을 뻗어. 밸이 키스해도 되느냐고 묻고, 너는 된다고 대답해.

날마다 너는 운전하며 꿈의 집의 여자에 대해 얘기해. 밤에는 서로의 품을 파고들어.

너희는 뉴멕시코 로즈웰의 바가지 심한 관광지를 하나도 빼놓지 않고 다 돌아다녀. 남부 콜로라도의 한 수상한 호텔에 묵을 때는 옆방에서 나이 지긋한 커플이 피우는 대마초 연기가 얇은 벽을 통해 뭉게뭉게 들어오고, 곰을 조심하라는 안내판도 있어. 너희는 로키마운틴국립공원에서 네 조그만 차로 산을 올라. 정상에 다다를 때까지 비좁은 산길과 예각으로 꺾인 지그재그식 도로를 굽이굽이 올라가. 너희는 네브래스카에 사는 네 사촌 집에 가서 그 집의 갓난쟁이를 봐. 신생아의 머리는 겐티아나 바이올렛[67] 때문에 보라색으로 물들었어.

너희는 그 여자, 꿈의 집의 여자에 대해 얘기하지만, 그 여자 이전의 네가 누구였는지, 앞으로 무엇이 되고 싶은지에 대해서도 얘기해.

---

67 항균성, 항진균성, 구충성 작용을 하는 색소. (역주)

마침내 너와 벨은 그 맥락 바깥에서 서로를 사랑하게 되지. 너희는 함께 살게 되고, 약혼하고, 결혼할 거야. 하지만 애초에 너희를 하나로 묶은 건 이거였어. 너희 둘은 혼자가 아니라는 앎.

V

두세 가지는 내가 확실히 아는데, 그중 하나가 꾸준히 이야기를 들려주는 것은 사랑의 행위라는 것이다.

—도러시 앨리슨

꿈의 집 —나이트메어

꿈의 집 이후로 집 넷/ 사귄 사람이 셋/ 주state가 둘/ 아내 하나를 거쳐왔는데도, 일곱 해를 지나 지금까지도 그 집 꿈을 꾼다. 멀리서 쿵쿵거리는 보이지 않는 괴수의 발소리가 들리는데, 어릴 적 꾸던 악몽과 다를 게 없다. 발소리는 결코 빨라지거나 느려지는 법 없이 죽도록 소름 끼치게 일정하며, 숨으려 하면(숨는 것밖에 할 수 없었다. 문을 열거나 그 집 너머 세상으로 나가는 일은 불가능의 영역으로 보였다) 방해하는 괴물들이 있었다. 침대 밑 해골, 샤워 커튼 뒤 복화술사의 인형, 벽장 속 좀비. 아무리 꿈속이라도 나는 녀석들과 은신처를 공유할 수 없다는 자각 정도는 있었고, 무서운 녀석들이긴 하지만 걔네도 겁이 나서 숨어 있다는 인식 또한 있었다. 보이지 않는 거대한 괴수를 두려워하는 조무래기들. 내가 방에서 방으로 뛰어다니는 동안 점점 다가오는 그 일정한 발소리는 전혀 흔들림이 없었다. 일곱 해를 지나 지금까지도 난 만약 내가 (어릴 적 알아낸 방법을 동원해) 강제로 꿈에서 깨면 그 여자가 꿈 밖으로 나와 이렇게나 멀리 떨어진 안전한 현실 세상에 등장할까봐 무섭다.

꿈의 집 — 부적

밸과 사귀기 시작했을 때는 아직 아이오와시티에서 두 학기가 더 남은 상황이었다. 나는 꿈의 집의 여자와 종종 마주쳤다. 길거리에서, 서점에서, 여자는 이 동네를 자기 것으로 만들고 있었다. 그런 광경이 구역질과 패닉을 유발하는데 내 몸은 아직 그에 대항하는 법을 익히지 못했고, 그래서 밸이 매사추세츠 세일럼의 한 상점에서 약병에 든 안젤리카 뿌리를 사다줬다. 나무 부스러기처럼 생긴 그것은 독하고 알싸한 냄새를 풍겼다. 나는 길고 반질반질한 체인이 달린 목걸이를 사서 뿌리 몇 조각을 로켓 펜던트 속에 넣었다.

"난 이런 거 안 믿는데." 내가 말했다.

"걸고 다녀. 효과가 있을 거야." 밸이 말했다.

그래서 걸고 다녔다. 그게 누군가를 물리치긴 했는지 알 수 없지만, 명백히 한 일이 있기는 하다. 자꾸 가슴뼈에 부딪히며 고약한 향내를 풍겼다. 종종 걸쇠가 느슨해져 뿌리 조각들이 앞가슴에 쏟아지거나 브래지어 속으로 들어갔다. 저녁에 옷을 갈아입을 때면 입을 떡 벌리고 다시 닫히길 기다리고 있는 로켓을 발견하곤 했다. 그 목걸이는 밸이 내게 마음을 쓰고 있다는 사실과 더불어 나의 안전을 지킬 수 있는 것은 아무것도 없다는 점을 되새겨주었다.

꿈의 집 — 신화

꿈의 집에 대해 얘기하면 어떤 사람들은 귀기울여 듣지. 또 어떤 사람들은 예의바르게 고개를 끄덕이긴 하지만 눈 안쪽에서 서서히 문을 닫아버려. 여호와의 증인을 개종시키거나 백과사전 방문판매원을 설득하는 편이 더 쉬울걸.[68] 앞에서는 네게 친절하지만, 그들이 딴사람들에게 한 얘기가 돌고 돌아 네 귀에 들어와. 걔가 말한 것처럼 그렇게 심한 건지는 잘 모르겠어. 꿈의 집의 여자는 아주 괜찮은 사람 같고, 심지어 멋져 보이는데. 상황이 안 좋았을 수는 있지만 다 끝난 얘기잖아? 연애란 게 원래 그렇

---

68 톰프슨, 『민속문학 사전』, 타입 C423.3, 금기: 다른 세계에서 겪은 일을 발설하는 것.

지 않아? 사랑은 복잡한 거니까.[69] 좀 힘들었을 수도 있지, 근데 그게 정말 학대였을까? 그나저나 그게 뭘 뜻하는 말이야? 그런 게 가능하긴 해?

그런 얘기를 들으면 세상 그렇게 절망스럽고 기분 더럽고 끔찍할 수가 없어. 한번은 파티에서 어떤 여자가 술에 취해 네 팔꿈치를 살짝 잡으며 네 귓가에 대고 "난 당신 말을 믿어요"라고 말해주는 바람에 북받쳐 오열하다 결국 자리를 뜨고 말아. 캄캄한 밤에 인도교를 건너 집으로 걸어오는 길, 어기적어기적 강둑을 오르는 통통한 래쿤이 보여.

래쿤은 다들 알다시피 트릭스터지. 래쿤은 고개를 들지도 않고 너에게 말을 걸지도 않고 그냥 쭉 제 갈 길을 갈 뿐이야. 하지만 쭉 제 갈 길을 가는 것도 무언갈 말하는 방법 중 하나지. 네 귀에 래쿤의 말이 들려. 래쿤이 말하길, 앞으로 평생 너는 이 싸움을 계속하게 될 거래.

---

69 "사랑의 평범한 잔인함을 겪는다고 피해자가 되는 건 아니다. 어른이 되는 것이다." 조이스 메이너드가 회상록을 출간해 수십 년 연상의 J. D. 샐린저가 어떻게 열여덟 살의 자신을 유혹하고 학대하고 버렸는지 세상에 알렸을 때, 모린 다우드는 메이너드에 대해 그렇게 썼지. 나는 참 궁금해, 사랑? 평범? 잔인? 저 단어들에 대한 모린의 정의는 뭘까?

꿈의 집 ─데스 위시

    훗날─여자가 끈질기게 너에게 말을 걸려 하거나 유대교 속
죄일에 온갖 미사여구로 치장된 사과 이메일을 보낼 때, 사람
들이 여자와 꿈의 집에 대한 네 말을 믿지 않을 때─너는 여자
가 너를 때렸기를 바라게 돼. 무시무시하고 확실하게 멍들 만
큼 너를 세게 때렸기를, 사진으로 남길 만큼 세게, 경찰서에
갈 만큼 세게, 네가 원하던 대로 접근금지명령을 받아낼 수 있
을 만큼 세게. 꿈의 집에서 지내는 동안 내내 너를 외면했던
상식이 득달같이 돌아올 만큼 세게. 너는 이런 환상을 품어,
비루한 망상이지. 검을 뽑듯 휴대폰을 뽑아든 다음, 얼굴 절반
이 맥동하는 시퍼런 멍에 뒤덮인 채 멀건 표정으로 무심히 앞
을 응시하는 끔찍한 네 사진 몇 장을 꺼내 보여줄 수 있기를.

이건, 너도 말했다시피, 비루하지. 애인의 주먹에 시달리며 매일 아니 심지어 매시간 정반대의 소원을 비는 사람들이 수두룩할 텐데, 그런 소원을 세상에 내밀다니 미쳐도 단단히 미친 거지.

어쨌든 너는 그런 소원을 품게 돼. 명료성은 중독성 있는 마약이고, 근 2년을 그 명료성 없이 자신의 정신 상태를 의심하며 스스로를 괴물이라 믿으며 살아왔으니, 너는 흑과 백으로 딱 나뉘는 명료성을 세상 그 무엇보다 원하는 거야.

꿈의 집 — 증거

꿈의 집 시절 이후로 내 몸의 세포는 무수히 죽고 또 재생됐다. 혈액과 미뢰와 피부는 오래전에 싹 다시 새로 만들어졌다. 지방은 아주 가까스로 조금 기억할 뿐이다—몇 년 내로 완벽히 교체될 것이다. 뼈도 마찬가지고.

그러나 나의 신경계는 기억한다. 안구의 수정체도. 기억과 언어와 의식을 관장하는 대뇌겉질도. 그것들은 영원히, 아니 최소한 내가 지속되는 한은 지속될 것이다. 그것들은 지금도 증인대에 오를 수 있다. 나의 기억은 트라우마가 고대 바이러스처럼 내 몸의 DNA를 변화시킨 과정에 대해 할말이 있다.

나는 어떤 증거가 측정되고 기록되고 보관되어야 내 주장의 정당함을 입증하는 데 도움이 될지 아주 많이 생각한다. 꼭 재판정을 얘기하는 건 아니다. 완벽히 운용되는 법률제도가 있다 해도 우리에게 일어났던 일들은 그 범위 밖에 있는 경우가 허다하니까. 그러나 그 법정 말고도 세간의 법정, 몸의 법정, 퀴어 역사의 법정이 있다.

호세 에스테반 무뇨스는 『유토피아를 찾아서: 퀴어 미래의 지금 이 자리』에서 다음과 같이 쓴다. "퀴어 입증의 핵심은, 여기서 퀴어 입증이란 퀴어성을 증명하고 퀴어성을 판독하는 방법을 말하는데, 퀴어성을 이페메라[70]라는 개념에 봉합해버리는 것이다. 이페메라를 어떤 흔적이나 잔해, 소문처럼 바람결에 떠다니며 남겨진 것들이라고 생각해보자."

그 이페메라: 한 축에는 여자가 말할 때 기록된 음파, 다른 축에는 내 몸속에서 솟구친 아드레날린과 코르티솔의 정밀한 측정치가 표시된 그래프. 공공장소에서 우리를 곁눈질로 불안하게 쳐다보던 낯선 이들의 참고인 진술. 플로리다에서 내 팔을 움켜쥔 여자의 손 사진, 그리고 손자국의 깊이를 나타내는 음영을 측정하여 그에 따른 압력을 산출한 방정식. 머리띠처럼 내 머리에 둘러 여자의 씩씩거리는 속삭임을 녹음한 도청장치. 분노의 악취. 내 목구멍 안쪽에 자리한 공포의 쇠맛.

---

70 '단 하루만 지속되는 것'이라는 뜻의 그리스어에서 유래되어 수명이 짧은 것들, 그중에서도 의도하지 않았으나 수집되어 보존되는 것들을 가리킨다. 가령 우표, 공연 티켓, 전시 포스터 등. (역주)

이중 실제로 존재하는 건 하나도 없다. 당신은 나를 믿을 이유가 없다.

무뇨스는 말한다. "이페메라식 입증은 대부분 애매모호하다. 주류의 혹독한 시선과 팩트의 잠재적 횡포에 맞서 싸워야 하기 때문이다."

무언가를 증명하는 것은 어떤 가치를 지니는가? 어떤 것이 진실이라는 게 무엇을 의미하는가? 만약 숲속에서 나무가 쓰러져 개똥지빠귀를 땅바닥에 짓누르고, 그 새가 비명을 지르고 또 질러도 아무도 듣는 이가 없다면, 그 새는 소리를 낸 것일까? 고통을 겪은 것일까? 누가 알겠는가?

꿈의 집 — 대외 이미지

  게다가 유사 이래 남자들은 여자들을 가스라이팅하고, 애인을 학대하고, 여자친구한테 행패를 부리고, 아내를 살해하지 않았던가? 그렇다고 남자들의 폭력이 항상 부차적이고 사소하며 그럴 만한 이유가 있는 건 아니잖은가? 데이비드 포스터 월리스는 메리 카에게 커피 테이블을 집어던지고 움직이는 차에서 밖으로 떠밀었지만 그에 대해 심각하게 얘기하는 사람은 아무도 없었다. 칼 안드레는 그리니치빌리지의 아파트 34층에서 아나 멘디에타를 창문 밖으로 밀어버린 게 거의 확실했지만 아무 일 없이 빠져나갔다.[71] 멕시코에서 윌리엄 버로스는 조앤 볼머의 머리를 총으로 쐈다. 나중에 버로스는 볼머의 죽음이 자신을 작가로 만들었다고 말했다. 이런 얘기는 너무 흔해서 어떤 의미로든 더이상 놀랍지 않다. 재능 있는 남자가 누군가를 해코지했다는 증거가 전혀 없다면 그게 더 놀랍다. (고백하자면 난 그런 얘기를 별로 믿지 않는다. 그런 남자들은 대부분의 다른 남자들보다 숨기는 데 더 능숙한 것뿐이라고 추정한다.)

나는 수년 동안 역사 속 퀴어 여성들에게서 내가 겪은 경험의 예시를 찾으려 안간힘을 썼다. 언제라도 적을 수 있게 펜을 들고, 만약 과거의 퀴어 여성들이 자신들 못잖게 힘없는 누군가에게 피해를 받았다는 사실을 세상에 알렸더라면 어떻게 됐을까 궁금해하며, 그들에 대한 책을 빠르게 독파해나갔다. 수전 B. 앤서니의 계집질은 심리적 괴롭힘으로까지 나아갔을까? 엘리자베스 비숍이 잔뜩 취해서 로타 드 마세두 소아리스에게 실제로 뭐라고 말했을까? 그들의 말투에 질투와 시샘이 가득했을까? 잉크병과 작은 조각상을 서로에게 집어던졌을까? 멍

---

71 안드레는 멘디에타의 사망 건으로 재판을 받았고 무죄를 선고받았다. 그는 911에 전화를 걸어 이렇게 말했다. "아내는 예술가이고 나도 예술가인데, 내가 아내보다 더, 어, 대중에 알려져 있다는 사실 때문에 부부싸움을 했어요. 그리고 아내는 침실로 갔고, 나는 아내를 따라갔고, 아내가 창문 밖으로 나갔죠." 안드레가 전시회를 열 때마다 항의하는 사람들이 나온다. 그들은 높은 곳에서 누가 떨어진 현장인 것처럼 땅바닥에 신체 윤곽선을 그린다. 동물의 내장을 보도에 마구 짓이겨놓는다. 그들은 묻는다. "¿Dónde está Ana Mendieta?(아나 멘디에타는 어디 있지?)"

든 자국을 조심스럽게 만지며 그 상황을 알아듣게 설명하기란 너무 복잡하다는 걸 깨달은 사람이 있었을까? 자신들에게 일어났던 일에 이름이 있기나 한지 궁금해한 사람이 있었을까?

매사추세츠에서 결혼한 최초의 레즈비언 커플 중 한 커플이 5년 후 이혼했을 때 내 명치를 강타한 그 느낌은 평생 잊지 못할 것이다―난감한 패닉이었다. 졸업한 지 얼마 안 되어 사회에 갓 나온 나는 버클리에서 여자들과 사귀려고 시도하던 중이었다. 이혼이란 게 매 순간 내 주위에서 벌어지는 일이 아니기라도 한 듯, 그 커플이 별 볼 일 없는 아무개가 아니기라도 한 듯, 걱정과 불안으로 벌벌 떨었던 게 기억난다. 하지만 그런 게 소수자의 불안 아닌가? 조심하지 않으면 내가―혹은 나와 정체성을 공유한 사람이―인간적 약점을 드러내는 것을 본 사람들이 나를 공격하기 위해 그것을 이용할 거라는 불안감. 물론 우리가 갖지 못한 권리를 쟁취하고 기존의 권리를 유지하기 위해 번듯한 대외 이미지가 **필요하다**는 점이 모순이긴 하다. 하지만 우리는 지금껏 내내 우리도 당신들과 똑같다고 말하려 애써오지 않았던가?

비주류가 주류보다 더 나은 인간이어야 한다는 것, 증명할 게 두 배로 많다는 걸 지적하는 것이 딱히 급진적인 행위는 아니다. 사람들에게 나도 인간이라는 걸 알게 하려면, 그냥 나의 인간성을 드러내면 된다. 인간이라면 누구나 그렇듯 근본적으로 문제가 있는 나의 본성. 온갖 기발하고 끔찍한 방식으로 실패할 수도 있고 실제로 실패하기도 하는 본질. 그러나 사람들은 이 개념을 잘 받아들이지 못한다. 〈니모를 찾아서〉 이후로 흰동가리를 키울 수 있는 장비를 제대로 갖추지 못한 사람들이 우르르 흰동가리를 샀다가 다 죽이는 일과 비슷하다. 사람들은 정작 그것으로 뭘 해야 할지 모르면서도 특정한 관념만을 사랑한다. 오로지 일을 그르치는 방법밖에 알지 못하면서도.

꿈의 집─캐빈 인 더 우즈

나는 야도[72]에 가서 내 성능을 최대로 가동해 이 책을 썼다. 몇 주 후 저녁을 먹다 폭소를 터뜨리며 백만 년 만에 내 목소리를 듣고 나서야 내가 최대 성능 모드임을 깨달았다. 십대 때였다면 이런 확신을 얻기 위해 윗송곳니라도 내주었을 것이다. 나는 마녀 역과 사교계 명사 역을 수행했다. 머메이드 드레스, 실크 점프슈트, 바닥에 쓸리는 우아한 스팽글 드레스, 인조 모피 숄, 검은색 원피스를 입었고, 반짝이는 라인스톤 귀고리를 했다. 스스럼없이 내 의견을 밝혔다. 저녁 식탁에서 와

---

72 뉴욕주 새러토가스프링스에 위치한 예술인 마을로, 예술가들이 창작에만 전념할 수 있는 공간과 환경을 제공한다. (역주)

인을 마셨고, 두번째 잔을 사양하지 않았으며, 여기저기 으스대며 활보하고 다녔다. 나는 책상에서 몇 발짝 떨어지지 않은 곳에 침대가 있는 숲속 오두막에서 지냈다. '포켓몬 고'를 하면서 긴 산책을 하고, 야도 부지 내에 있는 유일한 체육관(저택에서 내려오는 비탈길 끄트머리의 웅장하고 아름다운 분수 속에 가상으로 위치했다)을 점령하기 위해 '혼버킷'이라고 이름 붙인 아바타와 함께 싸웠다. 가을이었고, 날마다 낙엽과 솔잎이 떨어졌다. 맨날 브래지어 속에서 나뭇잎 부스러기를 집어냈다. 날이 추워졌다가 따뜻해졌다가 다시 추워졌다. 눈이 내렸고, 다음날이면 다 녹아버렸다. 핼러윈 때 차를 몰고 다른 작가들과 함께 남부 버몬트에 가서 낭독회를 하고 돌아오는 길에 캄캄한 시골길에서 타이어가 펑크났고, 미국자동차협회에서 사람을 보내줄 때까지 다 함께 차 안에 앉아 기다리며 각자 자신의 최악의 작품에 대해 이야기했다.

부지 내 저택에는 가구들을 한가운데 모아놓고 흰 천으로 덮어놓은 방이 있었다. 검정 옷을 입은 죽은 아이들이 그려진 그림도 봤다. 누가 조그맣게 내 이름을 속삭이는 소리를 들은 것 같았는데 뒤돌아보니 아무도 없었다. "여기선 소리가 이상하게 돌아다녀요." 입주 작가 중 한 명이 설명했다. 수도원처럼 검소한 방도 있고 궁전처럼 거창한 방도 있었다. 나는 희곡 작가와 논픽션 작가 둘 다에게 연심을 품었고, 조각가한테 눈을 흘겼으며, 내가 태어나기 전에 순수예술 청년클럽에 난입했던 획기적인 비주얼 아티스트들에게 대단한 호감을 느꼈다. 화가와 영양보충제에 대해 얘기했고, 작곡가를 위로했다. 도널드 트럼프가 대통령으로 당선됐다. 사람들이 저녁 식탁에서 울었다. 입주 기간이 끝나갈 무렵 나는 꿈의 집에 대한 이야기를 개그 버전으로 들려주었다. 밸과 사귀게 된 아이러니와, 전 애인들은 하나같이 구리다는 보편성을 전면에 내세워서 말이다. 나는 눈을 크게 뜨고 기다렸다. 사슴을, 유령들을.

꿈의 집 ─죄수의 딜레마

몇 년 후 너는 디지털카메라에 메모리 카드를 꽂았다가 꿈의 집 여자의 나체 사진 수십 장을 발견해. 첫 사진이 미리보기 화면에 뜨자 너는 저도 모르게 움찔하지.

그날 오후가 선명하게 기억나. 방안에 부드럽게 스며들어 퍼지던 자연광. 옷을 벗고 창백한 나체로 느긋하게 눕던 여자. 피가 흘러 적갈색으로 물들던 여자의 음부. (섹스 직전이거나 직후였어.) 너는 여자의 무릎 사이에 얼굴을 묻고 사진을 수십 장 찍었고, 하얀색에서 분홍을 지나 자주색으로 번지는 여자의 그러데이션을 애무했어. 그 기억은 관능적이지 않아. 다른 사람에 관한 영화를 보는 것처럼 그저 아득히 동떨어진 느낌이지.

너는 잠시 그대로 앉아서 그 사진들을 보며 생각에 잠겨. 간직할 수도 있겠지만 좋든 나쁘든 그럴 이유는 없지. 가능은 하겠지만 그 사진들을 복수나 협박에 써먹을 생각은 없어. 사진은 더이상 에로틱해 보이지도 않는군. (〈샤이닝〉에서 잭 니컬슨이 섹시한 여자가 실은 썩어가는 괴물이란 걸 깨닫고 밀어내는 장면처럼, 꿈의 집의 여자의 정체를 알고 나서 네 욕망은 급속도로 식었어.) 그 사진들은 단순히 메모리일 뿐이고, 네가 메모리 카드에 데이터를 덮어쓰자 영원히 지워져. 비합리적인 상실감이 저릿하게 덮쳐오는 건 왤까.

꿈의 집 ─ 평행우주

이따금 무심결에 너는 어떻게 잘될 수도 있지 않았을까 멍하니 생각해. 아니, 된다는 말은 딱 맞는 단어 선택이 아닐지도 모르겠군, 누구도 상황을 통제할 수 없었다는 얘기로 들리니까. 그 결과가 그저 운명이라거나 혼돈이론이라는 뜻이 되잖아. 하지만 여자가 정상이었다고 가정해봐. 여자가 너의 취약점을 집중공략하지 않았다면, 그 시커멓게 그은 독액이 중심부에 꽉 들어찬 사람이 아니었다면, 어떻게 됐을까? 경우의 수는 무궁무진하지. 너와 여자와 밸이 다 같이 살면서 삼인조 폴리아모리의 성공 이야기를 썼을 수도 있어. 다 같이 살지 않더라도 사이좋은 친구로 남아 나란히 나이들어가는 삼총사가 됐을지도. 아니면 엉망진창 슬픈 이야기가 나왔을 수도 있

지. 가끔씩 그걸 알아볼 기회가 있었으면 좋았겠다는 생각이
들긴 해.

꿈의 집—자기계발 베스트셀러

처음에 난 내가 특별하다고 굳게 믿었다. 내가 흔한 경우라는 것, 내게 일어난 모든 일—투명한 결정 알갱이를 맨발로 밟으며 그 피폐한 지형에서 길을 찾아 헤맸던—이 책과 기사와 통계자료에 조목조목 나와 있다는 사실을 발견한 건 비참한 일이었다. 우리 모두가 그렇듯, 내 사랑은 유일하고 내 고통은 특별하다고 믿고 싶었으므로 비참했다. (테리 캐슬은 이렇게 쓴다. "그 교수와 있었던 대실패에 대해 이왕 길고 자세히 설명한 김에 고백하는데, 완전 진부한 얘기라 한편으론 좀 민망한 감이 없지 않다. 나는 흔한 호구였고, 나를 유혹한 사람은 사례집에 흔히 보이는 무감각한 인간이었다.") 그런데 레즈비언 학대를 다룬 책을 한 권 한 권 펼쳐보니, 내게 일어났던 모든 일을 똑같이 되새김질하는 익명의 여성들이 보였다. 그리고 그때의 내 삶을 총망라한 원그래프도 있었다. 원그래프라니!

레즈비언 학대에 관한 최초의 책은 내가 태어나던 해 출판됐다. 세상에서 가장 오래된 학문은 아닐지 몰라도, 충분히 오래 연구됐다. 어째서 아무도 내게 말해주지 않았을까? 하지만 누가 내게 말해줄 수 있었을까? 내가 아는 퀴어는 극소수였고, 대부분 내 또래였으며, 각자 스스로 상황에 대처해나가는 중이었다. 언젠가 어린 퀴어들을 초대해서 차와 치즈 접시와 조언을 내주는 장면을 상상한다. 그들에게 말해줄 수 있을 것이다. 넌 너랑 똑같아 보이는 사람들에게 상처를 받을 수도 있어. 그냥 그럴 수도 있다는 게 아니라 그럴 가능성이 높다는 거야. 왜냐면 세상은 사람들에게 상처를 주는 상처 입은 사람들로 가득하니까. 지배 문화가 너를 비정상으로 간주하더라도, 그게 네가 흔한 경우가 될 수 없다는 뜻은 아니야. 넌 빌어먹을 흙먼지처럼 흔한 사람이 될 수 있어.

꿈의 집—클리셰

　흔히들 클리셰를 지루하고 예측 가능한 것이라 생각하지만, 사실상 클리셰는 세상에서 가장 위험한 것 중 하나다. 우리의 두뇌는 클리셰를 똑바로 처리하지 않는다―두 번 생각하지 않고 문장이나 어구 위를 경쾌하게 스쳐지나간다. 폭력적인 상황을 묘사한다는 건 클리셰를 배치하는 일과 다름없다. "내가 널 가질 수 없다면, 아무도 못 가져." "네 말을 누가 믿을까?" "좋았다가, 나빴다가, 다시 좋아졌죠." "만약 거기 그대로 있었다면 난 죽었을 거예요." 끔찍하고 비인간적이지만 어디선가 들어본 듯한 주연배우들의 대사다. 그 진부함, 그 예측 가능성이 평면화 효과를 가져와 실제로는 삶에 있어 결정적이고 지독한 경험을 이상하리만치 따분하게 만든다.

퀴어 가정 폭력에 대한 설명과 해석을 연달아 독파하는 동안 몇몇 세부 대목들이 내 눈에 띄었다. 그중 가장 세게 내 머리를 강타했던 것은 이것이다.

앤 프랭클린이라는 이름의 한 여성이 1984년 〈게이 커뮤니티 뉴스〉에 자신이 겪은 학대에 대한 에세이를 썼다. 금발머리 펨 애인은—마사지도 해주고 별점도 쳐주는 치유사였는데, 앤을 만나기 전에는 수녀가 될 뻔했다—프랑스의 한 해변에서 앤에게 돌을 던진 적이 있었다. 앤은 "믿기 힘든 소리로 들린다는 건 알지만, 그 장면은 만화 같았다"라고 썼다. 앤은 돌팔매에서 벗어나기 위해 바다로 헤엄쳐 들어갔다. (돌팔매질.[73] 그 이미지는 오랫동안 나를 따라다녔다. 동성애에 대한 유구한 형벌이 자신이 사랑하는 여성의 손에 의해 집행되는 장면. 바다로 헤엄쳐 도망가는 장면. 돌. 스톤부치. 스톤월 항쟁.[74] 퀴어의 역사는 보석이 아니라 돌멩이로 장식되어 있다.) 앤은 이렇게 썼다. "나중에는 우리 둘 다 그 사건을 웃어넘겼다." 앤

---

73 이성애 관계에서 학대가 성차별로 느껴지는—성차별이다—것과 마찬가지로 퀴어 학대가 동성애 혐오로 느껴진다—동성애 혐오다—는 문제의식에 도달하여 이에 천착한다. 그런 짓을 해도 아무 문제 없이 넘어갈 수 있으니까 하는 거다. 네가 문화적 변두리, 사회적 주변부에 존재하기 때문에 나는 빠져나갈 수 있다.

74 1969년 뉴욕 그리니치빌리지의 술집 스톤월에서 경찰 단속에 맞서며 시작된 성소수자들의 저항운동. (역주)

은 자신이 프랑스의 한 해변에서 돌팔매질을 당한 일을 웃어
넘겼다. 노르망디상륙작전을 거꾸로 하듯 깊이 더 깊이 바다
로 헤엄쳐 들어간 일을 웃어넘겼다.

꿈의 집 —무반향실

훗날 아이오와시티에 잠깐 들렀을 때 너는 지하 깊은 곳에 위치한 무반향실에 가봤어. 친구와 함께 가이드의 안내에 따라 계단을 내려가는데 이 상황이 「아몬티야도 술통」과 비슷하다는 생각이 들어. 가이드는 너희를 안쪽까지 데려다준 후 밖에서 육중한 문을 닫고, 너와 친구는 공중에 매달린 철제 선반에 등을 대고 누워.

여기서는, 오직 여기서만, 모든 게 소리를 내. 피가 쿵쿵 돌진하는 소리, 침이 넘어가는 소리. 심지어 입술 위쪽 두두룩한 가장자리를 혀로 핥는 소리조차 자갈밭에서 가구를 끄는 것 같은 소리가 나. 이곳에서 네 몸은 정말 네가 아는 그대로의 기괴함을 드러내. 이곳에서 너는 죽지 않았지만 너를 둘러싼 모든 것은 죽었을지도 몰라.

　네 친구 표현처럼 한여름날 매미같이 청각의 끄트머리에 걸리는 묘한 웅웅거림을 빼면 환청 따윈 없어. 물론 그 웅웅거림이 실재하는 건 아니지. 네 마음이 이 침묵 속에 불어넣고 있는 소리에 불과하니까. 여기 너무 오래 있다간 미쳐버릴 수도 있겠어. 마음은 이 소리의 틈새와 괄호를 채울 테고, 무엇으로 채울지는 신만이 아시겠지.

　반향이 없다면 무슨 일이 생길까, 이 지하 무덤 같은 곳에서처럼 말이야.

　너는 손뼉을 치고 또 치지만, 아무 반응도 돌아오지 않아.

꿈의 집 — 우주 이민선

결국, 모두가 잊는다. 아마도 그게 가장 곤란한 점일 것이다. 지구를 본 지 너무 오래됐다. 1세대 승선원들이 연기와 얼음에 둘러싸인 사랑하는 고향 행성을 뒤로하고 우주로 나아간 지 너무 오래됐다. 그들은 탈출해야 했다―알고 있었다, 모두가 알고 있었다. 그들은 특히 운이 좋았고, 우주선을 찾아냈다.

그들은 '머나먼 어딘가'로 항로를 설정한 후 우주선에 정착했고, 아이를 낳으면 살던 곳의 이야기를 들려주었다. 그러면서도 가장 나쁜 부분은 생략했는데, 크롬과 유리와 별들에 둘러싸인 지금에야 고향 행성의 배신이 남긴 뼈아픈 고통도 누그러졌기 때문일 것이다. 그들이 세상을 떠날 즈음에도 우주선은 여전히 먼길을 나아가는 중이었고, 1세대 승선원들의 아이들의 아이들은 '예전이 어떠했는지' 아주 어렴풋한 조각들로만 알았다. 그들이 '머나먼 어딘가(노래하는 돌멩이와 귤빛 나무와 커민 향이 나는 흙이 있고 발을 담그고 걸어다닐 수 있는 물이 흐르는 아름다운 행성)'에 도착할 즈음에는 애초에 그들이 왜 지구를 떠났는지 아무도 기억조차 하지 못했다.

"분명 아주 형편없었을 거야." 그들은 미심쩍어하며 말했다. "그렇게 죽을 둥 살 둥 떠나려고 애썼잖아. 분명 최악의 행성이었을 거야."

그러나 끈질기게 따라붙는 회의감이 너무 깊고 짙어서 결국 거기다 이름을 붙였다.

향수(명사)

1. 과거에 오롯이 접근할 수 없다는 불안한 감각. 일단 현장을 떠나면 그것의 가장 중요한 본질은 영원히 되찾을 수 없다는 느낌.

2. 기억을 환기시키는 것. 슬픔의 첨예한 날이 무뎌졌다고 해서 그것이 한때 지독하지 않았다는 뜻은 아니다. 그저 시간과 공간이, 무한한 허리둘레와 다정함이 특기인 생명체들이 너희 둘 사이에 끼어들었다는 의미일 뿐이며, 놈들은 한때 그러지 못했던 것만큼이나 이제는 너를 안전하게 지키고 있다.

꿈의 집 — 레스프리 드 레스칼리에[75]

    조부모의 집을 방문하러 남동생과 함께 쿠바로 날아갈 준비를 하던 와중에 나는 쿠바 산타클라라—할아버지의 고향이며, 거기서 할아버지는 애지중지 키우던 수탉으로 끓인 수프를 강제로 먹어야 했다—가 인디애나 블루밍턴의 자매도시라는 사실을 발견했다. 어떻게 이런 일이 가능하지? 세상의 하고많은 도시 중 하필이면 그 두 곳이 이런 임의의 탯줄로 연결되다니?

    쿠바에 도착한 후 우리는 아바나에서 바라데로까지 에어컨이 나오는 차를 타고 갔고, 바라데로에서 산타클라라까지는 무덥고 향기로운 버스를 타고 갔다. 나는 스페인어를 거의 하

---

75 대화를 마친 후 뒤늦게 이렇게 말했으면 좋았을걸, 하고 드는 후회. (역주)

지 못하는데, 남동생은 스페인어를 할 줄 알고 그곳에 가본 적도 있었다. 귀엽고 든든하고 마음 약한 동생은 신경써서 나를 잘 챙겨줬다. 내 위장이 스트레스를 감지한 듯 아팠고, 너무나 아파서 어느 날 아침에는 할아버지가 어릴 때 살던 집의 반경 6미터 공간에서 네 시간 동안 죽을 듯 토하는 바람에 새벽하늘이 물기를 머금고 말갛게 비칠 무렵엔 횡경막에 무리가 갔다. 나중에 민박집 주인이 내게 주문을 걸어주었다. 줄자를 가지고 뭔가 알아들을 수 없는 기도 의식을 행하더니 나의 소화불량을 어디론가 추방했다. (주인 아주머니의 말이었다.) "내가 그런 게 아니에요. 난 그저 전달자일 뿐이죠, 신을 찬양하세요." 그러더니 나에게 토닉 워터 한 병을 다 비우게 했다. 진 없이는 한 모금도 마신 적이 없는데.

산책하며 둘러본 산타클라라는 아름답고도 으스스했는데, 이 길거리를 걸어다녔을 할아버지의 모습이 계속 머릿속에서 맴돌았다. 인디애나 블루밍턴에 일일이 대응하는 지도 위를 돌아다니고 있다는 생각도 머리를 떠나지 않았다. 자매도시들이란 응당 그런 식으로 맺어지게 마련이니까. 나는 신비로운 얇은 막으로 나뉜 양 도시를 동시에 걸을 수 있고, 만약 적시에 적소를 간다면 다른 쪽을 엿볼 수 있을 것이다. 웬 닭이 지나갈 때 옆에 있는 커튼을 확 잡아당겨 꿈의 집과 지금 거기에 사는 사람들을 응시할 수 있을 것이다.

길거리에는 사람들, 자전거나 말이 끄는 택시들, 낡고 삭은 정도가 매우 다양한 20세기 중반의 자동차들이 가득했다. 광장에 있는 저 유명한 호텔은 메릴랜드에서 내 조부모가 이전에 살던 집과 배색이 똑같았다.

어느 학교 근처에 가니 교복을 입은 아이들이 정문에서 쏟아져나오고 있었다. 남동생이 말했다. "저게 할아버지가 다녔던 학교야, 바로 저기." 남동생은 그대로 팔을 돌려 아까 그 광장에 면한 가까운 은행을 가리켰다. "전에 할아버지랑 같이 왔을 때 들었는데, 하루는 할아버지가 학교 끝나고 집에 가는데 소나기를 만난 거야. 그래서 저 은행 처마 밑에서 비가 그칠 때까지 기다리기로 했대. 근데 웬 비싼 차가 서더니 창문을 내리더라는 거야. 돈 많은 백인 쿠바 남자였어. 그 남자가 할아버지를 부르더래."

"왜?"

"나도 모르지. 아마 이런 생각이지 않았을까, '난 저 갈색 꼬마를 빗속으로 불러낼 수 있어, 암, 뭐든 시킬 수 있어, 녀석은 시키는 대로 할 거야.' 하지만 할아버지는 거절했고, 그 남자가 자꾸 손짓으로 부르길래 결국 할아버지는 그 남자한테 지랄하지 말고 꺼지라고 했대."

남동생이 해준 얘기는 그런 식이었다. 나는 할아버지를 아주 잘 알지는 못하지만―산타클라라와 쿠바를 다 버리고 떠난 웃기고 상냥한 사람, 전자제품 매장과 공짜 펜과 시계를 사랑하며 전자제품을 얼렁뚱땅 고치고 새에게 집 지어주는 것을 좋아하던 사람, 그때 당시 미국에서 치매의 둑을 서서히 미끄러져내려가고 있던 사람—모르는 사람한테 지랄하지 말고 꺼지라고 했다니 그 점에서는 내가 아는 할아버지와 똑같다. 할아버지는 사과하는 법이 없었고, 우는 법도 애원하는 법도 없었다.

남동생과 나는 은행 근처 카페에서 체 게바라가 그려진 태피스트리 아래 앉아 밍밍한 엘 프레시덴테 칵테일을 마셨고, 나는 지랄하지 말고 꺼져라는 문장을 입안에서 굴렸다. 기분좋은 응수였다, 몇 년은 늦었지만.

꿈의 집 — 백신

어릴 때 나는 질병이 온몸을 휩쓸고 나면 면역력이 생긴다는 사실을 배웠다. 내가 똑똑하지 않더라도 내 몸은 똑똑하다. 단순히 낫는 게 아니다―배우는 것이다. 기억하는 것이다. (물론 그 모든 건 일단 바이러스가 나를 죽이지 않았을 때의 얘기다.)

꿈의 집 이후로 나는 육감이 발달했다. 그 육감은 무작위로 발현된다―새로운 학교 친구나 동료, 친구의 새 여자친구를 만났을 때, 파티에서 모르는 사람과 인사했을 때. 난데없이 생기는 이 신체적 반감은 토하기 전에 시큼한 타액이 울컥 치미는 것과 비슷한 증상이다. 참 불편하고 성가시지만 소중하다. 내 똑똑한 몸이 주는 똑똑한 경고니까.

꿈의 집 — 끝

　제법 확신하건대, 무엇에든 진정한 끝이 있다는 얘기는 모든 자서전적 글쓰기의 거짓말이다. 작가는 어디서 멈출 것인가 선택해야 한다. 독자들을 놔줘야 한다.

　이 이야기를 어디서 끝내야 할까? 어느 6월의 무더운 날 열린 밸과 나의 결혼식? 꿈의 집의 여자와 나 사이에 벌어진 서사적으로 만족스러운 충돌? 이야기의 기단부를 움켜쥐고 끌어당길 때 두두둑 잡아채는 소리가 나면 뿌리가 헐거워졌다는 신호일까? 흙속에는 뭐가 남아 있을까?

　꿈의 집에 얽힌 기억으로 돌아가야 할까? 사랑스러운 기억으로? 가능했던 과거와 실제 과거의 대조가 효과 있을까? 우리 둘이 지역 양조장에서 갓 돌아와 알싸한 진판델을 마시며 페타 치즈 소스를 먹고 함께 이야기를 나누는 기억으로?

언젠가 꿈의 집의 여자가 죽고, 내가 죽고, 벨이 죽고, 존과 로라가 죽고, 남동생이 죽고, 내 부모가 죽고, 그 여자의 부모가 죽고, 우리를 아는 모두가 죽을 것이다. 그게 이 이야기의 끝인가? 시간은 무심히 재잘거리며 나아가고?

이렇게 끝나는 파나마 민담이 있다. "내 이야기는 여기까지다. 이야기가 끝나면 바람이 실어간다." 이런 것만이 진정한 끝이다.

어느 때인가는 이야기를 해야 하고, 어느 곳에선가는 이야기를 그쳐야 한다.

꿈의 집 — 에필로그

   나는 이 책의 많은 부분을 오리건주 동부의 시골에서 썼다.[76] 내가 지낸 곳은 여름에는 거의 말라붙어 물이 없는 플라야 호숫가의 오두막이었다. 그곳은 고지대 사막의 나라였다. 밤에는 춥고 낮에는 더웠다. 공기는 바싹 말라 매시간 물을 마셔도 갈증이 채워지지 않는 느낌이었다. 어느 날 아침엔가는 피 한 방울이 책상 위로 톡 떨어졌고, 나는 화장실로 가서 휴지로 코피를 막았다. 그러고 나서 방으로 돌아가는데 바닥을 가로질러 뚝 뚝 뚝 핏자국이 나 있는 게 보였다.

   하루종일 자리에 앉아 한때 호수였던 곳의 먼 가장자리에서

---

76 톰프슨, 『민속문학 사전』, 타입 D2161.3.6.1, 잘린 혀의 마법 같은 복원.

모래 회오리바람이 일어나는 모양을 구경했다.[77] 그쪽에 아직 물이 좀 남아 있다는 얘기를 듣긴 했지만, 거기까지 가려면 4마일은 걸어가야 할 것이다. 외계 풍경을 보는 것 같았다. 유타의 소금 평원이나 〈스타트렉〉의 옛날 에피소드가 생각났다. 나는 산에 올라 절벽 움푹한 곳의 독수리 둥지와 그 밑 땅 여기저기에 깃털과 뼈가 쌓여 있는 광경을 보았다. 부엉이가 내 오두막 문 앞에 토끼 반 토막을 두고 갔다. 아침이 되자 다른 놈이 그걸 끌고 가버려 핏자국만 길게 남았다.

저녁을 먹은 후 다른 입주 작가들과 함께 플라야로 나갔다. 처음엔 어깨 높이에서 부드럽게 물결치는 마른 풀 사이를 걸었다. 그다음엔 슈가 파우더처럼 입자가 고운 흙이 지표를 한 겹 감싸고 있었다. 달먼지를 짓밟으며 걷는 기분이었다. 그러더니 흙이 단단해지면서 갈라져 수천 수백만의 아름다운 기하학무늬를 이뤘다. 계속 걸어가니 발밑의 땅이 기분좋게 바삭거리기 시작했다. 아주 멀리까지 나오자 흙은 점점 놀이터 정글짐 밑에 깔아놓은 푹신한 고무 바닥재처럼 부드럽게 물러졌다. 잠시 후 냄새가 변했다. 약간 유황 냄새 같기도 하고 표백제 냄새 같기도 한데, 틀림없는 참피나무 냄새였다―다른 작

---

77 톰프슨, 『민속문학 사전』, 타입 A920.1.5, 눈물로 이루어진 수계; A133.1, 거신이 물을 다 마셔버려 호수가 마른다.

가들에게 얘기하면서 이 단어를 입 밖에 내는 순간 후회했다—정액 냄새. 아무도 내 말에 동의하지 않았고, 동의했다 한들 시인하지 않았다. 나는 허리를 굽혀 마른 흙 한 덩이를 집어들었다. 그 밑의 흙은 축축했다. 호수의 기억.

우리 쪽 지평선에 가까운 어느 이름 모를 산에서 불이 났다. 어느 날 오후에 차로 그곳을 지나가다 엄청난 주황색 불길이 비탈길을 핥으며 올라가는 모습을 봤다. 화염 뒤로 반들반들 타버린 세이지와 나뭇가지와 아직도 불타는 울타리 기둥이 있었고, 불가해하게도 전혀 화상을 입지 않은 곳도 여기저기 있었다. 무언가 살아 있을 가능성을 남긴 땅. 헬리콥터 한 대가 잠자리처럼 고도를 낮춰 빙 돌며 반짝반짝 일렁이는 물의 장막을 땅으로 내렸다.

나는 도서관 에어컨 밑에 앉아 있으려고 시내에 나갔다. 사서는 내게 말을 붙이며 산불에 관한 얘기를 하고 싶어했다. 사서는 산불이 황소와 젖소에겐 위험하지만 사슴에겐 그렇지 않다며 이렇게 말했다. "산불이 난 후에 사슴 사체는 한 번도 본 적이 없어요. 빠져나가는 법을 아는 거죠. 하지만 황소와 젖소는 탈출하게 만들 방법이 없어요. 불이 번져오면 소들은 뭘 어째야 할지 모르거든요."

돌아오는 길에는 유독한 호박색 연기가 태양을 가리며 넘실

거렸다. 그날 밤에도 산은 여전히 불타고 있었다. 나는 포치로 나가 산불을 구경했고, 모기가 달라붙어 잔치를 벌여도 그 광경에서 눈을 뗄 수가 없었다. 만월에 가까운 달이 빠르게 흘러가는 구름을 환히 비췄고, 저멀리 산 너머에서 황금빛으로 맥동하는 화염은 두번째 일출처럼 밝았다.

　이튿날 아침 글을 쓰고 있는데 창문에서 겨우 한 발짝 떨어진 풀밭에서 뭔가 나타났다. 벨벳처럼 보드라운 뿔과 우스꽝스럽게 길게 도드라진 귀를 가진 수사슴 새끼였다. 녀석은 나를 알아차리지 못한 듯 나무 그늘 밑에 편안히 자리잡았다. 나는 녀석에게 완전히 꽂혀버렸는데, 어린 시절 말에 푹 빠졌을 때 샘솟던 애정의 잔재가 갈 곳을 잃고 남은 것 같았다. 녀석이 나의 무해함을 알아주길 바라며 어린 당근을 몇 개 놔줬지만 녀석은 먹지 않았다. 몇 시간 후 당근은 건조한 공기에 하얗게 시든 꼬챙이로 말라버렸다.

　내가 움직일 때마다 녀석은 고개를 돌리고 까만 눈으로 나를 지켜보았다. 더이상 나를 의식하지 않을 때—내가 가만히 앉아서 책을 읽거나 글을 쓰면—녀석은 사슴치곤 최대한 긴장을 풀었다. 눈이 좀더 노곤히 깜박였다. 푸성귀를 오물오물 씹고, 파리를 쫓아버리고, 귀와 꼬리를 가볍게 털었다. 심지어 입술을 핥더니 하품도 했다. 그걸 신뢰라고 볼 수 있다면, 그 친밀감과 신뢰는 감당하기 어려울 정도였다.

어느 순간 창가로 걸어가보니 나무 아래 앉아 있는 건 두 마리였다, 두 마리 어린 수사슴. 털이 무척 보드라워 보이는 그들은 아름다운 대형견처럼 열기 속에서 헥헥거렸다. 그러나 내 발걸음에 마룻바닥이 삐걱거리자 녀석들은 풀밭을 가로질러 물 흐르듯 뜀박질해 달아났다. 반 마일쯤 멀어져서도 계속 뛰고 있었다.

며칠 후 보름달이 떴고—산불 연기 때문에 핏빛으로 붉었다—나는 호수로 하이킹을 나갔다. 달은 높이 높이 떠올라 연기를 벗어나 하늘에 뜬 눈부신 동전이 되었다. 갈라진 대지의 세세한 무늬 하나하나가 초현실적으로 선명했다. 어둡고 깊은 틈. 모든 것이 이렇게 선명하고 또렷하면 얼마나 좋을까. 언제까지나 이 몸을 입고 산다면, 네가 나와 함께 여기서 살 수 있다면, 다 괜찮고 괜찮아질 거라고 네게 말할 수 있다면 얼마나 좋을까.

뒤로 돌아 다시 호숫가로 돌아오자 은빛 달이 만든 내 까만 그림자가 내 앞에서 걸어갔다.

내 이야기는 여기까지다. 이야기가 끝나면 바람이 너에게로 실어간다.

리 맨델로는 조애나 러스의 문학비평서 『여자들이 글 못 쓰게 만드는 방법How to Suppress Women's Writing』에 대한 에세이에서 여성 문학사가 '모래 위에 쓰였다'고 말한다. 나는 『꿈의 집에서』의 집필 과정에 대한 은유로 그보다 더 적절한 표현을 생각해내지 못했다. 이번 글쓰기는 퀴어와 가정 폭력에 대해 얘기하는 텍스트를 찾아내는 작업에 기초했는데, 그 두 주제는 역사적으로 거의 다루어지지 않거나 은폐되어왔다. 때로는 내가 글을 쓰고 있다는 느낌조차 들지 않았다. 그저 역사의 조각들이 변하거나 사라지기 전에 나이프를 정조준해 던져 그것들을 간신히 제자리에 잡아두는 작업에 불과한 것 같았다.

용어와 관련해 첨언하자면, 이 책 전반에 걸쳐 정체성을 식별하는 용어와 명칭은 언어적·수사적 관점에서 선택적으로 사용됐다. 일단 나는 '레즈비언'과 '퀴어 여성'이라는 단어를 주로 썼으며 게이, 퀴어 남성, 젠더 비순응자에 대해서는 명시적으로 언급하지 않았다. 물론 후자 역시 가정 폭력을 겪는다. 다만 나의 용어 선택 기준은 다음과 같았다. 첫째, 나는 사실상 시스젠더 퀴어 여성이고 이 특정한 렌즈를 통해 글을 쓸 때 가장 편안하다. 둘째, 내가 발굴한 대부분의 사료가 주로 시스젠더 레즈비언 및 그들 커뮤니티에 초점이 맞춰져 있다. 셋째, 본문에 실린 사례마다 일일이 호명 가능한 성 정체성을 전부 포함시키는 일은 번거롭기도 하려니와, 모든 퀴어 집단의 역사와 경험과 투쟁이 서로 호환될 수 있다고 간주하는 것은 용납될 수 없으며 엄연히 사실이 아니다. 혹여 본문에 오류나 잘못이 있다면 그것은 전적으로 내 책임이다.

나는 동성 간 가정 폭력 및 그 역사에 관한 동시대 연구를 총망라한 개론서를 쓰고자 한 게 아니다. 그런 책은 내가 아는한 아직 쓰이지 않았다. 언젠가—만약 누가 그런 책을 쓴다면, 그 책을 쓸 때—정전을 향한 미완의 이 조악한 시도가 유용한 밑거름이 되기를 바라고, 아울러 선행 연구를 기리고자 한다.

퀴어 가정 폭력과 성폭력에 관한 글은 많지 않다. 그래도 내가 기어이 찾아낸 것들이 나의 동력원이 되었다. 심장을 쥐어짜는 듯한 코너 하비브의 에세이 『당신이 나에 대해 뭐라도 쓰겠다면, 그건 사랑에 대한 이야기였으면 좋겠어요If You Ever Did Write Anything about Me, I'd Want It to Be about Love』를 학대를 경험한 직후에 읽고서 나는 참담히 무너져내리는 동시에 지푸라기라도 잡은 심정이었다. 몇 년 후 제인 이턴 해밀턴의 탁월하고 감동적인 에세이 『내가 너에게 꽃을 바치지 않았다곤 하지 마 Never Say I Didn't Bring You Flowers』는 내게 일어났던 일들을 조망하는 새로운 관점을 제시해주었다. 이 회고록을 마무리할 때 접한 리아 홀릭의 감각적이고 강렬한 시집 『다 너를 위해서야 For Your Own Good』는 너무 아름다워 죽을 것만 같았다. 멜리사 페보스의 에세이 『날 버려Abandon Me』는 명민하고 솔직하게 퀴어 연애의 트라우마를 그려냈다. 소여 러벳의 『회상: 태즈웰이 자신 있게 내놓는 별난 팬진 명작선Retrospect: A Tazewell's Favorite Eccentric Zine Anthology』 속 「Hello…」는 마침 필요할 때 내 눈에 띄었다. 테리 캐슬의 「교수님The Professor」을 읽으면서는 깔깔거리며 웃음을 터뜨린 게 한두 번이 아닌데, 이 책을 쓰는 와중에 웃었다는 건 상당히 놀라운 일이다.

그 밖에 도움이 된 책과 자료는 다음과 같다. 케리 로블이 엮은 『폭력에 이름을 붙이다: 레즈비언 교제 폭행에 대한 문제 제기Naming the Violence: Speaking Out About Lesbian Battering』(Seal Press, 1986), 클레어 M. 렌제티가 쓴 '또 숨겨야 하나: 레즈비언 연인 간 학대 피해자에 대한 제삼자들의 반응Building a

Second Closet: Third Party Responses to Victims of Lesbian Partner Abuse'(*Family Relations*, 1989), 루샌 롭슨의 '라벤더색 멍자국: 레즈비언 관계 내 폭력, 법, 레즈비언 법 이론Lavender Bruises: Intra-Lesbian Violence, Law and Lesbian Legal Theory'(*Golden Gate University Law Review*, 1990), 앤절라 웨스트의 '검찰의 능동적 개입: 레즈비언 교제 폭행 사건에 대한 이성애주의적 관점에 맞서다Prosecutorial Activism: Confronting Heterosexism in a Lesbian Battering Case'(*Harvard Women's Law Journal*, 1992), 엘리자베스 라포브스키 케네디와 매들린 데이비스의 『가죽 장화, 황금 구두: 어느 레즈비언 공동체의 역사Boots of Leather, Slippers of Gold: The History of a Lesbian Community』(Routledge, 1993), 클라우디아 카드의 『레즈비언의 선택Lesbian Choices』(Columbia University Press, 1995), 필리스 골드파브의 '경계를 넘는 서술: 친교 폭력 담론에서 젠더 구성에 관한 비판적 검토Describing without Circumscribing: Questioning the Construction of Gender in the Discourse of Intimate Violence'(*Boston College Law School*, 1996), 테리사 라파엘 제퍼슨의 '흑인 레즈비언 법학Toward a Black Lesbian Jurisprudence'(*Boston College Third World Law Journal*, 1998), 베스 레번솔과 샌드라 E. 런디가 엮은 『동성 간 가정 폭력: 변화를 위한 전략Same-Sex Domestic Violence: Strategies for Change』(Sage Publications, 1999), 앤 루

소의 『우리 삶을 되찾아오기: 페미니즘 운동의 실천적 행동 촉구Taking Back Our Lives: A Call to Action for the Feminist Movement』 (Routledge, 2001), 리사 더건의 『사포의 칼날: 섹스와 폭력, 미국의 현대성Sapphic Slashers: Sex, Violence, and American Modernity』 (Duke University Press, 2001), 재니스 L. 리스톡의 『더이상 비밀은 없다: 레즈비언 연인 간 폭력No More Secrets: Violence in Lesbian Relationships』(Routledge, 2002), 마니 J. 프랭클린의 '학대 피해자를 옭아매는 겹겹의 비밀: 레즈비언 교제 폭력에 대한 시각The Closet Becomes Darker for the Abused: A Perspective on Lesbian Partner Abuse'(*Cardozo Women's Law Journal*, 2003), 미셸 밴나타의 '매맞는 여자는 어떻게 정형화되는가Constructing the Battered Woman'(*Feminist Studies*, 2005), 리 굿마크의 '매맞는 여자가 매맞는 여자가 아닐 때는? 그 여자가 맞서 싸울 때When Is a Battered Woman Not a Battered Woman? When She Fights Back'(*Yale Journal of Law & Feminism*, 2008). 그리고 이 주제에 대한 몇십 년 치 기록이 담긴 엄청난 지식의 보고 〈Sinister Wisdom〉 〈Gay Community News〉 〈Off Our Backs〉 〈Lesbian Connection〉 〈Matrix〉 〈Network News: The Newsletter of the Network for Battered Lesbians〉 등 각종 게이, 레즈비언, 페미니스트 정기간행물에 접근할 수 있었던 건 행운이었다.

이상의 모든 작가, 학자, 아카이브, 출판사 여러분께, 여러분의 실천과 연구와 지혜에 깊이 감사드린다.

감사의 말

이 책은 펜실베이니아대학교, 레즈비언 허스토리 아카이브, 오리건대학교 특별 소장품 및 대학 기록물 보관소, 야도, 플라야, 워리처 재단, 바드 칼리지의 자원과 지원이 없었더라면 이 세상에 존재하지 못했을 것이다. 트레이시 폰틸의 철저하고 완벽한 조사에 진심으로 감사하고, 트레이시의 인턴십을 지원해준 바시니 재단에 감사의 뜻을 표한다.

현명한 도러시 앨리슨, 통찰력 있는 빅블루마블 서점의 엘리엇 바첵켁와 소여 러벳, 이 주제와 관련된 나의 첫 글을 실어준 웹진 〈헤어핀〉의 제인 마리, 음악 전문가 젠 왕과 제스로, 아카이브의 침묵에 관한 자료를 찾는 데 도움을 준 켄드라 앨버트, 이 회고록의 초고를 읽고 응원해준 케빈 브록마이어, 법률 자문 데이비드 코제닉, 예리한 윤문과 따뜻한 격려의 마크 메이어, 「소녀를 위한 순결 지침서」가 〈로스앤젤레스 리뷰 오브 북스〉에 실렸을 때 세심하게 편집해준 미셸 휴너번, 디지털 플랫폼 〈미디엄〉에 올린 「가스등」의 기획자 맷 히긴슨과 편집자 니키 글라우더먼, 다방면으로 못하는 게 없는 데다 내게 테리 캐슬의 「교수님」을 소개해준 샘 창, 논픽션의 급진적 가능성을 두고 수많은 대화를 나눈 소피아 사마타르, 시간 여행에 대해 내게 가르쳐준 테드 창, 「망각의 강 레테 위로 떠오른 달」을 편집하고 출간해준 〈캐터펄트〉의 유카 이가라시, 그리고 내가 이 책의 집필을 마무리할 때 내 머리 위 나무에 걸터앉아 썩은 것들을 일소해준 독수리들에게 감사의 말을 전한다.

늘 그렇듯 이번에도 나의 편집자 이선 너소스키와 야나 마쿠와에게 큰 빚을 졌다(이 책은 그들의 혜안 덕분에 용이 됐다). 무시무시하게 일 잘하는 놀라운 에이전트 켄트 울프와 그레이울프 팀원 여러분의 아낌없는 노고와 무한한 신뢰와 끝없는 응원에 깊이 감사드린다.

그 시절에 사랑과 우정과 안정적 존재감으로 나를 지지해준 에이미, 벤, 베넷, 칼린, E.J., 에번, 존, 로라, 리베카Rebecca, 리베카Rebekah, 토니 그리고 나의 고통이 그저 모호한 날것이었을 때 내 말에 귀를 기울여준 크리스, 에마, 줄리아, 캐런, 라라, 샘 그리고 자신들의 경험담을 통해 내 얘기를 믿어준 오드리와 R.K.를 비롯, 세상에서 가장 별나고 유쾌한gayest '첫 아내 동호회' 회원 여러분께 진심으로 고맙다. 또한 모든 조각들을 한 데 모은 마거릿에게도 각별한 감사를 전한다.

당연하게도 가장 크고 아름다운 감사는 나의 용기를 북돋아 주고 내게 위안을 주고 우리 삶의 내밀한 부분들을 온 사방에 흩뿌리도록 허락해준 내 아내 벨—나의 반전, 나의 운명, 나의 동화 같은 결말—에게 바친다. 다시 그때로 돌아가도 나는 똑같이 할 거야, 여보. 그렇게 해서 당신이 내게 왔는걸.

옮긴이 **엄일녀**

을묘년 화곡동에서 태어났다. 서울대학교 언론정보학과를 졸업하고 출판 기획과 잡지 편집을 겸하다 지금은 전업 번역가로 일하고 있다. 『그녀의 몸과 타인들의 파티』 『첫번째 거짓말이 중요하다』 『내일 또 내일 또 내일』 『섬에 있는 서점』 『비바, 제인』 『사서 일기』 『세번째 호텔』 『로즈의 아홉 가지 인생』 『여자는 총을 들고 기다린다』 『비극 숙제』 『나이트 워치』 등을 번역했다. 『리틀 스트레인저』로 제10회 유영번역상을 수상했다.

문학동네 세계문학

꿈의 집에서

초판 인쇄 2025년 7월 17일 | 초판 발행 2025년 7월 28일

지은이 카먼 마리아 마차도 | 옮긴이 엄일녀
기획 이현자 | 책임편집 박효정 | 편집 여승주 윤정민 이희연
디자인 김이정 최미영 | 저작권 박지영 형소진 주은수 오서영 조경은
마케팅 정민호 서지화 한민아 이민경 왕지경 정유진 정경주 김수인 김혜원 김예진 나현후 이서진
브랜딩 함유지 박민재 이송이 박다솔 조다현 김하연 이준희
제작 강신은 김동욱 이순호 | 제작처 천광인쇄사

펴낸곳 (주)문학동네 | 펴낸이 김소영
출판등록 1993년 10월 22일 제2003-000045호
주소 10881 경기도 파주시 회동길 210
전자우편 editor@munhak.com | 대표전화 031)955-8888 | 팩스 031)955-8855
문학동네카페 http://cafe.naver.com/mhdn
인스타그램 @munhakdongne | 트위터 @munhakdongne
북클럽문학동네 http://bookclubmunhak.com

ISBN 979-11-416-0260-4 03840

www.munhak.com